好きな女の胸飾り

SeiIChi FunAhaShi

舟橋聖一

P+D BOOKS
小学館

目次

1

灰色の蝙蝠傘《こうもりがさ》からは雨の雫がポタポタ流れ落ちた。風が吹くと、雫が顔へはね返ってくるので、森男はときどき手の甲で顔の雫を拭い落さなければならなかった。と言って、土砂降りだったわけではない。梅雨はシトシト降っている。傘の骨が見苦しく曲っているせいであった。ところどころに水溜りのある舗道が続き、焼けた街路樹が根っ子だけ残して、焼跡の片隅に積んであった。その上へミカン箱をさかさまにして並べ、青いバナナを五ツ山ほど重ねて売っている女があった。彼女も骨の曲った蝙蝠傘をさしていた。しかしその傘は彼女を雨から防ぐのではなくて、バナナのほうへ傾き、商品を濡らすまいとしている風であった。森男は歩をとめた。傘をあげて女の顔を見た。青いバナナも珍しかった頃だが、雨に濡れて立つ女の顔が大層気高く見えたのに、森男はギョッとした。女はモンペを穿いていたが、その生地は安物ではなかった。昔、華やかな場所に着て出られた衣裳をモンペに仕立直したものだろう。年の頃は母の一枝よりひとまわり若いだろうと思われた。もと軍人の妻か、空襲で焼け出された貴族の末路か、いずれにしても普通の闇商売の女ではなかった。

「二本しか買えないが、二本でも売ってくれますか」

と、森男は言った。

「二本でも結構ですよ。そろそろ帰ろうかと思っていたところだから」

「バナナを買うのは、終戦後はじめてなんです。売れますか」

「そのわりには売れませんよ。高いからなんでしょうか」

「昔は安かったんでしょうね。僕なんか安いバナナを知らない」

森男は財布を叩《はた》いて買った。どういう身分の女か知りたかったが、訊く勇気がなかった。女のバナナが売れないのは、青くてまだ熟《う》れていないばかりではなく、滅法高いせいでもない。見るからに品のいい女の顔に、通りすがりの人が目を惹かれるからではないか。一体どこに入手するルートがあるのだろう。毎日同じ場所に立つのだろうか。もっとひどい降りになっても、焼跡に砂埃の立つ風の日でも、女は立ちつくすのだろうか。人通りがなくなれば、彼女はしゃがんでひと休みするのだろうか。

森男は新聞紙を貼りつけた紙袋の中に、もぎ取った二本のバナナを包んで貰って、母の土産にした。

そのとき森男は大学からの帰りであったか、焼け残った町の古本屋をひやかしたあとだったか、学生服を着ていたか、開襟シャツにジャンパーをひっかけていたか、そういう記憶はすべてなくなっている。

女はまた言った。

「落花生もありますよ」

「もう金がない」

「では、一袋あげましょう」

女はミカン箱の底から、やはり紙袋に入れた落花生を一袋出してくれた。限られたミカン箱の容積だが、手品師の女のように、そこからまだほかにもいろんなものが出て来そうな気がした。彼女のモンペには内がくしがあって、そこからも森男が欲しいというものを出してくれそうな気がした。森男の背中で、

「おい、バナナがあるぞ、バナナが」

と、大きな声で言う男があったが、ひやかしただけで、通り過ぎた。

今度は金を持って一ト山買いに来る、と森男は言いたかったが、恐らく女の立つ場所は毎日変るにちがいない。二度と彼女の顔を見ることはないだろうと思った。

自分の家へ帰って来た森男は、隣家の杉原家の門の前に一台の自動車が停っているのを見た。雨はすっかりあがっていた。杉原家出入りの老植木職伊与《いよ》さんが、運転手の笹川と何か話して

いるところであった。森男は彼等に挨拶した。当主の杉原康方が、今度結婚した蒔子《まきこ》を連れて、礼廻りに出かけるという伊与さんの話だった。

杉原邸は大正中期に建った家で、康方の父が某伯爵から買受けたまま震災にも戦災にも罹《かか》らなかったが、特に改造もしなかったので、門から玄関まで四十米《メートル》突もあるのに、門の中へ自動車が入れない不便があった。建った当時は、お抱えの人力車を使っていたらしく、太いゴム輪の二輪車が走るには頃合の花崗石《みかげ》が敷いてあり、それが緩《ゆる》い勾配になっていた。杉原家の人達は、外出のたびに門までその石畳を歩かなければならなかった。

やがて康方が夏のモーニングに、同じく白の夏手袋をして、セカセカとやや急ぎ足に出て来た。どういうわけか、康方はいつもこんな風に歩く癖があった。森男はざっと十年前を思い出した。彼が中学一年の頃、三十半ばの康方が最後の船でアメリカから帰って来たとき、船室から上甲板へ出て来て、そこで出迎えの岸壁の人たちに、鍔広《つばびろ》の中折を振った彼のスタイルを――。そのときも、康方は今と同じ急ぎ足で上甲板を歩き、豪華な旅客船の船縁に立ってニコニコした。やがて森男の顔を捉え、さらに相好を崩して笑った。

その十年の間に、一度目の結婚には破れ、蒔子が二度目だが、彼の顔には貫禄も出たものの大分齢もとり、額に皺《しわ》が刻まれている。

「森ちゃん、一緒に乗って行かないか」

と、彼は言った。森男も贅沢な車に乗りたくないわけではなかった。当時はまだ東京の街々にはリンタクが走っていた。自家用車を持つことは、大変な困難と複雑な手続が必要な時代なので、この車にも道管事務所から発行されるステッカーが二種類も三種類も、ベタベタ、フロントガラスに貼りつけてあった。それに、表向きは私用にガソリンを使うことは統制令の違反であり、検問所でつかまるとうるさいことになるのであった。

蒔子があらわれた。敷石の両側には青葉が繁みあっていたので、彼女はまるで葉がくれから浮き出してくるように見えた。康方とちがって、ゆっくりゆっくり歩いて来た。羞かしがる風もなかった。見せびらかす風でもなかった。絽縮緬《ろちりめん》らしい御所ときの裾模様に、藤色地の丸帯を締めている。しかし彼女は康方と話している森男を無視するように、ただ夫に会釈しただけで、さっさと車に乗り込んでしまった。

森男は康方との対話が全然頭脳に入らなくなった。彼の目は反射的に車の中を覗き込んでいた。蒔子は、前からの硝子と、左右の硝子の中におさまり、三方からの光線の屈折で、まるでプリズムにかかったように、現実ばなれのした空間に白い顔だけが眺められた。何ンとも言えない好いたらしい美貌であった。一瞬、森男には幻しのようにも思えたので、目を凝らして見た。蒔子は切れ長の目をかすかにまばたきさせたので、生きているにちがいなかった。

伊与さんが、お供したらいいじゃないかと言った。康方がまた奨めた。母の一枝が買物に行って留守と見え、外から錠がかかっているので、森男はバナナを伊与さんに渡し、そして助手席に乗り込んだ。車はすぐ走り出した。

どの位走ったときであったろうか。

「森ちゃん、紹介しよう」

康方は西洋煙草の煙を吐出しながら、蒔子の名を言った。それに対して、森男は何か言ったと思うが、その言葉を今は憶えていない。そして、蒔子がほんの僅《わず》かうなずいただけで、一言も言葉をかけてくれなかったことを憶えている。しかし森男は、それを彼女の冷い態度とも、無愛想なあしらいとも感じなかった。初対面の青年に、彼女が何ンにも言わないのは当り前のことである。たしかに蒔子はこの夫の自分勝手な振舞いに不満なのだろう。それにも増して、夫の一方的な勧誘だけで、夫人には何ンの許可も得ない儘《まま》に助手席へ乗込んだ見知らぬ男の無礼を咎めているにちがいない。森男のほうも、助手席から首だけ背ろのほうへねじ曲げて、康方と交す対話も長続きはしなかった。やっぱり乗らなければよかったと、森男は同車をすすめてくれた老植木職を恨まずにはいられなかった。蒔子がろくな返事をしないで、車内が妙に白けたことは事実だった。しかし、それを気に病むのは康方で、蒔子のほうは助手席の青年など眼中にないようであった。

するうち車は小日向台町《こびなただいまち》あたりの飯塚邸の門内に停った。森男は運転手と同時に車を降り、後方を廻って行くと、既に運転手がドアをあけ、蒔子が降りるところであったが、このときも彼女は森男に一瞥も与えなかった。続いて康方が降りるとき、白い手袋の手を森男の前に出すので、彼はその手をとり、康方を降りやすくさせた。

「森ちゃん、待っててくれないか。帰りにめしでも食べようか」

「僕はここで失礼いたします」

「何を言うんだ。ここから帰るんじゃ大変じゃないか」

――その頃は、四粁《キロメートル》や五粁は造作なく歩いた。リンタクに乗るのは贅沢の部であった。康方は是非とも待っているように言い残して、蒔子のあとを追い、式台の前の沓脱ぎで夫を待っている蒔子に追いついた。森男は仕方なく再び助手席へ戻った。若《も》し康方の言うように三人で食事をしても、蒔子の態度が一変しない以上、うまい料理がのどを通らないであろう。突然、運転手が言った。

「ここはお仲人さんのお屋敷だよ」

「こちらも焼けなかったんだね」

笹川の話によると、運のいい人はこの通り空襲からまぬがれて、つい目と鼻の先まで焼けて来ているのに、まるで火がよけて通ったようだと言う。そう言えば、杉原の屋敷も、裏へ大きな焼夷弾が落ちたのに、それが空中で分散しないで、もろに落ちたものだから、屋敷へはとばっちりも行かなかったのである。

もっとも、そのお蔭で森男の家も助かったのである。ところが、蒔子の家は見事に焼けて、その家族はまだ疎開先から戻って来ないということである。

「笹川さんはなかなか詳しいね」

と、森男は半畳を入れた。しかし、笹川は得意満面で、

「そりゃア式場から披露宴から、ずっと僕がお乗せしてるんだもの。各方面から情報が入ってくるさ」

「しかし、車の中ではあんまり話をなさらないようじゃないか」

「そうでもないよ。今日は岩永さんがいるので、背ろでお話がなかったが、結構なさるぜ。なかなかよくお笑いにもなる」

「僕のことなんか、全然気にしてはいらっしゃらない。と言うより、僕を無礼者と思って、黙りこんでいらしったんじゃないかな」

「そりゃア岩永さんの誤解だな。そんな神経質な女性じゃない。僕の印象では、ずいぶんあけっ放しだぜ」

そんな話をしながら、森男は杉原夫婦を待っていたが、一度止んだ雨がまた降り出して、今度はやや大粒になった。それで森男は、歩いて帰ろうとする気持にブレーキをかけられた。

三十分位で玄関へ出てくるだろうと思った夫婦は、二時間経っても姿をあらわさなかった。やがて雨は、荒れぎみの白い雨足を見せ、車を包むように降った。つまり、森男は帰るにも帰れなくなったのである。傘をさした女中が、コカ・コラを二本運んできて、これから食事が始まるから、もう暫くお待ち下さるようにと伝言した。森男はちょっといまいましい気がした。

さっき、一緒に食事をしようと言ったのは口先だけで、それをあっさりキャンセルした夫婦が、

媒酌人に食事をよばれているのかと思うと、雨さえ降っていなければ、さっさと車を降りてしまうところだった。その気持を読むように、笹川は自家用車に於ける運転手の任務は、常に使用者側の約束変更にかれこれ言わず、忍耐することであると言う。定めしそういうことが多いのであろう。殆んど、一日に何回となく使用者に裏切られるのが彼の職分であるというのだ。で、それを聞いて、森男も忍耐することにした。それに、その頃飲んだコカ・コラは、純粋にアメリカ製で、とてもうまかったような気がする。

三時間近く待たされて、少し小降りになった頃、康方夫婦が玄関へ出てきた。車は車寄せにつけることを命じられた。媒酌人夫婦も、玄関まで見送りに出てきた。六十がらみの半白の老紳士に配するに、古風な廂髪《ひさし》に結った面長の夫人が並んでいた。主客の間にとりかわされた別れの挨拶は、森男の耳に入らなかった。車は動き出し、門を出るとすぐ、

「森ちゃん、ごめんよ。応接間へ通ったら、食事の支度がしてあると言って、強引にひきとめられたので、断りきれずに食べてしまった。予定は二、三軒廻るつもりだったが、これでは廻り切れない。今日はここだけにして家へ帰ろう」

と康方が言った。それに続いて蒔子の声がした。さっきとはうって変っていた。

「ほんとに悪かったわ。三十分が三時間近くにもなるんですもの。応接間で待たされている間に、主人から訊いたンですけれど、森男さんはよくキャッチボールのお相手をしたり、海岸やプールで一緒に泳いだりもなさったんですってね。そんなお友達とは存じ上げないで、失礼し

たわ」

「こちらこそ失礼しました」

「助手台では悪いから、こっちへいらっしゃいませんか」

「とんでもない」

ハンドルから手をずらした笹川が、森男の腿たぶを一つ指で突いた。

森男が、飯塚さんは英国風の老紳士だなと言うと、康方はそれを修正した。彼の説明によると、なかなかの粋人で、終戦の三日前からあの家で盛大なダンスパーティーを催し、乱痴気騒ぎをやらかしたという。

「驚きましたね。そんなことが出来たんでしょうか。音楽はレコードですか」

「もちろんナマのバンドだよ。横浜からアジマス・エイトを呼んで、オールナイトだった。煌々とシャンデリアをつけてね」

「無条件降伏がわかっていたんですか」

「わかっていたような、わからないような……しかし、パーティーの途中で盛んに乾盃、乾盃をやり出したから、むろん飯塚氏はわかってたんだろうな。玄関前に防空壕があって、洋酒がズラリと並んでいた。その頃の酒場からは姿を消してしまったスコッチが、よりどり見どりだった。三日間飲み明かして、夜があけたら終戦だった」

それで蒔子が言った。

「そんな方には全然見えませんわね。奥様だってとても礼儀正しい方……」

「マダムは疎開していて、そのパーティーにはいなかった」

終戦前後には、玉音の放送をめぐって、政府部内や軍部の中に血みどろな対立があったというし、森男は森男で、焼夷弾を浴びながら母親と一緒に逃げ廻った庶民の一人だから、終戦前にそんな派手なパーティーをやっている人があったとは、まるでお伽話を聞くような気がした。

それでも、アジマス・エイトというバンドの名は、大学の友達から聞いていた。当時、アルバイトという名前はまだなかったが、その友達はアジマス・エイトのサキソホンを吹いて小遣を稼いでいた。しかし、むろん友達は戦後になってから、メンバーになったので、終戦前の豪華なダンスパーティーについては、何一つ知らないだろう。その友達の名は岡見と言った。

車は杉原邸に着いた。康方はぜひ食事をとすすめたが、森男は振り切るようにして彼等と別れた。

雨も降りやんで、西の空に残照があり、濡れた花崗石の緩い坂がキラキラ光っていた。

2

車の中の話にも出たように、森男は康方のピッチングの相手をときどきさせられた。彼の家の門内の花崗石の途中から、木戸口を西へ入ると、そこに一面のテニスコートがあった。死んだ先代がラケットを振ったこともあったそうだが、彼の死後、そのコートは廃物同様になっていた。その空地を利用して、ときどき康方は森男にキャッチャーミットを嵌《は》めさせた。森男の前には、ホンモノのホームベースを置き、投手と捕手の距離も野球ルールの通りにした。投手のプレートには、土を盛ってマウンドを作った。

康方のボディスイングは板についたもので、三四回ワインドアップしてから、やや反り身になって、一瞬のポーズを作り、それからオーバースロー風に投げ下してくる。しかし、剛直球というよりはカーブの利いたスローボールが多かった。と言って、ユニホームを着て出るわけでもなかったので、ズボンでボールを拭くために、一回毎にズボンを洗濯しなければならなかった。その頃は、洗濯屋も応召していなくなっていたので、下男の村越が汚れたズボンを三着分ぐらいずつ盥《たらい》に突込んで洗っているのを見かけた。

このように器用にピッチングをしたり、鵠沼《くげぬま》の海で泳げば、大きな波を平気でくぐる体力に恵まれた康方が、どうして戦争に行かなかったかと言うと、彼の母方の大伯父が明治元勲の一人だったので、徴兵検査は第一乙種合格であったにもかかわらず、入隊して一週間で、その方面からの運動が奏効したのか、忽《たちま》ち兵役免除となったのである。そうでなければ、森男の父と同じように、南太平洋上のどこかの島で玉砕をとげていただろう。

――森男の父は、昔、杉原産業に勤めていたことがある。それで、殆んど無家賃のようにして門前の借家を借り、会社の休日には杉原家の庭掃きや、夏冬の建具の出し入れを手伝ったりした。先代が死んでからは、蔵の中の出入りも許され、康方の知らない掛軸とか花器などにも通じていた。時には康方のお傅《もり》もさせられた。だから、康方の遊び相手は、岩永親子の二代にわたるものであった。

森男の父は、先代には気に入られていたが、康方にも煙たがられまいとして、人知れず気をつかった。それで心安だてに「坊ちゃん」と呼んだりすることはなかった。若い日の康方は、今とちがって気むずかしいところもあったから、先代とは逆目に出ることが多かった。先代のためにすることが、康方には気に入らず、よく板挟みにあった。しかし、森男の母の前で、父は愚痴をこぼさない。今に若社長にも重用されるにちがいないと力んだ。そういう人の好さで、父は誰にも憎まれない存在であった。生きていたら、康方が初婚に破れたことを一緒になって悲しみ、また今度蒔子と結婚したことをわがことのように喜んだであろう。その代り、財産税のために、杉原家の土蔵の中の金目の書画骨董が封印されたときには、父はさぞかし地団駄踏んで口惜しがったにちがいない。

森男はこの父が好きだったが、父の月給では正直なところ中学を卒業するのが精一杯であった。若し父が死なずに復員したら、森男は大学行を断念していたかも知れない。父がガダルカナルで戦死したので、却って同情が集まり、森男の学資が康方の手から母の一枝の手に渡されることになったのである。

翌日、大学へ行くと、久しぶりに岡見と顔を合せた。彼は青い銀杏のある道を、三十二番教室のほうへ曲るところであった。森男を見て手を上げたのは、岡見のほうだった。微笑しながら近づく岡見に、

「君はまだアジマス・エイトのメンバーで働いてるのか」

「とっくにやめたよ。今は進駐軍のキャンプ廻りだのサンタフェだのに行っている」

「実はね、アジマス・エイトが終戦前にさる富豪の屋敷で、三日も続けてダンスパーティーをやったという話を今頃聞いたんでね。むろん君の入る前だろうけど」

「そんな噂は聞いたことあるけれど……こちとらには関係ない話だ。バンドマスターも代ったし、ドラムを叩いているのが古株だったが、至って無口の男だから」

「憲兵隊でもそんなことはわからなかったのかな」

岡見は、そんなことは珍しくもないという顔で、どこそこでは戦争中でも光の洩れない地下室で、ジャズバンドを入れて盛んに踊っていたという話をした。

「夢にも知らなかったな」

「それより岩永……誰か金を持ってる奴を知らないか」

「藪から鉄砲だな」

「すばらしいジャズシンガーがいるんだ。金のあるパトロンを捜している。君ならそういう金持にご縁があると思って」

「とんでもない。親父が死んで、辛うじてお袋と二人で暮しているのに、何が金持に縁があるのだ」

「しかし、本当にすばらしい女性なんだ」

岡見に言わせると、彼女は声もいいし、マラカスの振り方もうまい。ただ、われわれには高嶺の花なのだそうだ。

「岡見はポン引までやってるのか」

「冗談じゃない、ポン引っていうのは口銭を取るんだろう。僕はそんなものは取らない。そういう女がアメ公の餌食になるのが、いかにも残念だからね。日本人を捜してやろうと思ってね。それだけなんだ」

そう言い捨てたが、ふと気がついたように、封を切らないラッキーストライクを森男にくれてから、彼はまた銀杏の続く坂を降りて行ってしまった。

この時代を進駐軍物資の時代と呼べば、呼べないものでもなかった。母の一枝でさえ、進駐軍物資を手に入れるために遠方まで出かけた。煙草なら今のラッキーやチェスターフィールド、キャメル、フィリップモリスのカートン、チョコレートならハーシイやネッスル、罐《かん》入アーモンド・ロカ、レーズン、ジッポーのライター、ラックスの石鹼等をリュックサックに詰め込んで帰って来ては、それを大して儲けずに杉原家やその近所へ流していた。森男に学資を貰う恩返しのつもりでもあったのだろう。むろん、康方自身も闇物資の買漁りでは人後に落ちなかった。戦争中でも砂糖は納戸に山と積まれていたそうだ。杉原産業の元支配人が沿岸航路の小貨物船を買取って、危険極まる東支那海に密航し、台湾まで行って砂糖を船底に買込んで戻って来たので、それが五十倍、六十倍の闇値で売れ、康方もその裾分けにあずかったのである。それは、戦争中は絶対秘密になっていたが、戦後運転手の口から洩れた。そう言われてみると、杉原家へ行けば、ふんだんに砂糖を振舞われた記憶がある。配給の砂糖は全く無く、一枚の姉のいる秋田からリンゴ飴を送ってもらって、それで僅かに甘味をとっていた時代であったのに……。

——大学から帰ると、茶の間のチャブ台の上に、例のアーモンド・ロカの罐入が六個ほど積んであった。

「どうしたの、こんなに」

「小池さんから知らせてくれたから」

小池というのは、そういうものを手に入れる母のルートで、職人を二人ほど置いている理髪店の副業だった。そこへ行くと、大抵のものは手に入ったし、ドカッと入ると知らせてくれた。

「こんなものを沢山買ってきて、売る先あるの」

「大丈夫よ、すぐはけちゃう」

「有難迷惑がられないようにね」

森男は釘をさすように言った。母は紅茶を淹れてくれたが、ついでに、さっき伊与さんが来て、今夜康方が昨日のお詫びに森男と食事をしたいとの口上を伝えたと言った。

「僕、いやだよ」

「何を言うのさ、折角よんで下さるのに……何へソを曲げてるの」

「ヘソなんか曲げてないけど、お嫁さんの前で飯なんか食うの、僕苦手だ」

「まだ学生のくせに、一人前を言ってるよ、この子は」

「行きたかないけれど、行くかな」

「じゃア、そのアーモンドを持って行くんだね」

「売りつけるの」

「まさか……ご馳走になるんだもの、当然手みやげに持って行くのよ」

「そんな気前のいいことしてたら、お母さん、モトが切れるぜ」

「余計なことを言ってないで、早く行ってらっしゃい。お母さんはお母さんで、ソロバンを立てて言ってるの」

「そんなら一個頂戴する」

森男はそう言って、一番上の丸い罐を一個だけ取りおろした。

「ついでにこれも差上げよう」

森男はラッキーストライクを一個ポケットから出した。

「どうしたの、そんなもの」

「大学で岡見から貰ったの」

「岡見さんて不良でしょう……そんなもの貰わないほうがいいわ」

しかし、岡見よりもっと悪党がいる。これでも日本人かと思うほど……まるでアメリカ生れかと思うようなのもいる。そういうのに較べると、岡見はまだ日本人の匂いがする、と言うと、

「さあ、どうかしらね。お前の鼻も大分危いからね。こういうものを吸ったり食べたりしているると、だんだん区別がつかなくなっちゃうんじゃないかしら」

森男は、さっき岡見がポン引だけはやらないと言っていたのを思い出した。しかしそれは口だけで、真実はどうかわからない。彼がほかの学生に較べて何ンとなく裕福そうに見えるのは、果してバンドからの正当な収入だけによるものであろうか。

「そうそう、昨日はご馳走さんでしたね……バナナ、おいしかった。まだ一本ありますよ、食べる」

と、母は訊いた。

「僕はこれからご馳走になるんだから、よかったらお母さん食べておしまいなさい。甘かった」

「青いからどうかと思ったんだけれど、とても甘かった。あんなものどこで買ったの」

「大道で。道端にミカン箱を置いて、その上に五ツ山ほど積んであった。本当は一ト山じゃなきゃ売らないらしいが、特別に二本だけ分けてくれたんだ」

「ずい分高かったでしょう」

しかし、一枚の買ってくるものだって、森男はついぞその値段を聞いたことがない。値段を聞けば、お互に気まずくなったり、折角のものがおいしくなくなったりもする。

「大道ってどこ、本郷の通り」

「どこだっていいじゃないか」

「この頃、大学から真直ぐ帰ってくるの」

「そうだよ」

「それにしちゃ遅かったね」

「うるせえなあ」

と言われて、母は気を変えて、

「それじゃ遠慮なくもう一本食べますよ……そうか、その前に仏様に一ぺん差上げよう。お父さんはバナナが大好物だったんだよ」

「一ト山十五銭のバナナでしょう」

「もっと安かったかも知れない……一体どんな人が売ってたの」

「骨の曲った蝙蝠傘をさした女が、雨の中に立って売っていたんだ。それがなかなかいい女で、闇屋のおばさんとは見えない。それでつい買っちゃったんだが、どういう女だろうな」

母は、息子が焼跡に立ってバナナを売っている女にまで関心を持つのを、警戒するように、

「どうせ怪しい女でしょう」

「それがそうでないんだ。僕の想像では、終戦のとき自決した陸軍大佐ぐらいの人の未亡人か、空襲で丸焼けになったいい家の奥さんか」

「さあ、どうかね。そういう奥さんが、いくら何ンでもバナナなんか売りませんよ。商売女じゃないの」

「商売女というと」

「夜の女でなければ、昔芸者だった人が、今ではそんなことしなければ暮せなくなってるんじゃないかね」

「お母さんたら何ンでもそういう風に考えるんだな……誰から買ったっていいじゃないか、バナナがおいしくさえあれば。僕は絶対に芸者なんかした女じゃないと思う」

と、彼は力んで言った。そこへまた伊与さんが迎えに来た。森男は制服に着替えた。伊与さんは門の傍に枝ぶりのいい黄楊《つげ》を一本植えることになったと、一枝に話している。

3

森男はすぐ食堂へ通された。細長い食卓には、純白のテーブル・クロースが掛けてあり、その中央にダリヤをさした九谷焼の花器が飾ってあった。

五分とは客を待たせないで、康方があらわれた。

「昨日はほんとに失敬した。さぞ気分を悪くしたろうと思ってね……それより第一、腹がペコペコだったろう。今夜はそのお詫びだ」

「何を仰有《おっしゃ》るんですよ……実のところ、僕は自動車に乗せてもらって、大満足だったんです」

「あとで蒔子も、森ちゃんのことを気の毒がっていたよ」

森男がアーモンド・ロカの罐をさし出すとき、おくれた蒔子がはいってきた。昨日とは対照的に、黒地に白のあじさいを染めたひとえものを着ていた。

「今日は、あたしがおねだりしたのよ。森男さんに来て戴けるようにしてって……」

「森ちゃん。それはこの人のお世辞でもなんでもない。で、僕は伊与を、一枝さんのところへ、使いにやったんだ」

「ありがとうございます」

森男のこの返事は、いずれにしても光栄ですという意味のようだが、心の中では、蒔子の発案であることが、嬉しくないわけはなかった。

料理がはこばれ出した。康方はそれに一々弁解を付した。統制経済の下では、ホンモノを揃えるということが、いかに至難事であるか。鯛でも鮪《まぐろ》でも牛肉でも、ホンモノはどこへ分散するのか、見当もつかない。ずい分克明に捜しまわるが、手に入るのは、殆んどみなニセモノである。

「僕なぞはホンモノを知らないで育ったから、こういうご馳走をニセモノとは思いませんが……」

「いや、森ちゃんだって、小学校の頃食べたおいしい牛肉や魚の味はおぼえているだろう」

「さア忘れました」

で、蒔子が笑った。森男が昔味わったおいしい牛肉の味を忘れたというのは、今夜の招待に対する適切な追従《ついしょう》だと思うと、何がなし、滑稽だったからである。

スープは、進駐軍物資の罐詰のコーンであったし、肉料理は、なま肉がないので、コンビーフが使ってあった。それも、アルゼンチンのコンビーフだというのに、昔のアルゼンチンのそれにくらべると、全然味がおちると康方が言った。彼の話だと、そのアルゼンチンにおける牛の生産が増大し、この分でいくと、総人口を牛の頭数が上廻るようになり、従っておいしいコンビーフをつくる余裕がなくなるだろうと言う見通しだった。これからは、生鮮食料品の生産過剰に悩まされる時代になるが、今までと違うことは、いくら物資が豊富になっても、物価が安くなって来ないという点に特徴がある。

「それは南アメリカに限られた珍現象じゃないのでしょうか」

「いや、今に日本もそうなるよ。今だって、ニセモノを高く買わされている現状は、つまりそれだ。稀少価値のホンモノが高いんなら、わかるんだが」

そのときは、森男には腑におちなかったが、その後の様子を見ると、康方の言ったことは、大体間違いなく、そうなって行ったようである。つまり大量生産ということは、レッテルだけの名目になって、中身のホンモノは遠くへ消えて失《な》くなり、インフレーションと共に、値段だけがグングンあがるニセモノの氾濫時代が、今にくるという康方の予想は、必ずしも彼の口からの出まかせではなかったらしい。

「すると、それは経済物資ばかりでなく、文化についても言えるのでしょうか」

と、森男が訊いた。

「文化については、僕が口を出す問題じゃない。これは森ちゃんの領域だ」

「まだ学生ですから、そんな資格はありませんが、ニセモノが大量生産される心配は、文化に関してもありますね」

この二人の対話に、蒔子は神妙な聴き役をつとめたが、一言一言、康方の視線が、森男から蒔子にうつり、また蒔子から森男にかえると思うと、すぐ蒔子のほうへ飛ぶのを、森男は食事の中ほどから、気がついていた。いや一言一言であると共に、一ホーク一ナイフ毎であった。その上、男の目が凝《じ》っとそそがれるのを、蒔子は臆面もなく、自分の顔に受けとめている。といって男の目に目を返すのではない。蒔子の視線は、どこを見ているともわからない。やはりあの自動車の、三方のガラスからさしこむ光線の屈折の中で、プリズムにかかったような幻しとも見える彼女の表情が、思い出された。森男はつとめて、蒔子をさけ、勢い康方の顔に目をそそいだ。その康方が、陶然として、蒔子の顔に吸いとられているので、それを追って行くと、全くの話、目のやり場に困るのであった——。

食事がすむと、康方は森男に、パーカーの万年筆を一本くれた。

「こんな高価なものを戴いては、お袋に叱られます」

と、ことわったが、康方はむろん引っこめなかった。そして言った。

「昔、森ちゃんが、どうしてもエンペツって言うんだ。エンピツと言えたら、芯の太い3Bの鉛筆を上げると言って、とうとう泣かしてしまったことがあったっけ——」

「エンペツは、うまくないなア」

それで蒔子は、横ッ腹が痛くなるほど、笑った。

それからまたチーク材の寄木を敷いた涼廊《ベランダ》へ出て、ひとときの会話が交された。三人が掛けた椅子は英国製の籐椅子であった。

「森男さんはこの頃の学生さんとしても、とても真面目でいらっしゃるんですってね」

と、蒔子が言った。

「誰が言いました、そんなことを」

「村越も言ったし、伊与さんからも聞きましたよ」

「どういうのが真面目だかわからないが、戦後の教育は低調で、てんで無力化しちゃったんじゃないでしょうか……ドッジが日本には教育はいらないなんて暴言を吐いているご時勢ですからね」

「まア、そんなことを……ドッジって銀行家でしょ」

「はい。デトロイトの」

「ドッジ・ラインというと、日本の財界人は慄え上るからね」

と、康方が口を挾んだ。食事中は主として康方が語ったが、涼廊へ来てからは、人が変ったように蒔子がよく喋べり、康方がワキ役に廻っていた。

「日本人に教育がいらないなんて、ドッジは本当にそんなことを言ったんでしょうか」

「新聞にも出て居りますよ。でも、それに反駁する経済評論家も文化評論家も一人も居ないんですから、今の日本の大学がスランプなのもやむをえないでしょうね。そこへ毎日通っている大学生だって、退屈そのものです。半分以上はデカダンスになってます」

「でも、いけませんよ、森男さんはそういう学生の影響を受けては……折角真面目なのに」

「やむをえず真面目なんです。本心は少し羽目を外して出鱈目をやってみたいんですが」

「オヤオヤ……森男さんは何を専攻していらっしゃるの」

「日本文学です。それの東山時代を調べているんですが、そんなことをしていていいのかどうか、ときどき底なしの懐疑に落ちます。果して一生の役に立つかどうかと思って……アメリカ教育使節団の言うように、国語が廃止されてローマ字になるような時代が来たら、東山時代もヘッタクレもないでしょうからね」

「ローマ字になんかなるんでしょうか」

「なるかも知れませんね」

「私は森男さんに今の通りの勉強をして行って戴きたいわ、ねえ、あなた」

康方は葉巻をくゆらしていたが、

「重大問題だね。僕がGHQの役人なら、やはり国語を全廃してローマ字を使わせるだろうね。日本をアメリカナイズするのには、そのほうが近道だ。彼等は自国で出来ない行政上の試験問題を、占領した日本でやってみようとしている。そこに無理があるのは当然だが、ある程度押し切るだろう」

「それじゃあなた、迷惑するのは日本人だけじゃありませんか」

「まアそうなんだ」

「いやだわ、そんなの」

「しかし、こうして日常生活に於て、アメリカの恩恵を受けていることは事実だからね。この葉巻もそうだし、お持たせのアーモンドもそうだし、そこにあるサンキストのオレンジだってそうだ」

「秘密裡に、アメリカの資本が目に見えない太いパイプでどんどん流れ込んでくるんでしょうね」

「森ちゃんはなかなか先を見ているね」

「アメリカの金力で日本は栄えると思うんですけれど、日本人はどうなるんでしょうかね……どうもくたばりそうな気がしてならないんです。ローマ字になるなんてのは、日本人がくたばった証拠ですからね」

「そんなこと言わないで……心細いわ。でもそういうときに、森男さんのような真面目な学生がいるってことは、とても嬉しいことね」

「買い被らないで下さい。そんな自信はないんです」

「すると森ちゃんは、戦争中は国粋主義者だったのかね」

「まだ中学生でしたから、右も左もわからなかったんです。ただ年をとるのが可恐《こわ》かったことを憶えています」

あの頃の心境では、年をとることは死のペースに捲込まれることであった。大学予科へ入れば、直ちに学徒出陣が待っていた。子供ながらにときどき死の恐怖に駆り立てられる。昔の中学生にはかつてないことであったろう。みんなは黙ってはいたが、誰にしろこの恐怖は避けられなかった。だから、終戦のときは大人のように泣く気にはならなかった。と言って、まさか喜ぶわけにもいかなかった。そのことに腹を立てた母のことを思い出して、森男は言った。

「あれでお袋は少し右寄りなんですよ」

それがきっかけで、一枝の話になった。終戦から厚木進駐の前後、一枝はクンクン鼻を鳴らしながら、

「ああ、夷狄《いてき》の臭いがする、夷狄の臭いがする」

と言ったものだ。夫の死に対する報復心もあって、米英を憎む考えから、一両年は解放されなかった。はじめは放出物資まで穢《けが》らわしいと言って口にしなかったが、いつの間にかそれを買い漁るようになった。アーモンドの空罐も捨てずに取って置いて、佃煮を入れたり、味噌を貯えたりするのに使った。ある駅のプラットホームで、MPの一斉検査を受け、リュックサックの中の一番上に入れて置いた空罐の蓋をあけると、守口漬が入っていたので、MPは鼻をつまんで一枝を放免したという話もあった。

「そいつはユーモラスだなあ」

と康方が笑った。蒔子も笑った。

「それ以来、お袋は進駐軍物資を手に入れるときは、必ずおまじないに沢庵か浅漬を罐に入れて持って行きます」

そんな話をしている間に、涼廊の電気が消えた。その頃、始終あった渇水停電だったが、真実は電力の大部分が進駐軍の需要に奪われているので、日本人は渇水という名の停電に、毎夜のように悩まされていた。

「こちらさんでも停電があるんですか。驚いた」

「そりゃアあるさ。生憎《あいにく》隣りがアメリカの将校の接収家屋ではないんでね。今の日本では、それ以外に停電を防ぐ方法はないんだ。戦争中だって、電力は剰《あま》っていたんだからね」

「そうですね、空襲のとき燈火管制したことは、電力があった証拠ですね」

「もっとも、終戦と同時に火力発電機を日本人の手で壊したという話もある。馬鹿なことをした奴があるものさ」

と、康方は自嘲する風に言った。焦土戦術の一種として、日本人が占領軍に対して火力発電機を壊したという話は、森男にはその時が初耳だった。

村越が蠟燭《ろうそく》を五、六本、古風な燭台にのせて運んできた。ゆらぐ灯の光が、蒔子の顔だけ照らした。それで一層神秘的に見えた。着物が黒いせいか、肩から下の着ているものは見えず、首から上だけが見えるので、裸の女があじさいの白い花で胸をかくし、籐椅子に掛けているような錯覚があった。蠟燭の火が、女をこのように玲瓏《れいろう》と見せるとは、森男は知らなかった。

ふと気がつくと、康方もまた魅入られたように、蠟燭の灯影に見る妻の顔に吸い寄せられていた。森男ははじめて妬《ねた》ましさのようなものを感じた。それは康方に対する嫉妬ではなくて、二人の男の視線を同時に惹きつける蒔子への妬ましさであった。

その瞬間、涼廊のテーブルの下で、森男の足の尖《さ》きに、蒔子の足袋が軽く当ったような気がした。森男は男の足か女の足かと迷い、蒔子の足と推定した。しかし、踏むという意識はなく、偶然当ったものにちがいない。第一、彼女が森男の足を意識的に踏む筈がない。だが、蒔子はそれを急いでよけて、またもとの位置に戻した。意識的に踏んだ風ではないが、偶然にしろ踏んでしまったという意識はあった。若し康方が踏んだとしたら、蒔子の顔を見ている森男を警《いまし》めるために、意識的に踏んだと考えられるが、それが男の足袋でなく、女の足袋であることは紛れもなかった。足袋を距ててはいたが、女の足の指というものが、こんなにも柔かく、たおとして千万無量の内容があるとは思わざることであった。森男は膝を中心に、腿と臑を直角にしていたのを、やや鈍角にして、足の尖きをのばし、もう一度蒔子が指尖きに触れてくるのを待った。もう一度触れてきたら、最初のもあとのも女の意識の戯れである。が、蒔子はそれっきり触らなかった。

4

八重洲口のクラブ・サンタフェの、楽士専用の入口から入って、狭い事務室の椅子で、森男は待たされていた。汚れた漆喰の向うでバンドが鳴っている。ヴィブラホンが聞えるのは、その頃としては珍しかった。しかし、岡見の吹いているサキソホンを聞きわけるほど、彼は耳巧《みみごう》者《しゃ》でもなかった。次の曲で、ジャズソングを歌う女の声が聞えだした。今日岡見が森男に紹介しようとしている綾部より子の声にちがいない。マラカスの音もしている。十五分ほど待つと、岡見に連れられて、綾部があらわれた。ピンクのドレッシイな衣裳で、手が細く、真ッ白で陶器のような感覚だった。

「より子にたのむと、PXから大抵のものは手に入るよ……それにこの人はマージンを取らないから、闇相場よりずっと安い……岩永のお母さんも上手だそうだね」

何を言うのかと思ったら、岡見がそんな話をするので、森男は照れくさかった。PXからいくらでも運び出せるということは、綾部が進駐軍関係に曰くがある証拠だと思った。しかし、岡見が支配人室に用があって座を外し、一対一になると綾部は言った。

「あたしの発声、終戦後の急ごしらえなんです。正規の勉強をしたわけではなし、ほんとはお恥しいんだけど、いつの間にかこれで通っちゃったの。マラカスの振り方だって、岡見さんに教わってはじめてやってみたくらいなんだもの。本当は勉強したいの、文学が……学資さえあれば大学へ行きたいわ」

「今からでも遅くはないさ」

と、森男は言った。

「ほんと……勇気づけられるわ」

「しかし岡見は、君に誰かいいパトロンを世話したいようなことを言っている」

「コスチュームが欲しいのよ。こんなことしてりゃ、まさか毎日同じドレスでもいられないでしょう。それでちょいとこぼしたんだけど、だからと言って、いつまでもやっている気もないの。女は岡見さんのように、サンタフェで働きながら大学へ通うってわけにはいかないでしょう」

「でも、出来ないことはないけれど、男よりはむずかしいな」

「ここを罷《や》めりゃ、たとえ雀の涙にしろ月給がなくなるから、一層困っちゃうの」

要するに、綾部より子は身の振り方に悩んでいる風であった。ライトが当れば派手に光る衣裳も、傍で見るとくたびれていた。恐らく彼女を張りに来ている進駐軍の将校もいるのだろう。新円で儲った日本人や第三国人も目をつけない筈はない。それだけに、より子は反り身になって堕落を防いでいるにちがいない。だが、森男にそんな活路を見つける方法がないことは明らかだった。岡見が帰って来た。

「どうした、杉原康方氏の話は出たかね」

「まだそんな段階には行かないよ」

「何ンだ。それじゃ何を話していたんだ」

「相変らず岡見は性急だな」

「まアいいや、今日は初対面だから……岩永もホールへ行ってみないか」

「金を持ってないよ」

「見物だけならいいさ。とにかく日本で終戦後はじめて開場したホールだからね。末次内相が閉鎖して以来、ずいぶん長い暗黒時代を通ってきた。やっとこさ天の岩戸が開かれたんだ」

突然岡見が天の岩戸なんて言うので、森男は苦笑した。終戦後の子供は、歴史が抹殺されたので、天の岩戸の神話は誰も知らないだろう。森男は楽士たちの出入りするアーチ風の耳門《くぐり》から、カーテンを押しあけてホールへ出た。テーブルは七分通り埋っていて、隅のほうが少しばかりあいていた。岡見がボーイにたのんで、そこへ森男を坐らせた。七分通りの客の、また七分通りがアメリカ人であった。日本人は数えるばかりしかいなかった。あとは国籍のわからないバイヤーらしいのと中国人であった。その頃はホステスが少なかったので、彼等はパートナーを同伴して来ていた。バンドの切れ目で余興になり、燕尾服の男がタップを踊った。と見ると、前列の右端のテーブルに綾部より子が呼ばれていて、スコッチウォーターをのんでいる。

相手は肥満型のユダヤ人らしいバイヤーだった。テーブルの上にはダイスが置いてある。ジャズシンガーがテーブルにつけば、チップが稼げる。そのほかにバイヤーはわざとダイスに負けて、賭けた金をより子のポケットにねじ込む風であった。そして爆笑した。森男はそれを横目で見ながら、月給だけでは衣裳が買えないと言ったのに、結構稼げるではないかと思った。大学へ行って文学をやりたいなどと言っていたより子の話も、少々眉唾だった。そのうちに余興がすみ、彼女はまた舞台へ上った。岡見はサキソホンを吹き、彼女はマラカスを振った。はじめて見るより子のマラカスの振り方は、たしかに魅惑的だった。手を振りながら、軽く踵を跳ねるように上げる形が、男心をそそった。いつ憶えたのか、天分もあると思った。やがてマイクの前で歌い出した。正式に勉強してないと言ったが、声量があって、ハスキーで、悩ましい声だった。歌いながら、踊っているカップルにウインクした。さっきのバイヤーは、マイクすれすれの傍まで行き、より子の秋波に秋波を返した。暫くそこでステップをやめ、立ち止った儘より子の顔を見つめている。しかしより子は、一つニコッとしただけで、今度は左の端に位置を変え、マラカスを振りたてながら、靴で舞台を鳴らした。しかし、森男のほうは見なかった。そうかと思うと、ときどきバンドマンたちとも顔を見合せている。目の下に傷のある長身のベースマンの耳もと近くへマラカスを持って行ったりした。そんな蓮ッ葉な悪ふざけが憎めないほど板についている。こんなに仕事を楽しんでいるのと、足を洗いたいと言っていたさっきの言葉とは、あまりにもうらはらなような気がした。どっちが本当で、どっちが嘘なのかわからない。恐らく岡見もより子の表現に当惑して、判断に苦しんでいるのではないか。

森男のテーブルに水ワリが運ばれてきた。見物だけだというのにこんなものを飲んでは心苦しい。しかし、それを運んで来たボーイは、

「ジャズシンガーの方からです」

と言った。彼女は舞台から下り、はじめて森男のテーブルまで歩いて来て、やはりいたずらっぽくマラカスを振りながら、

「どうぞ召上って頂戴」

「弱ったなア」

「弱ることなんかありませんよ」

「では、これ一杯飲んだら失礼します」

「そんなこと言わないで、ごゆっくり。まだ外は明るいわよ」

そう言ったかと思うと、クルリと踵を返し、彼女はまた舞台へ上って行った。それを見ていたバイヤーが立ち上り、舞台の下まで行って、より子にダンスを申し込む風であった。それに対して、より子はチェンジバンドしてハワイアンになったら踊ろうと言っているらしい。バイヤーはなかなか承知しない。それで彼女の手からマラカスをもぎ取ろうとする。より子は抵抗した。岡見が立上って、バイヤーを押しのけようとするので、バイヤーはますますいきり立った。ボーイが二三人来て、両腋をかかえてもとのシートへ押し戻した。あわや狼藉《ろうぜき》と思われる

一齣《こま》があって、森男は胸をドキつかせたが、より子は顔色も変えなかった。絶えず微笑を流しながらマラカスを振りやめず、歌になると落着いた声音を流した。岡見は岡見で、真直に譜面を見たまま目じろぎ一つしなかった。騒いだバイヤーも、何事もなかったように、スコッチウォーターを命じた。

サンタフェを出ると、森男は黄昏の焼跡を無目的に歩き廻った。日本は一体どうなって行くのか、その設問に答えられる日本人はいないように思われた。しかし、森男が見るものは、長い間閉鎖されていたもののふしだらな放出であった。とめどなく流れ出る汚水のようなものであった。流れ出るものを、誰も止めるわけにはいかない。流れ出るにまかせるよりほかはなかった。煉瓦の外廓だけ残って、中は吹抜けになっているビルの残骸の中で、アメリカの兵隊とふざけている街娼たちの声が、舗道をショボリ歩いている森男の耳をくすぐった。

――いつとはなしに、森男はこの間バナナを買った焼跡まで来た。しかし、彼女は立っていなかった。

森男は思った。

自分は無目的に歩いているつもりだったが、実は目的があったのではないかと。自分はもう一度この間の女に逢いたかったのではないかと――。が、それは最初から徒労とわかっていることであった。女が同じ場所に立つのは、一週間毎か十日目ぐらいだろう。それとも今日はいつもより早目にバナナが売れてしまったのかも知れない……。

歩をのばして、彼は本郷の焼けない古本屋の中へ入って行った。前から狙っていた『実隆公《さねたか》記』が、一番奥の本箱の高いところに積んである。その本は第一巻から第六巻までで、そのあとはない。続群書類従《ぞくぐんしょるいじゅう》完成会が第六巻まで出して、戦争のために中絶したのだから、あとはないわけである。その尨大な原本を見たければ、大学の中の史料編纂所へ行けば見られるかも知れなかったが、森男はそれよりここにある古本を買って、それをゆっくり読んでからにしたかったのである。

彼は蒔子にも話したように、東山時代を調べている。それには応仁の乱直後の文明六年から、室町末期の天文五年に至る六十余年間の日記である『実隆公記』を読むことが必須条件である。

「そこの本、少し負けてくれませんか」

「『実隆公記』ですか。こんなものを買う人は今どきありませんぜ」

古本屋の主人は冷たく言い、商札を三割引したほどの値をつけた。

実はその後八、九年近く経ってから、戦争で中絶していた第七巻以後を復刻刊行した頃になって考えると、そのとき森男の買った六冊本は、まるで只みたいな値段であった。

古本屋を出ると、街には灯がついていた。正門前で都電に乗り、空《あ》いている席を見つけて腰かけると、持ち重りのする六冊本を膝の上に置いた。どうしてこんなものを買ったんだろう。しかし、何がなし心落着くものがあった。岡見に対する対立、サンタフェに対する抵抗、日本はどうなるかという不安からの僅かな回復であったろう。

家へ帰ると、母はミシンを踏んでいた。チャブ台には、夕飯の支度がしてあったが、母は先に食べずに森男の帰ってくるのを待っているのであった。森男が二階へ行って、買って来た『実隆公記』を机の上に置き、再び茶の間へとって返すと、ミシンの針を止めた一枝は、ガスをつけてかき玉の吸物を温めてくれた。

「さっき、大奥様がいらっしったんだよ」

「何ンの用で」

「私もアーモンドが食べたいって。お金はいらないって言うのに、無理に置いていらしった。アーモンドはお年寄には硬いと思うんだけど」

「若い人が食べると、年寄も負けずに食べたくなるんじゃないかな」

「若しそんなことが聞えたら、たいへんですよ。この間およばれしたとき、大奥様はいらしったの」

「いいえ……三人だけ」

「やっぱりそうね。結婚なすってから、大奥様はお離れで一人でお食事なさるようになったらしい」

そう言えば、停電で村越が蠟燭を持って来たとき、康方が「離れへも持ってお行き」と言っていたところを見ると、あの晩も康方の母は離れで一人で食事をしたのであったろう。

「森男、社長様とは今まで通りでいいけれど、奥様にあまり馴れ馴れしくしちゃいけませんよ」

「なぜそんなことをいうの」

森男はチクリと痛いことを言われたような気がした。しかし一枝は、例のこと——蒔子の足が彼の足の指尖きに触れてきたことを知る筈もないのに。

「だって、お前があんまり奥様、奥様って言うと、大奥様がいやな気持におなり遊ばすと思うから……」

「奥様、奥様なんて言ってないじゃないか」

「お前さん、言いかねないもの」

「お母さんこそへんな想像をめぐらすなよ」

母と息子は、よくこんな風に言い争うが、気が合わないわけではなかった。母一人子一人なので、心の中ではこよなく温《ぬく》めあっているのであった。

食事がすむと、彼は二階へ上って行き、買って来た六冊本の第一巻を熱心に読みだした。一枝は一枝で、また夜なべのミシンを踏む音が続いた。二階の部屋は、昔、父の居間だったのを、終戦後森男の部屋に直したものである。床の間を本箱にし、碁盤の置いてあった琵琶台には、部厚な辞書が並んでいた。十一時近くまで、『実隆公記』をたどたどしく読んで行ったが、昼間焼跡を歩き廻った疲れが出て、ミシンの音が止まないのに彼はねむくなった。で、自分で布団を敷き、高窓のある東のほうを頭にして横になった。スタンドを消すと、闇の中にポッカリ蒔子の顔があらわれてきた。それはこの間、現実の中で見たときよりも、より鮮明に見えた。現実に見るときは、まぶしいようで、細部《デテール》には視線が届かない。輪廓までぼやけて、玲瓏たる幻像を刻むのであるが、今こうして闇の中に浮かび出る彼女の顔は、現実以上に鮮かで、黒目と白目の境はむろん、二重瞼に生えているまつ毛の一本一本までがはっきり見える。左の目より右の目のほうが少し大きいが、それさえかえって魅力的だ。そう言えば、鼻の孔も左より右のほうが大きいらしい。首は白くて細い。その首に細い金の鎖であるネックチェーンをかけている。それは着物の下になっているので、外からはあるかなきかに見える。もともとこれは、洋装のとき、その中央にペンダントを下げる必要からあるものだが、いつかペンダントなしにチェーンだけをつけるようになり、着物の下にもつける習慣が出来た。それはおまじないのような、かそけき胸飾りであるが、森男は蒔子の着物の下を見破るような視線で、素早く見たのであり、そして恐らく彼女が裸になるときも、そのネックチェーンだけはつけているのだろうと想像した。何一つまとわぬ裸に、金の細身の鎖だけが、白い細い首のまわりにかけてある色気は、康方の心を物狂わしくそそり立てるのではないか。いや、康方だけではない。こうして夜の黒い寝室で、彼女の白い顔を想像している森男の心にも、火のような情感をそそり立てる。恐らく金のネックチェーンを、蒔子は森男に見られたとは思ってもいないだろう。襟の下に包みおおせたつもりでいるだろう。ゆらぐ蠟燭の灯に彼女の顔が照らされたとき、一瞬、彼女の肩から下の衣裳が脱げ落ちたような錯覚があり、そのとき明らかにネックチェーンが、森男の目に灼きつけられた。

いつかそれを森男は蒔子に糺《ただ》してみたい欲求に駆られた。どうしてペンダントなしに、しかも着物の下に見えがくれにそれをつけることになったのか、一体彼女はいつそれを取るのであるか、二六時中取らないのか。それは全裸のときのたった一つの装身具であるのか。そんな立入った質問を、彼女はとても許すまい。

森男はいつまでも闇の中で彼女の肩から下の衣裳が脱げ落ち、細い金の胸飾りだけの女になるのを待ったが、それは待ちくたびれるだけで、黒い闇はいつまで経っても黒い闇であった。金の鎖も鈍く光っているだけで、それが浪漫的にキラキラ光り輝やくような神秘はあらわれなかった。

一枝が踏み鳴らしていたミシンをしまうために、やや激しくミシンの蓋をしめる音が、ふと森男を現実にひき戻した。それから一枝は階段の途中まで上って来て、森男が寝返りをうつ音を聞きつけると、

「森男、おやすみ」

と言って、足音静かに降りて行った。すると俄《にわ》かにまどろみかけた森男の眼の中に、白い女の腕があらわれた。どう見ても、乳白色の陶器のような腕であった。指の爪で弾《はじ》けば、陶器のたてる音と同じ音をたてそうである。それで彼はその夢とも現《うつつ》ともつかぬ女の病的な腕が、綾部より子のそれを見ているのだと思った。それはただ空間に長く伸びているだけで、マラカス

を振ってはいなかったが……。

そのうちにだんだん細くなり、紐のようになったかと思うと、次第に透明になって消え失せた。

5

伊与さんの指揮で、杉原家の門前に黄楊の木が植ったが、森男は『実隆公記』を読むのに倦きた。第二巻の真中までも行かなかった。この日記をいかに克明に読んだからと言って、三《さん》条《じょう》西《にし》実隆という男の人間像を摑《つか》むことは至難事であると思う。東山時代という時代も、森男の学力では手さぐりでしかわからない。兵火と劫掠《ごうりゃく》にあけくれた洛中洛外のどこに文化が秘蔵されたのであろう。しかし、大東亜戦争の惨禍のあとで、東京には一切の文化財が焼きつくされた感があるとき、東山時代の三条西らが、ほんの一ト握りのグループの手で、最高の文化を護ろうとした意慾は、おぼろげながら察しられないではない。

森男は倦《う》み疲れて、その二階からも見える新しい黄楊の木を眺めていると、ニッカーボッカーにポロシャツを着た康方が、門から玄関までの花崗の石畳に立って、彼を呼んだ。

「森ちゃん、何をしてるんだ」

「キャッチボールですか。いま行きます」

渡りに舟というほどの気持で、森男は駈け降りて行った。二人はもとテニスコートの広場へ行って、キャッチボールをはじめた。はじめのうちの康方は無制球《ノー・コントロール》であったが、だんだんにべース板の真中やコーナーを通すようになり、気持のいいミットの音をたてた。十五分も投げた頃、応接間の窓が開き、蒔子が顔を出した。その瞬間、康方の左手からはかなりスピードのあるシュートボールが投げられて、ミットをかすめ、背ろの万年塀に後逸した。それはまるで蒔子の姿に胆を奪われたので、捕球のカンを狂わせたようで、森男は赧《あか》くなった。蒔子は、そのハイネックが支那服のようにデザインされている黄色いワンピースを着ていた。やがて彼女は庭へ降りてきた。丁度テニスコートの支柱《ネット・ポール》のそばに立って、キャッチボールを見物しだした。すると康方は、ジャンプしなければ捕れないような暴投をしたり、ショート・バウンドの球を投げたりした。そのたびに森男はうろたえた。美しい見物人があらわれたために、二人ともしどろもどろになるようだった。森男は歯嚙《が》みをした。今度こそはどんな難球でも捕ってみせるぞと、ミットを唾で濡らした。しかし、インコーナーを通してくる球を捕ったと思ったのに、ポロリと落した。

「だらしがねえなあ」

と、森男は自嘲した。すぐ拾って康方に返すと、康方はまた大袈裟なモーションをした。今度は辛うじて受けとめたが、球はストライク・ゾーンを外れ、森男は丁度そこに置いてあった建仁寺《けんにんじ》垣《がき》の腐った杭に右膝をぶつけた。ズボンの膝が黒く汚れた。その下で皮膚を傷つけたか、ちょっと痛かった。

「大丈夫か……森ちゃん」

「平気、平気」

森男は景気よく言い、再び捕手の構えをした。そのあと五、六分も続けたが、真直に入ってくる球もよく、ミットの音も爽かに捕球した。しかし、思ったより傷が深いのか、ズボンに血が滲んできた。それを最初に見つけたのが蒔子だった。尚もキャッチボールを続けようとする森男をとめて、三人は涼廊へ引揚げることにした。

「大したことはないですよ」

「でも、気をつけないと……破傷風にでもなったらどうするの」

破傷風菌は、湿った土の中や腐りかけた木片の中に発生しているものである。

蒔子は森男を例の英国製の籐椅子に腰かけさせ、外科箱を運んできた。そして、向い合って自分も籐椅子にかけ、森男の足を引張るようにして膝の上へのせた。康方もそばへ来て手伝った。蒔子が、

「まくって頂戴」

というので、康方は森男のズボンを膝の上までまくった。

「こりゃアひどい。生憎釘でもあったんじゃないか」

傷口は小さいが、刳《えぐ》れているように見え、その周囲を血に染めていた。

「少し沁みるわよ」

そう言って、蒔子はオキシフルを流し込むと、白い泡がまだ出血する傷の上を覆った。

「ズボンを穿いてたからまだよかったのね。沁みる」

森男はいいえと痩我慢《やせがまん》を言ったが、本当は大分辛かった。それからマーキロクロームを塗り、デルマトーゼをふりかけ、白い繃帯《ほうたい》を巻いた。鮮やかな手際であった。康方が言った。

「あんなところに建仁寺垣の腐ったのを置いとくからいけないんだ。伊与さんの責任だぞ。あの人は庭造りはうまいが、あと片附けが悪いんで困る」

しかし、それをもう少し垣根のほうへ寄せてからキャッチボールをすればよかったので、横着の科《とが》は森男にもあった。

蒔子は、森男の足を膝から下ろした。そして、レモンスカッシュを作って持ってきてくれた。その液体がのどの粘膜を通るとき、レモンの匂いが煙のような感覚を残して行った。

まだ少し痛んでいる。しかし、さっきからの蒔子の親切の心理的影響が、彼から痛みを遠ざけていた。しかし、康方夫婦と別れ、裏口から裏口へ、針金をつないだ焼丸太の低い垣根に沿って歩いてくるとき、傷口がズキンズキンと痛んできた。

その夜の夫婦の寝室で、康方は言った。

「蒔子、君は全く親切な女だな」

「森男さんの傷の手当をしたから、そんなことを仰有るんでしょう」

「彼の足を君の膝の上……というより、むしろ腿と腿の間へのせたなア」

「だって、そうしなければ安定しませんもの……変なところを見ていらっしゃるのね」

「そりゃア見ざるを得ない。彼の足はまだ少年の足のようにやさしい形をしていたね」

「知らないわ」

「とは言わせないよ。すぐ目の前にあったんだからな。スリルがあったろう」

「何を仰有るの……ほんとに森男さんてすてきな青年だわね。でも、あのときはそんなこと考えなかったわ。患者の足に繃帯をする看護婦と同じよ。いちいちスリルなんか味わってる筈はないじゃありませんか」

「では、君はいつも神の如くあると信じているのか、人間を……」

「そうね、悪魔主義なんてものは、誰からも教わらなかったわ」

「教えられないのに、森ちゃんにあんなに親切なのは、やはり君の心に悪魔主義があるからだ」

「よして頂戴。私はただ破傷風になったら大変だと思って消毒したまでですよ」

「破傷風なんかになるものか」

「わかりませんよ。運動会で滑って、肘をすりむいて、そこから破傷風菌が入って死んだお友達があったわ」

「では、君の心に神がいたか、悪魔がのりうつったかは別として、僕は平らかではなかった」

「それはすみませんでした。あなたの心を知らないで。いけないことをしちゃったわ。あなたにして戴りばよかったのね」

と、蒔子は謝った。しかし、康方はただのやきもちを妬いているのともちがっていた。彼の最愛の妻が、子供のときから可愛いがっていた青年に看護婦のように親切にしてやる光景を見て、不思議な満足感もあったのである。この満足感を蒔子に説明したかったが、どういう方法を以てしても、彼女にわからせることはむずかしかった。

すると、蒔子が訊いた。

「あなたのようなお考え方で言うと、女の患者の身体を診察するお医者様だって、悪魔の要素があることになりますね」

「多少ともあるだろうね」

「では、いい話をしてあげましょうか」

そういう前置きで蒔子が語ったのは、彼女がまだ旧制女学校時代のことであった。毎朝校庭で朝礼があるとき、一年生から五年生まで、約四百人ほどの女生徒が、ブラウスを脱ぎ、その下のスリップも脱ぎ、それらをスカートの上へ垂らした形で上半身だけ全裸になり、乾布マッサージをやらされた。校長先生をはじめ、体操の先生、受持の先生たちが列と列の間を歩き廻って、ゴシゴシこすった皮膚の色がポウッと桜色になっているかどうかを点検した。三年生以上は双つの実りが大きく膨らみ、一年生二年生でも、その中心部のコリコリした部分は盛上り、色素の変っている部分もほのかなピンク色で美しい。しかし、それを見て廻る男の先生たちの顔は、およそ真面目くさって鹿爪らしく、彼等の言うには、鬼畜米英が本土へ上陸して来た場合は、女と雖《いえど》も武器をとって闘わなければならないので、そのときのために体力を増強しておく必要があり、そのためのマッサージであると共に、ムダな羞恥心を一擲《いってき》して、健気《けなげ》なる大和撫子の存在を示さなければならぬ。これは江田島の海軍兵学校に於て、若き海国男児が一糸も帯びぬ裸体体操を日課としている顰《ひそ》みに倣《なら》ったものである。もっとも、女だから全裸というわけにはいかないが、上半身をあらわにし、さんさんたる日光の下で天地を拝するように屈伸体操をするときは、はじめてここに戦時下女性の国家的自覚が生れるのである。そういう趣旨が校長の口から繰返し叫ばれたものである。時には志士の熱狂のような身ぶり手ぶりもあって、女生徒たちは胆を奪われ、文句なしに乳房をあらわしたものである。

この話は康方をこよなく喜ばした。そこからたぐり出せば、思春期の蒔子のさまざまな秘密を告白させることが出来るかも知れないと、康方は恍惚感を禁じ得なかったが、そのとき室内電話が鳴って、村越の妻のいそ子が、森男が八度五分ばかり発熱し、傷口も大分痛むようだと報告してきた。康方は寝物語どころではなくなって、その電話を外線に切替え、SL診療所の内科部長を呼び出して経過を語った上、

「破傷風の心配がないでもないので、あなたの病院に血清があったら、今夜いっぱい確保しておいて戴きたい。また、なければ取り寄せておいて戴きたい。もし九度以上になるようだったら、今夜のうちに入院させて、血清をうって戴きますから」

「今ここではわかりませんから、担当者に聞いた上で、杉原さんの仰有るように保存させておきましょう」

という返事があった。それから、真夜中過ぎていたが、康方はパジャマの上にズボンを穿いたおかしな恰好で出かけるために、蒔子を寝室へ残した。村越が玄関の雨戸をあけた。街燈が消えていたので、村越は懐中電燈で康方の足許を照らした。

森男の家の玄関で、一枝にSL診療所の話をし、さらに低い声で、

「若し九度以上になったら、うちの車ですぐ運びますから……あくまで杉原家で責任はとります」

そう言って帰ってきた。

6

幸い森男の熱は朝方には七度台に下った。それで、破傷風の心配も解消した。蒔子が涼廊にいると、池の水を浚《さら》っていた伊与さんが、

「岩永さんの怪我も大したことでなくてよろしゅうござんしたね」

と言う。夜中に康方がSL診療所へ電話をかけて、破傷風の血清を予約した話も、誰に聞いたのか、伊与さんの耳にまで入っていた。蒔子もそういう夫の抜目ない頭の回転には感服した。しかし、森男の傷の手当をしたことで、夫があんなに嫉妬するものとは知らなかった。女としても、はじめての体験であった。彼女はただ、ほんの小さな親切心として振舞っただけである。夫が投げた球が、ストライク・ゾーンを外れたために、思いがけず負傷したのであってみれば、その妻としても、若干の責任があるような気がして、彼の足をワンピースの腿と腿の間へ乗せたまでのことであった。それを夫に、あんな風に言われるとは予想外であった。女のやきもちは学生時代にも何やかやと経験したが、男にもそんな嫉妬心があるとは考えていなかった。しかもふしぎなことに、夫はそれで気持を悪くしたのではなく、むしろそれを楽しんでいる風にも見えた。そこが蒔子には不得要領であった。そこまで行くと、全く未知の世界である。

森男が夜中に八度台の熱を出したと聞いたとき、夫は忽ち蒼白となり、パジャマのズボンを慄わせながら診療所へ電話をかけた。その様子は、只事とは思われなかった。彼女が森男の足を股にのせ、繃帯をしてやった程度の愛情とは比較にならない。夫には破傷風に対する恐怖が根強く存在しているのかも知れないが、やはり森男に対する激しい愛情のためであろう。蒔子がこの家に嫁ぐ前から、夫は森男を愛していたのではないか。

そうなると、蒔子が森男に示した親切心に対して、夫が嫉妬するのは、蒔子に対する妬心ではなくて、森男に対するやきもちかも知れない。果して夫の心が奈辺にあるか、考えつめると、そこからだんだん迷宮に入って行く。

蒔子が杉原家へ嫁ぐ前、実家の親が杉原康方に就て秘密調査をしたことがある。父親はほんの形式的にやるだけだと言いながら、実際はかなりの金額を払って、隈なく調べ上げた。それによると、白皙《はくせき》長身の美男で、戦時中軍需工業に積極的でなかったお蔭でパージを免れ、昭和二十一年には杉原産業の二代目社長として発足し、社員も彼に従順だが、親類や友人との折合いが悪く、先代の御曹子として人となったわりには孤立無援の憾《うら》みもある。女性関係は特に記すようなことはない。慶応義塾大学在学中、赤坂溜池のフロリダ・ダンスホールに通ったり、卒業後従兄の杉原照方と新橋、柳橋等狭斜《きようしや》の巷に出入したこともあったが、深入りせず、照方とも意見を異にして仲間われしてしまった。その後のことは、戦争直前から戦争中へかけているので、調査が難かしい。若し、一人か半分の寵妓《ちようぎ》がいたにしても、派手な嬌名《きようめい》を謳われたというわけでもない。概《おおむ》ね、穏当堅実の才人肌であって、とりわけ夫に死別した母親には孝養は至れりつくせりと言われている。そのほか、初婚及び初婚の失敗に関しては、それほど充分な調査ではなかったが、ほんの概略が示されていた。

以上は、蒔子が父親から見せて貰った興信所の秘密書類の概略のウロ覚えである。カーボン紙を中へはさんでの筆写であったので、判読し難い個所が沢山あったが、その文中にも森男のことは全然出て来ていなかった。それとも、蒔子がうっかり看過したのかも知れない。多分、その書類はまだ父親の鍵の下りる手文庫の中に入っている筈だから、今度実家へ戻ったとき、見せて貰って、読み直そうかと思った。

秘密調査と言えば、杉原家のほうでも、蒔子に関して調査方を興信所に依頼しているにちがいない。蒔子の母方の叔母の家で、そんな気配を感じたことがあり、

「向うでも調べているらしいわよ」

というニュースが入ったことがある。蒔子は自分に関してどんなことが調べられたかと思うと、ちょっとスリルがあった。その書類は、夫の部屋の鍵のかかる抽斗《ひきだし》か何かに保存されているにちがいない。彼女は可恐いもの見たさもあって、一度それを捜してみたかったが、几帳面な夫の机の中をひっかき廻すわけにもいかなかった。

それにしても、どうしてお互いに秘密調査的な方法で結婚することになったのかと言うと、それは新婚初夜に夫が言った言葉であるが、恋愛結婚というものは、いかにも美辞麗句をちり

ばめられ、戦後風景にも似つかわしく、むしろ見合結婚こそ野蛮な呪詛的な結合であるという風に考えられている。ところが康方は、恋愛結婚は畢竟《ひっきょう》くっつき夫婦であり、どこかに無理がある。戦争で世の中が一変して、無条件で恋愛を謳歌しているからいいようなものの、本当に第三者を首肯せしめることの出来る恋愛というものが、そもそも存在するのであろうか。大部分の恋愛は、第三者の顰蹙《ひんしゅく》を買っているが、誰が何ンと思おうとくっついてしまえばいいという思想であり、実際には第三者のことを考えていないのである。第三者どころか、両親や兄弟を首肯せしめないような恋愛でも、今は世の中をまかり通っている。しかし、いくら世の中をまかり通っても、康方はそれが自分に得心出来ない以上、自分は旧式な結婚を選ぶ。

康方は言った。

「実は、僕の恋愛は今夜からはじまるんです、今夜から……蒔子を完全に知ることによって、僕の恋愛ははじまるんです」

男のそういう意図は、はじめて同衾してこの告白を聞くまではわからないことであった。彼は身体を寄せて来たが、実行しはじめる前に、

「同意してくれますか、同意」

と、それを繰返し言った。

「何を同意するの」

蒔子は胸を慄わせながら訊いた。

「つまり、あなたも今夜から恋愛をはじめるという点を。二人はこれから結びつく……それによって二人は同時に恋愛をはじめる。その点の同意が欲しいのです」

「突然伺ったので、何ンて申上げていいか……よく考えてみないと」

「戦後、みんなが自由恋愛を謳歌しているときに、こんな結婚をする以上、僕のように考えないと、あなただって得心がいかないんじゃないですか」

そう言われて、蒔子は必ずしも整理が出来たというわけではなかったが、彼の言うままに同意して、初夜の契りを結んだのであった。

たしかに、その晩から康方の恋愛ははじまったようであった。蒔子の肉体は、初心《しょしん》ながら康方に充分な満足を与えた。

「自由恋愛なんか犬に喰われろだ。僕は最も純粋に肉感的になれる幸福を摑んだ」

と、彼は思った。

それにしても、夫の性的行為には、突然鳥の羽をむしるようなものがある。鳥は羽ばたきしながら抵抗するが、蒔子はただおとなしく彼のするままにまかせている。それでいて、蒔子の心に連想されるものは、丁度鳥が羽をむしられるように、彼女の肌につけているすべてのものを剝《は》ぎとられて行くときの、一種の懼《おそ》れ、興味、陶酔、そしてそれからやはりナルシシズムであった。それが肌を離れて行くとき、痛くはないが、倒錯があった。そう言えば、鳥が羽をむしられるときは、やはり痛くはないのだろうか。丁度女が着ているものを脱がされるように、自虐の戦慄が走るのだろうか。

その夜、夫婦は寝る前にベルモットを一杯ずつ飲んだ。森男の傷を診た近所の外科医が、ペニシリンを一本うち、これさえうっておけば蜂窩織炎《ほうかしきえん》にはならないから、もう安心だと言ったという話が出た。

「それにしても、君が早速消毒したことがよかったのだ。あの儘で半日も置いたら、深部まで侵されたかも知れない」

「でも、私が傷の手当をしたことで、あなたがあんなにお憤りになるとは想像しなかったわ」

「憤りゃアしませんよ。むしろ感謝している」

「だって、へんなことを仰有ったじゃありませんか。それとも森男さんのことを嫉いていらしったの」

「とんでもない。いくら森ちゃんが好きだとしても、あなたと対等の地位に置いて考えたことはない……あくまで第三者ですよ」

「そんなら嬉しいけれど。これは、前から一度伺っておきたかったんですが、二人が結婚する前、あなたは私のことをどこかの興信所でお調べになったんでしょう」

「どうしてそんなことを訊くの」

「お調べにならない筈がないと思って。何ンて書いてございました」

「いや、別に」

「そうね、やっぱりお調べになったのね。どこかにあるんでしょう。私、自分のことをどんな風に書かれたか、一度見てみたいんです。見せて頂戴」

「では、本当のことを言いましょう」

そう言って、康方はある興信所でほんの形式的に調べた秘密調査書類を、結婚式の朝、旧テニスコートの片隅で焼きすててしまったという話をした。どうしてそんなことをしたかというと、若し蒔子がそれを見せろと言うようなことがあった場合、別に大して傷つけるようなことも書いてないから、見せて見せられないこともないけれど、そこには実の親や兄妹などの細部に就ても書いてあるので、そんなものを見てアト味のいい筈がないから、ひと思いに焼きすてようと思って、庭へ持出し、万年塀の下で黒い灰にしてしまったと言う。

「では、その興信所へ行って、写しを見せて貰えばわかるわね」

「さあ、それはどうかな……秘密書類だから、依頼者以外には絶対に見せないことになっている」

「だから、あなたがそれをもう一度コピーして貰うなり……あなたの印鑑さえあれば見せるでしょう」

「そんなにまでして見る必要はどこにもない。それとも、君は何か結婚前に調べられては困るようなことがあるのかな」

「何ンにもないわ。男に身体を見られたことは、昨夜お話した乾布マッサージのときに、校長先生や体操の先生に胸を見られただけ、お父様にだって見せたことはないわ」

康方は、その話を聞くと、手足が熱くなるような気がした。ブラウスやスリップをスカートの上に垂らした恰好は、あまり見っともいいものではないようだが、四百人の女生徒が一斉に上半身を裸にし、黄色い声をたてながら乾布マッサージをするときの、すさまじい光景を見て廻る男の教師の眼は、この上もない好色と淫蕩とに陶酔したことであろう。その四百人の女生徒は、みな二つの乳房を持っているのだから、都合八百の乳房が、

「一二三四」

「一二三四」

の掛声とともに揺さぶり動く。が、その中にはさして魅力のない胸のかたちや皮膚の色もまじっていたにちがいない。蒔子のそれが、やはり抜群だったろうと康方は想像する。恐らく男の教師たちは、彼女の前を通るときは、自然に歩を緩め、或は往きつ戻りつしながら、眇《すがめ》のようにして、実はむさぼり眺めたことであろう。

そんなことが戦時下の学校で行われていたとは、記録にも何ンにもないから、今では彼女たちの語り草にとどまるものである。また考えようでは、大事件でも何ンでもない。四百の女生徒が二つの乳房をあらわし、黄色い掛声もろともに、背中や腕を赤くなるまでこすったとしても、それを好色や淫蕩に結びつける人は少ないだろう。普通にはむしろ道徳的に考え、戦時下

女性の大和撫子的鍛練による戦意昂揚と判断して、いやしく想像するほうがどうかしていると思うだろう。しかし、蒔子自身はそのときの教師たちの視線に、多少は鼻白み、女性的羞恥の情を催した記憶はある。しかつめらしい顔をした教師が、そのときは何気なく振舞いながら、あとで眼底に灼きつけられた若い女性の乳房を、繰返し思い出して、ひそかな快楽にすりかえる。そういう影響に就て、年齢よりもませた空想を遠くに感じたことがないわけではない。が、康方のようにそれを仰山に想像して戦時下にあるまじい官能的な場面を髣髴《ほうふつ》させるのは彼だけの独断で、蒔子にはこれも予想外の効果であった。

もっとも康方は、僅か一週間ばかりで兵役免除になったものの、それでも壮丁検査の日に一度、入隊の日に一度、強制的にズラリと並べて露出させられたときも、普通の兵隊にはない辟易と狼狽をかくしきれなかった。江田島の裸体体操のことも前から聞いていて、そいつだけはたまらんと思っていた。まして女が集団的に脱がされ、たとえ半裸にしろ、風や、太陽や、青空や、その他の自然の中にさらされるとき、彼女たちの五感がさぞや羞恥におののくであろうと想像すると、殆んどそれは淫蕩に近いような情感が彼の心理と感覚を撫でまわす思いがする。

「本当にそんなことがあったのか」

「嘘を言ったってはじまらないじゃありませんか」

「昨夜も驚いたが、今夜だって聞けば聞く程驚くよ」

「でも、戦時中だし、ときどき東京の空には編隊があらわれる騒ぎがあったんですもの。見るほうも見られるほうも、案外平気だったわ」

「僕は、もっとも終戦直後だが、女性がお濠の水で身体を洗っているのを見たことがある。ああいうとき、みんなは全く大胆だ。羞恥なんか完全にかなぐり捨てている」

「終戦当時はそういう解放感があったんでしょうか」

「そこはわからない。日本の女は思想的な意味で裸になるということは、先ずあり得ないからね。そこへ行くと、フランスの女などは思想的な意味で裸になる」

——ドイツ軍が占領していたパリから撤退して、連合軍が帰ってくるまでの間、ほんの僅か無政府状態になったとき、フランスの女は歓喜の声をあげながら、セーヌ河のほとりでみな全裸になり、水を浴びて遊んだという話は有名である。それと同じ意味で日本の女が終戦のアナーキイな状態の中で、お濠の水を浴びたことが、哲学的だったというわけにはいかない。

「結婚前の蒔子が秘密がたったそれだけしかないとすれば、僕ほど幸福な夫はないわけだな」

「あら、そうかしら。もう少しスリルに富んだ秘密のある女のほうが、あなたをもっと幸福にさせるんじゃないの」

「若しそれが誰かに愛されたという話だったら、それは僕を狂わせてしまう」

「お口がお上手ね。私、正直だから真にうけて喜びすぎるといけないわ」

「本当にそんな男はいなかったんだろうね」

「いるわけがないじゃありませんか」

二人はもう一度ベルモットを飲み、それからベッドに入った。

7

幾度も投げ出したが、それでもどうやら『実隆公記』第五巻の終りに近づき、あと一巻を残すばかりになった頃、戦後の混乱の中からも、かすかながらも古典主義の復活のような気配がゆらめき、それが森男を勇気づけることもあったが、まだ一般的には、ドッジ・ラインの悪政に苦しみ、人心は荒廃にまかせるのみであった。しかし、『実隆公記』などを読むと、あっちこっちへ興味が飛び散るものであって、むろん三条西を調べるためには『源氏物語』をもう一度でも二度でも読み返したくなるし、それを後世に中継《なかつぎ》した藤原定家に就ても知りたくなり、また源氏を淫媒の書として京都の御所から追放した第百十代後光明《ごこうみよう》天皇の性格にも興味が起ってくる。後光明を調べて行くと、石川丈山《じようざん》の向背にも心惹かれる。大坂夏の陣であれだけ軍功のあった丈山が、晩年は一乗寺村詩仙堂に半幽閉の身を送り、洛中に入るのを禁じられた境涯が、彼を隠し目付とする見方と、反幕的容疑者として考える考え方と、森男の胸中ではそのいずれとも判じ難いのであった。それにつけても、一度詩仙堂へ行ってみて、親しくその遺跡を観察したい気持にかられるが、今のところその余裕はなかった。

『源氏物語』は、ごく狭い範囲の読者によって語り継がれ、読み継がれ、京都の御所の保護によってのみ、その命脈をつないできたものと思っていたところが、後光明天皇のような源氏反対者によって長いこと京都の御所から閉め出しをくっていた事実は、それまで何ンにも知らなかった森男を驚かした。

後光明の思惟《しい》するところは、京都が萎靡《いび》沈滞し、あらゆる政治権力を江戸幕府に握られたのも、天皇の一族及びその藩屏《はんぺい》が日夜源氏のような淫媒の書を読み耽《ふけ》り、また和歌をひねることを本業とするような文弱の公卿が淫楽の朝夕を送ったことに原因がある。今となっては遅まきだが、せめての反省として『源氏物語』を追放し、和歌の贈答などを禁じたい。さらには仏事供養などばかりやっている御所の風習を改革して、昔通りの神道に戻し、源氏・和歌などと共に仏教・仏学をも排斥したのである。こういうことは、京都御所の歴史に於ても、まことに稀《け》有《う》のことであるが、かなり徹底して実行されたようで、たとえば御所の各室の欄間や屏風や几帳などからも、源氏模様のついているものは全部廃物にし、新しいものに作り直させた。

——大東亜戦争の少し前から戦中へかけても、『源氏物語』を不敬の書として弾圧したことがある。これをやったのは、内務省警保局の役人だが、その役人をしてこの挙に向わしめたのは当時天下を風靡した右側の思想であり、源氏の内容が皇子と中宮との邪しまな恋愛を物語の脊骨《バックボーン》にしているからであった。とは言え、源氏の全巻を発売禁止処分にも出来なかったので、特に光源氏と藤壺の不倫を書いた部分を削除し、そこを読者大衆の目にふれないように工作したのであった。たしかにそこはこの物語の眼目と言っていいので、そこをうろ抜かれては、

『源氏物語』の興味は殆んどあってなきが如きものとなるのである。むろん虎の巻風の註釈本にも、T先生の旧版『源氏物語』にも、その部分は飛ばされていた。それがはじめて日の目を見たのは、戦後四年ほどしてT先生が「藤壺」と題してその禁断個所をあらためて補訳されたときのことである。しかし、森男がそれを読んだのは、あとのことであった。

当時はまだ、森男はその部分を飛ばして読んでいたのだが、それでもそういう不倫関係というものは、どうすることも出来ない慾望として存在することを知った。殆んどそれはあり得べからざることがあり得てしまったのである。

そして、はじめて、

(自分と蒔子との間に、若しそういうことが起ったとしても、やはりどうにもならない慾望ではないのか)

と、空想している自分に気がついて、愕然とした。

しかし、『源氏物語』の場合は義母と息子の姦通である。森男と蒔子の関係よりも、一層あり得べからざる不貞な密通だ。それでも、いつの間にかそういう事実が行われて、中宮は光源氏の子供を懐胎してしまう。

後光明天皇が、そういう物語を読み耽っている御所の男女に、決定的な弾圧を下し、それによって江戸幕府に対抗する方針とした御勇断は、森男にもわからないことはない。そしてこの背後には石川丈山の秘密の支持があったと見たいのが、森男の一人合点であった。

ある日、杉原家の茶室で康方との話に、

「まだ暑いけれど、少し涼しくなったら京都へ行ってみたいんです」

と、森男が言った。

「森ちゃんが行くなら一緒に行こうかね」

「いや、僕は三等で、安い旅費で行くんですが」

「旅費は持ってあげるよ。その代り蒔子のカバンぐらいは持ってくれるかね」

「では、奥様も一緒ですか」

「多分そういうことになるだろう……森ちゃんは京都へ何を見に行くんだ」

「石川丈山のいた詩仙堂が見たいんです。一般には京都所司代が彼を御所に対する隠し目付として詩仙堂に住わせたということになっていますが、そうじゃなくって、彼はあそこに軟禁されていたんじゃないかと思うんです。その真偽をたしかめるのには、書いたものをいくら読んでもわからないから、一度この目で見たいと思って」

「京都へ行っても、苔寺だの龍安寺《りようあんじ》だの、せいぜい仁和寺《にんな》ぐらいまでは見ているが、詩仙堂には行ったことがない」

と、康方が言うとき、茶立口から茶碗を持って入ってきた蒔子が風炉《ふろ》の前に坐り、一服点《た》てて、その茶碗を森男の前の畳の上へ置いた。

康方が言った。

「森ちゃんは詩仙堂へ行きたいと言ってるんだが、僕は行ったことがない。蒔子は知ってるか」

「詩仙堂ですか。知ってますよ。大きな山茶花があって、熊手のあとのきれいな砂のお庭も目に残っているわ」

「そこに石川丈山が軟禁されていたらしいと言うのだ」

「そんなことは知らないから、ただいいお庭だと思ったのと、それから筧の水を使って鹿《しし》おどしの音がしていましたわ」

森男は茶碗を戴いて、その青い液体を飲みほしてから、

「石川丈山のことは、僕の勝手な推定なんです」

「御堂も拝見しましたが、あれが石川丈山の住んでいたところなんでしょうか」

「案内人がそんなことを言いませんでしたか」

「案内人の言葉なんか耳にとめなかったんでしょうね」

と、蒔子は笑った。

森男の飲んだ茶碗を洗い終った蒔子は、夫にも、

「お点てしましょうか」

と訊いてから、康方がうなずくのを待って、再び釜の蓋を取った。森男は茶の湯のことはわからないので、彼女の手の運びを正確に叙述するわけにはいかないが、多分それが切柄杓《きりびしやく》であ

ろう、或は茶筅湯仕《ちゃせんとうし》であろうと想像しながら、熱心に見ていた。茶を点てる人が棗《なつめ》の蓋を取ったら、そこに出ている菓子を取って食べてもいいとだけは母親に聞いていたが、なるほどそのところで康方が菓子器から金沢の琥珀糖《こはくとう》を取って紙の上へ持って行き、一ト口食べる風であった。茶を点て終った蒔子は、

「森男さんが東山時代を調べているというので、私もこの間から源氏を読んでいるんですよ」

「どこまでお読みになりました」

「読んだって言ったって、まだ雨夜の品定めの真中辺まで……笑わないで下さいね」

「どういう風にお思いになりましたか」

「昔の女も今の女も、変らないところは変っていませんね。むろん生活様式なんかにはたいへんな変化があるけれど」

それで、森男はちょっと舌を巻いた。これは読み方としても正しい読み方である。たしかに古い歴史をさぐって行くとき、一番興味のあるのは過去が現在といかにちがっているかということよりも、過去の中に現在があり、現在の中に過去があって、それだけは一向に変っていないという点を見つけることにあるのではないだろうか。

光源氏と藤壺の情事にしても、それは現在と特に変った現象ではない。現代でも息子が父親の愛人と、まるで自然の接触でもあるように肉の愛に耽ってしまう事件はいくらもあろう。殊に戦後の無道徳の時代に、そんなことはごく容易に行われそうである。この物語は今からざっ

と九百何十年前に書かれたものだが、この作品の主題は今日の時代にもあてはまり、読者の共感を呼ぶのである。惜しいことには、光源氏と中宮とのはじめて不倫の罪を犯した馴れそめの濡れ場が、恐らくこの長い年月の間に散佚《さんいつ》して、今ではその手がかりさえ得られなくなっていることである。さきに述べたように、戦時中に警保局で削除した部分は、戦後復活することもあり得るだろうが、二人の最初の濡れ場の部分はいつどこで削除されたかもわからないから、これが再発見されることは、永遠に絶望的である。そこがあったら、この物語はもっと活性を帯び、興味津々たるものがあるだろう。

藤壺は桐壺と瓜二つの美貌の持ち主ということで、長いこと孤独の嘆きに沈んで居られた御《み》門《かど》が、一陽来福の思いで熱愛を注ぎ賜うた女御《にょうご》であり、御帳の奥深くに秘蔵してあったものを、どんな運びで源氏が手をつけてしまったのか。桐壺の巻の終りに、寵愛めでたき藤壺が琴を弾き、源氏が笛を吹いて両者合奏するところが書いてあるが、そういうときでも、御門の目は両者に注がれていたのであろうから、光源氏がいかに心を炎《も》やしたにしても、そうやすやすと言い寄れるものではない。

森男は、この頃毎夜蒔子のことを思い、その面影をかき抱くようにして夢路につくのであるが、あの蜂窩織炎になりかけた傷の手当をして貰った以外は、彼女の肉体のどの部分にも触れたことはなく、いや夢にさえ彼女はあらわれて来たことがない。第一森男には、康方という者がいるのに、その妻と恋に落ちようという大それた野心も計画もあるわけではない。光源氏が正室に葵の上を迎えて、二条院を造営されたとき、こんな住み心地のいい御殿が出来たのに、折角のことなら葵の上より藤壺のような女性と住みたい。一緒に暮したい。そして毎夜のように恋の火に灼かれたい。と思うものの、それを具体化する方法は皆無だった。……どうしてそれがいつの間にか御門をはじめ大勢の人の目を逃れて、たった二人だけになったものか。二人はどちらからともなく寄り添ったのか。それとも光君のほうが女御をひき寄せたのか。或は女御のほうがそういう機微をほのめかし、男心をそそのかし、彼女からも寄り添って行ったのか。そうなってからでも、二人の男女がもっと積極的に肉体を開くためには、恐らく男のほうに適度の攻撃的暴力のようなものが必要だったのではないか。しかし、森男自身にはそのように振舞える力が、自己の中に沈潜しているとは思えない。

——このとき康方が、その青い液体の最後の汁を、やや高く音たてて吸い終り、蒔子の前へ返した。

8

森男はまた今日も、本郷の古本屋で『野史』をとり下して拾い読みした。本当は全六巻揃っているので、買ってしまいたかったが、小遣が足りなかった。本屋の主人は顔見知りなので、その巻一の十一、後光明天皇の一部を彼がノートに書きうつすのを、黙過してくれた。以下は森男のノートにメモされたところである。

「寛永二十年冬十月二十一日、紫宸殿《シシンデン》ニ於テ即位。年十一歳。

同十一月五日、ハジメテ読書。

正保元年秋七月二十九日夜、伊勢地方大風雨。神山樹木多ク倒ル。

正保二年正月二十三日、愛宕山火事。

正保三年夏四月、東照宮に奉幣ス。

同六月権大納言兼ネル右近衛大将《ウコンエノダイシヨウ》藤原道昭薨去《コウキヨ》。

正保四年正月、摂政《セツシヨウ》康道罷メル。

同五日、左大臣道房摂政トナル。

十日、道房罷メ、即日薨去。

同三月、前ノ摂政昭良ヲ以テ摂政ニ復ス。

秋七月二十二日、雹《ヒヨウ》降ル。大ナルコト梅子《バイシ》ノ如シ。

同二十七日、摂政昭良ヲ以テ関白トナス。

慶安元年夏四月、地震ノタメ箱根山壊ル。

同五月、武蔵河越ニ雹降ル。大ナルコト瓜ノ如シ。

同二年春二月、伊予地方大震。

夏六月、江戸地方大地震。

同九月、後水尾《ゴミズノオ》上皇修学院《シユガクイン》ニ幸ス。

慶安四年夏四月、征夷大将軍源家光薨去。

秋七月、権大納言源家綱内大臣トナリ、右近衛大将、征夷大将軍トナル。

同九月、関白昭良罷メル。承応ト改元ス。

同十二月、左大臣藤原尚継関白トナル。

同五月、上皇落髪。

承応二年八月、諸国大水。ソノ年京師ニ児有リ、火《クワ》ヲ行フ、捕ヘテ炙刑ニ処ス。

承応三年秋七月、京都所司代板倉重宗罷メル。

同月、明僧隠元帰化ス。次イデ佐渡守牧野親成所司代トナル。

同九月二十日、天皇仮殿ニ崩ズ、齢二十二。泉涌寺《センニユウジ》ニ葬ル。後光明院ト称ス。天皇天資英敏。宏度慈仁ナリ。幼キヨリ学ヲ好ム。

イヤシクモ国家ヲ治ムルモノハ学バザルベカラズトシテ、侍講者ニ命ジ程朱新註《ティシュ》ヲ講ゼシム。居常和歌及ビ伊勢源氏等、所謂物語ヲ疎斥シ、朝政ノ廃弛《ハイシ》ハコレヲ耽玩スルニ因ルモノナリ（『常山紀談《ジョウザンキダン》』、『鳩巣小説《キュウソウ》』）」

森男が『野史』を繙《ひもと》いたのは、この最後の部分を確認したいからであった。これによって、『源氏物語』が『伊勢物語』などと共に後光明天皇によって京都の御所から追放されたことがはっきりする。それにしても、十一歳で後水尾上皇の長女で女帝であった明正《めいしょう》天皇のあとをうけ、紫宸殿で践祚《せんそ》された頃は、幼帝と言ってもいいので、後光明が源氏を毛嫌いするに至ったのは、恐らくその在位の後半に俟《ま》たなければならないであろう。

『野史』にはまた「酒ヲ嗜ンデ劇飲スル」とあるから、二十歳前後には側近の公卿たちを手古摺《てこず》らす程度に大酒家となられたらしい。十一歳にして天子となった人が、どうしてそんなに酒飲みになったかに就ては、『野史』は何ンにも書いてないが、森男には興味があった。恐らく、秘められた深い理由があったに相違ない。殊に不可解なのは、承応三年九月二十日の突然の崩御であり、この死因に就ても『野史』は何等真相に触れていないばかりか、それを解く合鍵すら示してはいないのである。このほか、内大臣、右大臣、左大臣の更迭は枚挙にいとまがなく、また、僅かな在位の間に三たび改元があった。

——森男は本屋の親爺に礼を言ってから、本郷の通りへ出て、遠く思いを正保・慶安・承応時代の京都の御所に馳せながら、赤門から三丁目交叉点のほうへ歩いて行くと、丁度路地を出てきた岡見とバッタリぶつかった。彼は同い年ぐらいの女性と手を組んでいたが、森男が見たことのない女だった。

「おい、岩永、杉原産業の社長を連れてきてくれるのかと思ってたが、一向姿をあらわさないな」

「一度誘ってはみたんだが、生返事なんだ」

「教室へは出ているのか」

「いや、今古本屋をひやかしていたのだ」

「久しぶりだ、お茶でも飲もう」

岡見は女と手を組んだまま、その通りに面した古くからある喫茶店へ入って行った。三人は隅のテーブルを囲んだ。コーヒーを命じてから、

「相変らず古本あさりか。何を調べているんだ」

「十一で即位して二十二で亡くなった若い天皇の死因に就て興味があるんだ。僕の推理では、どうも江戸幕府からお見舞に差向けた典医に毒殺されたような気がして仕方がない」

「いつ頃の天皇だ」

「将軍家綱の時代だ」

「また古いことを調べていやがるものだな。こちとらには全く無縁の世界だ。何が面白くって

そんなことをやってるんだ」

「いや、本当はもっともっと古い時代を調べているんだが……応仁の乱以後のね……ところが、その副産物として幕府に一服盛られた天皇のことを調べる必要が生じたのだ」

「岩永、君は本気でそんなことを言ってるのか」

「むろん本気だよ」

「よせよ、馬鹿」

「君に興味がないからと言って、人がそれに興味を持つのまでくさすなよ」

「進駐軍は日本の歴史を抹殺しようとしているんだぜ、日本の歴史を。そういう御時勢なのに、そんな古くさいことを詮議だてするなんて、徒労もいいところだ」

「日本の歴史を抹殺して、どうしようというんだろう」

「むろんアメリカの植民地にするつもりだ。その手はじめに漢字制限をはじめたじゃないか。あと十年もしたら、日本語は死滅するんじゃないのか。十年が早いというなら二十年にしてもいい。遅かれ早かれ、日本人は国語を失う。好むと好まざるにかかわらずこれは必至の大勢だよ」

「君の説を聞いていると、なるほど僕は時代遅れも甚《はなは》だしいな。そりゃア興味は惹かれているんだが、実のところ迷ってもいる。二十年さきには日本語が廃止されるときまっているなら、苦労して『野史』なんか読んだって無駄骨にすぎないな」

「それ見ろ。第一、今の学生で誰がそんなことをしている奴があるかっていうんだ。その上、僕等が一番恐れているのは、日本としては戦争を抛棄《ほうき》したけれど、アメリカの命令では再び銃を執らされる日が来ないではない。そのとき鉄砲玉の代りになるのは僕等だからな。今のうちに思いきり面白おかしい日を送っとかなきゃ損だ」

「まさかそんなことはないだろう」

「と保証出来るわけがないじゃないか。では、岩永に講釈してやろう。ドッジ・ラインというのは、もう一度日本を戦争のための軍需基地にしようという最も陰険な政策なんだぜ。それを日本の政治家が猿真似して、産業立国なんて言ってやがる。たとえば池田が文化を目の敵にしているのはそれだ。文化より産業が必要だということは、もう一度戦争をやる気にほかならないからじゃないか。池田がドッジとシャウプの落し子だということを、岩永、君はわからんのか。池田ばかりじゃない。今の大蔵官僚は、夜が明けりゃアシャウプさん、日が沈みゃアドッジさん。そればっかり言い暮しては、お鬚《ひげ》のチリを払っているんだ。そのために、サンタフェへ集まってくる背広に着替えた将校や、恥を知らないバイヤーが、威張り放題威張っている。負けたんだから仕方がないって言やそれまでだが、日本に対する愛情なんか爪の垢ほどもありゃアしない。世界に於ける白人種の専横は、始末に負えない段階まで来ているのだ」

「岡見、お前はデカダンスのようでいて、案外憂国的なんだな」

「とんでもない。俺のは自棄《やけ》ッぱちだ」

と、彼は高笑いした。連れの女もその辺から話題に入ってきたが、森男は関心がなかった。それより綾部より子のことが聞きたかった。しかし、女連れの岡見に、うっかりより子のことは聞けないので黙っていたが、別れ際に岡見のほうからそれに触れてきた。

「岩永、より子に逢いたくないのか」

「相変らずマラカスを振っているのか」

「彼女のジャズソングは、ますます天才的だよ。その代り、三人も四人も定連客がついて、みんなに口説かれているらしい。まさに土俵際だ。弓なりになって堪えている」

すると、連れの女が、

「岩永さん、いらっしゃいよ」

と、誘った。

その夜、森男が帰宅したのは、午前二時を過ぎていた。この前と同じように、サンタフェの入場は無料で、水ワリは綾部のサービスだったが、酒に弱い森男はかなり酩酊してしまった。バンドが代ってハワイアンになると、より子は森男の傍へ来た。

「君を張ってる将校やバイヤーが来ているのに、このテーブルへついてもいいのか。彼等を縮《しく》尻《じ》ると困るんじゃないのか」

と、森男は念を押したが、より子は、

「丁度いいの、そのほうが……たまにはいやな思いをさせてやるほうが」

「岡見が心配しているぜ、きっと」

「そんなこと構うもんか」

「彼は君が土俵際で弓なりになって将校やバイヤーを防いでいると言っていた」

「お喋べりね……けったいなこと言う人や」

わざと訛って言った。

その日、森男ははじめてより子と踊ったが、そのとき彼には怯懦《きようだ》があった。より子のほうは意慾的で、彼女の左手を森男の襟首へ廻し、ときどき指さきで盆の窪をつかむようなしぐさをした。それでも森男は彼の用心深さを捨てきれなかった。そして思った。自分はより子に見縊《みくび》られてしまったのではないかと……。

それかあらぬか、次のハワイアンでは、彼女は例のバイヤーの席についた。

――森男の家には、心張り棒がかかっていたので、トントンと戸を叩かねばならなかった。母は寝ずに待っていた。

「どうして起きているのさ。寝てしまえばいいのに」

「そうはいかないよ。この頃は物騒なんですよ……飲んでますね、いけないなア」

「そらね、だから起きてるとツベコベ言うから厄介なんだ。寝てりゃア、少しぐらい飲んだって飲まなくたって、関係ないものね」

「森男がそんなじゃ、お母さん心配でたまらないわ」

「そんなこと言うけれど、盛り場はまだ宵の口なんだ。どこだって深夜営業なんですよ。これは日本だけには限らない。真夜中に酒を飲むのは世界的傾向なんだ」

「学生のくせに」

「学生だって、みんな遊んでいる。こんな目にあってるんじゃ、誰だって遊ばずにはいられないんだ」

——酔ったまぎれもあって、森男は母を相手に、遅かれ早かれ、日本がその自主性を回復することは困難であるというギリギリの段階に来ているという話をした。

今の日本人の中には、二種類あって、その一種類は媾和条約の調印がすみ、進駐軍が撤退すれば、日本はもとのように自主性を回復するだろうという見方を持って居り、今一種類は独立後もアメリカの支配力に押さえられ、資本の導入もあって、実質的には属国化し、完全にその主体性を抛棄するだろうという見方である。母はその前者に属し、岡見はその後者だ。その他の多くは、二つの出口と入口のある迷路に迷っていると言える。

「森男、後生だからそんな悲しいことを言わないで、しっかり勉強して頂戴。人間の一生にとって、お前ぐらいの年頃が一番大切な時なんですよ。こんなことは女親の口から言うべきことじゃないけど、お父さんが戦没した以上、お父さんの代りと思って言いますが、昔から酒と女って言うでしょう。どっちもどっちだけど、やっぱり女のほうがいけませんよ。大学を出たら、おつきあいの広い大奥様にお願いして、ちゃんとしたお嫁さんを迎えてあげますからね。それまでは自重して下さいよ」

「何を取越苦労しているの、お母さん」

「そうじゃないけれど、この頃お前さん、落着きがないもの。本を読んでいるかと思うと、どっかへとび出して行ってしまう。大奥様に言わせると、この頃お前さんは涼廊で若奥様と話していることが多いそうじゃないか」

「何を言うのかと思ったら……せいぜい一度か二度ですよ。大奥様というのは、少し不愉快な人物だな」

と、声が大きくなるので、母は制した。

「真夜中だと言うのに、誰も聞いてやしないでしょう」

「この間怪我をしたときだって、若奥様がとても心配遊ばしたっていうわ」

「そうじゃないよ。心配してくれたのは、むしろ社長のほうなんだ。SL診療所へ血清を予約してくれたのも社長なんだ。大奥様が若奥様に対して色眼鏡で見ているんだろう」

「そういう言いにくいことをズケズケ言うもんじゃありません」

それで森男も笑ってしまった。もはや三時を過ぎているので、森男は二階へ上って行ったが、息子と言い争った晩の一枝は、いつまでも寝つかれない様子だった。

9

秋のはじめ、詩仙堂行が実行された。土曜日の午後東京を出て、月曜日には康方が大阪支社の役員会に出席するというスケジュールだったから、あしかけ四日の旅であった。康方夫婦は一等乗車券で展望車に乗り、森男は三等車の固い椅子に腰掛けなければならなかった。しかし実際には、東京駅を出てから沼津あたりまでは、展望車にかけさせて貰い、岐阜を出て関ケ原近くへ来ると、専務車掌が呼びに来たので、いくつもの箱を通り抜けてまた展望車へ行き、そこから京都までは夫婦の傍にいたので、三等車の席にかけていたのは、沼津の先から関ケ原までの間だけであった。その頃の展望車は、カウンターがあったり、クッションの柔かい長椅子があったりして、贅沢なムードであった。が、乗客は殆んど外国人男女で、日本人は康方夫妻のほかは、高級官吏らしいのが一人片隅にいるだけだった。もっとも、展望車廃止の論はときどき出ていて、それと同時に二等が一等になり、三等が二等になって、三等という名称をなくそうとする原案が、運輸省のどこかでくすぶっているという話だった。康方の思想によると、資本主義と社会主義の対立は、次第に平和共存のコースに向って合流し、自由と贅沢と余暇を享楽する動きの中では、最もよく似た流行とスタイルが求められ、階級的相違が解消して、そこではイデオロギーさえ消失してしまう。フルに余暇を楽しむという点では、共産主義国家のほうが資本主義国家を凌ぐというような現象を生じかねない。その意味で、展望車を廃止しようと考えている日本の社会主義化の原案は、頭の悪い後進国民の考えたがる書生ッぽ論議で、新しい人類の世界的構想からは置いてき堀を喰うだろうというのであった。

「するとこれは怯懦の一種ですか」

と、森男は言った。

「むろんそうだとも。昔、世界無政府主義者大会へ出席しようとして日本を脱出した大杉栄が、フランスのメーデーに参加して、パリ郊外サン・ドニの集会で、全フランスの労働者に送る革命的挨拶をしたあと、官憲の手に捕えられ、ラ・サンテの刑務所に二ヵ月ほど服役したが、やがて日本へ強制送還されたとき、神戸から東京まで一等寝台車に乗って、堂々と帰京したのを、当時の新聞がこっぴどく叩いたばかりか、彼の親しい同志からも裏切り行為のように非難された……森ちゃんは知ってるか」

「知りません」

「日本人はそういうことにひどく目くじらをたてる国民なのだ。何ンと言っても白色人種に勝てないのはそこだ。プロレタリア革命の闘士が一等寝台に乗ることが、何ンで階級的裏切りなんだろうね」

これは前からときどき出る康方の考え方のようであった。たとえばアメリカ空軍が京都と奈良だけは焼かなかったというようなところも、残忍な交戦状態の中で、世界的規模が維持されるために必要な措置だという意見なのだ。

車の最後方から見る四本の光る線路は、旅客の目を楽しませる。駅へ止ると、康方は森男を呼んでホームへ降り、発車信号の鳴るまで、そこを往ったり来たりした。まだ白い服の列車ボーイがいた頃で、祝儀がはずんであると見え、静岡で安倍川、豊橋では竹輪などを遠くまで行って買ってきてくれた。三等切符の森男に対しても、大目に見ているようであった。しかし、森男は沼津を出てから自分の席へ戻ると、何がなしホッとした。そこがやはり安定した自分の居場所のような気がした。展望車にいる間じゅう咎められそうで、臆病風に吹かれていたのである。彼の手提鞄には、『常山紀談』と『鳩巣小説』が入っているのだが、彼はまだそれを取り出す気にはなれなかった。それより康方の考え方を反芻していた。若し人類に戦争の惨禍がなくなり、生産過剰を避けるための大きな余暇が与えられるとしたら、共産国家も資本社会も同じムードの贅沢競争をはじめ、斬新な流行を追い、たとえば女は極端に短いスカートを穿くようなことになるのだろうか。いや、それどころかその露出の大胆さに於ては、共産国家のほうに軍配を上げなければならないというようなことが……。

それとも、これは康方のあまりにブルジョア的な楽天主義でもあろうか。そういう話になると、蒔子は沈黙がちであるが、さりとて全く関心がないわけでもないらしい。彼女は夫の意見に性急に賛成の意志を示そうとはしないだけだ。彼女は彼女で何か考えている風である。一度しんみり蒔子の胸中を訊いてみたい。彼女は日本の運命に就てはどう考えているのだろう。自由や余暇に就ても彼女の考えを聞きたいが、ただ僅かに察しられるのは、彼女が権力主義に対しては必ずしも夫と同一平面上にいないように思われる点であった。

汽車は米原を出て、彦根を通過すると、やがて逢坂山のトンネルに入った。

宿は加茂川に面した上木屋町のOという古風な家で、祇園からも先斗町《ぽんとちょう》からも芸子・舞子を呼ぶことが出来た。座敷の縁先へまた床《ゆか》を張って、川景色を見ながら青天井の下で酒を飲んだり、料理を食べたりするようにもなっていた。汽車は三等車だったが、床では森男も夫妻と一緒に料理を食べ、舞子のツレ舞する「京の四季」を見物することが出来た。床の下をみそぎ川が流れ、その向うを加茂の本流、さらに向うを疏水《そすい》の激流、そして正面遠見の背景は東山の柔かい曲線であった。

森男は、何本も紐で身体中を縛られた加工品のような舞子の踊りに退屈した。「京の四季」がすむと、舞子たちは蒔子のまわりを取巻き、康方は少し年上の芸子に地唄舞の「小簾《こす》の戸」を舞わせたりした。彼は地唄などにも精通している風であった。

夜が更けると川風がひんやりしてくるので、みんなは座敷へ入って障子をしめた。森男の見たところでは、康方はさすがに遊び馴れていて、舞子たちにも差別なく、当りのいい話をし、運ばれて来たいづうの鱧《はも》寿司を銘々に取ってやったりした。森男が途中で厠《かわや》へ立つと、舞子の一人が蹤《つ》いて来た。森男は何ンにも言わなかった。用を足して外へ出ると、柄杓で水を手にかけてくれた。手拭も取ってくれた。傍で見ると、指の太い肉感的な掌だった。梯子段のある西側の部屋には、蚊帳が一つ吊ってあった。舞良戸《まいらど》が一枚開いているので、裾が薄くぼかしてある蚊帳の、吊手に朱房がついていることはわかったが、寝床は一組なのか二組なのかわからない。が、康方夫婦のために用意された寝室にちがいなかった。

「そこ覗いたらあきまへん」

と、舞子に言われた。そして彼女に手をひかれてもとの座敷に戻ってくると、蒔子はまた床のほうへ出て行って姿が見えず、康方一人芸子に三味線を弾かせて、何か唄っていた。いい声なのか、節まわしも上手なのか、下手なのか、森男には皆目わからない。

「森ちゃん、君はこういう世界にあんまり興味がないようだね」

「そんなこともありませんが、要するに無知なんです」

「仕込んでやろうか……一枝さんに叱られそうだね」

「それよりサンタフェにちょいと話せるジャズシンガーがいるんですが、お供するならそっちのほうがいいですね」

「やっぱり森ちゃんは戦後派かな」

「いや、友達から頼まれているんです」

「何を頼まれているんだね」

「綾部より子って言うんですが、背広を着たアメリカ将校やユダヤ系のバイヤーにひっかけられそうなんで、日本人のパトロンがあればぜひって」

「こりゃ驚いた。ひどく具体的な話だね」

「その友達が、逢うたびに杉原社長に話してみてくれないかって、少々しつこい程なんです」

「こりゃアますます驚いたな。いつ頃の話」

「丁度結婚なすったばかりだったので、とてもそんな話をするわけにいかないって、断って置いたんです」

「サンタフェには去年あたり二、三度行ってるんだが、そんなジャズシンガーがいたっけかな」

「去年は進駐軍のキャンプのPXで売子をしていたらしいんですよ。だから正規の勉強をしていないことで大分気がひけているらしいんだが、しかし天分は豊かです。マラカスもよく振ります」

「そんなことを言われると、ちょっと行ってみたい気もするね」

「その友達はサキソホンを吹いているんですが、一度僕の顔を立ててお供をさせて下さい」

「よかろう……行きましょう」

と言うとき、蒔子が床から戻って来たので、二人は急いで対話をやめた。

森男の寝室は、鰻の寝床と言われる上木屋町の長っ細い間取りの、表二階の四畳半だったので、夫婦の寝室からは十七、八米突《メートル》も離れていた。それでも扇面張りまぜの腰屏風があったりして、一応サマをなしてはいたが、枕許のスタンドもなかった。仕方がないので天井の電球をコード一杯垂らして、手提鞄から『鳩巣小説』を取り出した。『野史』の中に、出典として『常山紀談』と『鳩巣小説』の二つがあがっていたので、バラ本で『続史籍集覧』を買って来たのであった。

『源氏物語』を排斥した後光明天皇が、さしも多情多感だった後水尾上皇の第三子でありながら、二十二歳で崩御するまでに、関係のあった女性は只一人、右近衛中将重秀の娘で、はじめ小一条局と称し、のちに源大典侍と改めた秀子のみであった。歴代の天皇の中で、この青年君主が只一人の女性しか愛されなかったという記録は稀有のことである。その源大典侍に対しても、特に鴛鴦《えんおう》の交りを持たれたというような記事はどこにもない。これを端的に言えば、むしろ女嫌いの孤独な性格であらせられたのではないか。またそのために、大酒を用いられ、花鳥風月を友とせず、有用の学を以て天子の学とされた一風変り種の劇しい個性を示された。

もともと『鳩巣小説』の作者室鳩巣は、長く北陸の金沢に寓居していたので、自分が直接見聞したことではなく、恐らくその話題は、六代将軍家宣《いえのぶ》の時、幕命によって京師に赴いた新井白石が聞いて来た話を、鳩巣がまとめ上げたものではないかと推される。家光の晩年から白石・鳩巣の時代までに、かなり歳月の距離があるので、その話は悉く信憑《しんぴょう》するわけにも行かないが、『野史』にもあったように、ここでも後光明天皇つねづね仰せられたは、わが国朝廷の衰微の原因が和歌の道と『源氏物語』の行われたことの二つより起っている。そのため『源氏』、『伊勢物語』の類はお目通りから斥《しりぞ》けられた。たとえば、菊亭大納言経季《つねすえ》が正保二年四月勅使として飛鳥井《あすかい》大納言雅宣《まさのぶ》と共に江戸へ下向、将軍家綱に征夷大将軍たるべき宣旨を捧げ、やがて関東より帰京の節、御冠棚を献上した。その砌《みぎ》り、『源氏物語』の内の画を蒔絵に彫った手箱をさし添えて奉ったところ、大いに御気色を損ぜられ、

「朕《ちん》が悪《にく》むところの源氏の画を画きたること御満足に思召さざるの由」

とて、突ッ返されたのが、菊亭殿一生の迷惑となったことなどがそれである。後光明のそれらの行状に就いて何者かが京都所司代に告げ、所司代からはたびたび密使が江戸へ下って、かなり大袈裟に幕府老臣の耳へ入ると、捨てては置けずとなった。それは何も御門が源氏を忌み嫌ったからいけないというわけではなかったろう。伊勢・源氏を読み耽り、和歌の贈答にあけくれしたのが京都頽廃の原因であるとした論理に、反徳川的な思惟がひそんでいるものとして、幕論が俄かに硬化するに及んだのである。即ち、幕老たちは後水尾上皇の御行状を咎め、所司代をして強硬な干渉を行ったことに対する後光明の抵抗として受取ったからである。

先ずこれには嘘はなかろう。

正直、後光明は幕府の干渉で手も足も出なくなり、殊に最愛の女性を犠牲にしなければならなかった父上皇の哀れな姿に、心中沸々の怒りを禁じ難く、自分はその反対に、源大典侍以外

の女性を斥け、源氏・伊勢の類を禁じ、清潔なる一生を送ることで幕府の干渉の外に立とうとされた。幕府は後水尾上皇の多情な素行に干渉すると同時に、後光明の硬派の行状にも同感はしなかった。それどころか、後水尾以上に許し難いものとして、ひそかに暗殺の魔手をさしのべるに至ったのである。この薄命な青年君主は、承応三年九月仮殿で痘瘡《とうそう》に罹られた。それを知った幕府は好機至れりとばかり、典医をお見舞に差上げ、お薬をすすめた。御門はこれを何度か服用拒否遊ばされたが、所司代板倉周防守《すおうのかみ》重宗は執拗に服飲を強要し、御門は遂に観念してそれを嚥下されたところ、間もなく御臨終になった。

記事はそれだけであるが、まことに凄惨を極めたご最期と言わなければならない。このことは『野史』にもないのに、新井白石をして取材せしめ、且つ御用学者たる鳩巣が筆をとったのにもかかわらず、極秘の核心に触れてしまったのであって、正しく問わず語りとでも言うべきものである。しかも、幕府はひそかに命じて御遺体を火葬に付そうとした。ここに於て市井の魚屋八郎兵衛という者が、声を大にして不当を鳴らし、周旋奔走の結果、火化《かか》を取りやめ、土葬を以て葬り奉ることとした。鳩巣の説明はそれで終っているが、幕医が一服盛った罪悪の発覚を怖れて、御遺体に火化を加えて証拠湮滅《いんめつ》をはかったその陰険さは、思わず舌を巻かずにはいられなかった。

承応三年に行われたこの秘密の重大事件は、今日これを知るのに僅かにこの小冊子を措《お》いてほかには殆んどないのである。

いつか森男は床の上に起き上り、膝を揃えて、その終末までを一気に読んだ。これで明日詩仙堂まで出かけて行く意味がハッキリ出来たような気がした。彼は再び小冊子を手提鞄に戻し、電気のコードを巻上げてから、枕についた。

10

京都は朝ぐもりであった。宿の門とその両側を流れる高瀬川との間に、ハイヤーが停っていた。助手席へ乗り込もうとする森男を康方がとめて、三人は背ろのシートに並び、やなぎ色のアンサンブルのボレロを脱いで膝の上へ置いている蒔子を中央に、男二人が女を挟む形になった。車は北白川の方角へ向ったわけであるが、森男は京都の地理に暗かった。どの辺を走っていた頃であろうか、蒔子の左肘が森男の右の横腹に密着してきた。森男は先ずそれを避けようとしたが、三人掛けでは身動きの出来ぬ実情であった。森男の下半身の血が胸から喉首のあたりへ向って逆流するように思った。彼女の肘の付け根は、丸くて柔かくて可憐であった。まるでそれが森男の横ッ腹の素肌にめり込んでくるような感覚だった。そこが何枚かの布地によって隔てられているとは思えなかった。女の露出の皮膚と男の皮膚が、一枚の布も通さずにくっついている感覚の錯覚と陶酔が彼を襲った。で、忽ち森男の性感覚は、異状を起した。康方とのキャッチボールでうけた傷の手当の際は、起りかけた異状がすぐ消失した。今度はそれが継続しているうちに、彼の顔は青ざめて行った。

康方が、ふと蒔子の手と森男の脇との密着を覗き込むようにしながら、

「昨夜は森ちゃんに附合わせてしまって悪かったな。君は舞子なんかには全然興味がないらしいね。その代り僕等は、かにかくに祇園はこいし寝《ぬ》るときも枕の下を水の流るるという情緒を満喫させて貰った。ねえ、蒔子」

「丁度枕の下でみそぎ川の流れがかすかな音を立てているんですよ」

「よっぽど夜中に森ちゃんを呼びに行って、その川の音を君にも聞かせたいと思ったんだが、汽車でくたびれたろうと思って遠慮した」

「でも、いくら何ンでも夫婦が一つ蚊帳にいるところへ、若い森男さんを呼ぶわけにはいきませんものね」

「そう言って、蒔子はしきりに羞かしがるのだが、僕等と森ちゃんの仲はそんなもんじゃない。僕等は森ちゃんに警戒心なんかひとかけらもないんだ。京都へ来て、枕の下を流れる水の音が聞えるとなったら、たとえ三人で一つ蚊帳へ入ったって構わないというのが僕の主張だがね」

「でも、私もう寝巻だったんですよ」

と、夫婦の対話が続く間、森男は自分のあさましさが恥かしくてならなかった。

「森ちゃん、どうかしたの。車に酔ったんじゃないか。顔色が悪いぜ」

と、康方が言った。森男は何ンでもないと打消し、

「煙草を喫ってもよございますか」

と、訊いた。

「私も喫うわ」

蒔子はハンドバッグから婦人用のポールモールをとり出して、封を切った。そのために彼女の肘が森男の横腹から外された。

「昨夜は遅くまで本を読んでいました」

森男はやっと正常に復して、夫婦の対話の中へ入って行った。

「何を読んでいらしったの」

「室鳩巣の書いたものです」

「むずかしいものを読んでいらっしゃるのね」

「それによって、やっと後光明天皇の死の真相が摑めたんです。だもんだから、夢中で読んでいて、京都にいることを忘れてしまいました」

それから彼は、天皇の崩御が疱瘡は疱瘡だったが、幕府から派遣した典医がお見舞だと言ってすすめた薬湯を、無理強いにお飲ませしようとすると、天皇はあくまでもお拒みになり、それを京都所司代が幕府から差上げるものをお拒みになってもいいのでございますかと、やや威嚇的に申し上げると、天皇はすべてを観念遊ばされて、それがご自分を亡きものにする恐るべき液体であることを百もご承知の上で服用遊ばされ、その後幾許《いくばく》もなく御落命になった話を、森男の主観や描写を加えて物語った。

康方は、はじめて聞く話だと言って、よほど強い感情に見舞われたらしく、二度も三度も溜息をついた。車が修学院近くの踏切を通るとき、ポールモールを喫み終った蒔子の肘が、再び森男に密着してきた。今度は森男も待ちかねていた。康方の溜息を聞きながら、頭を後方へそらす瞬間、森男は再びさっきの陶酔に襲われた。そしてその繰返しを自覚した。しばしの放心状態から、やがて眠くなり、夫婦の対話が意識の外れを遠のくように思われた。が、間もなく車がストップし、三人は宮本武蔵で有名な一乗寺下り松の前で降りることになった。その辺へ来ると、京都の町ではまだ色づいてない楓や蔦の葉がめっきり黄ばんで見えるのだった。

そこからぶらぶら爪先上りに緩い勾配の坂を上って行くと、小有洞門という簡素な門の前に出た。それをくぐるとまた門がある。梅関と書いた額が掲っている。

やがて三人は、大きな山茶花のある庭に面した座敷に坐ると、堂守の家人が薄茶を点ててくれた。

「すばらしい山茶花ですね。これが満開になったらどんなに美しいでしょう」

と、蒔子が言った。なるほど、遠くでコーン、コーンと鹿おどしの音がしている。しかし、森男の目的は別にあるので、掃きならした熊手のあとも見事な白砂の前庭よりも、鹿おどしの鳴る閑寂の境よりも、このお堂に住んだ石川が、果して幕命による半幽閉なのか、それとも彼自身の主体性による隠棲なのか、そのいずれかを判定したい慾望にかられた。彼は夫婦を残して、その仏間ともちがう形式のお堂を見、さらに進んで三階の嘯月楼《しょうげつろう》へ上って行った。そこには丸窓と角窓の二つがあり、そこから眺める庭の景観はまた別の趣きがあった。丈山はそこにあってよく月を見たと言われるが、真偽はわからない。或はそこに丈山に対する監視役がいて、軟禁の命をうけた丈山を絶えず見張っていたのかも知れない。

森男が楼から降りて行くと、康方が、

「どうだった、森ちゃん」

「三階の嘯月楼は、丈山の隠棲が只事でないことを思わせますね」

「ここに小さな栞があって、こんなことが書いてあるよ。石川丈山の父祖は三河武士で、徳川譜代の家臣。丈山十六歳で家康の近侍となり、処遇は極めて篤かったが、大坂夏の陣で大いに殊勲を立てようとして抜け駈けの功に走り、敵首二級をあげたが、軍律違反の罪を問われて、却って蟄居《ちっきょ》を命じられたという。林羅山に交わり、藤原惺窩《せいか》の門に入って朱子学を修めたが、その後は幕府、朝廷、大名らの招聘《しょうへい》に応じず、厚遇を固辞して、この庵室に清貧を楽しみつつ遂に妻妾も置かなかった、と書いてある。やっぱり変り者だな」

「若し丈山が後水尾上皇や後光明天皇の招きに応じて御所へ上るようなことがあったら、京都所司代は彼の身辺に生命の危険が及ぶのを安全保障しなかった、と考えては僕の飛躍かな……しかし、どうもそんな気がしますね」

「それは飛躍じゃない。面白い推理じゃないかな。君の話だと、後光明天皇も一人の女性しかお寄せつけにならなかったというし、丈山も詩仙堂に半生以上の朝夕を送って、遂に妻妾を置かなかったという点も似ているじゃないか」

「恐らく丈山も伊勢・源氏の類は嫌いで、軟文学を文弱怯懦の書として眼中には置かなかったでしょうね」

「君の洞察によれば、京白川を挟んで、御所と詩仙堂との間に、一縷《る》、気脈の通じるものがあったというのだね」

「その双方の間に、煙幕を張って、とうとう丈山を一度も洛中へ入れなかったのが、所司代の工作だったということです」

そのとき、蒔子が鹿おどしを見に行きましょうと言うので、二人は話半ばに立上り、庭草履をつっかけて、外へ出た。こちらから見ると、嘯月楼の窓の庇は破風造りになって居り、そこで丈山が風月を友としていたとは思われないと康方が言った。少し飛躍もあるような森男の意見は、康方によって同意されると、それが具体的な実情のようにも思われるのだった。


詩仙堂を出た車は、やはり康方、蒔子、森男の順であった。車が動き出すと、間もなく康方は疲労のための仮眠に入った。今度は意識的に蒔子の腕が森男の腋下から入って来て、絡み合うようになり、しかもその指の尖きが森男の内腿近いところに垂れ下ってきて、触れるでも触れぬでもなかった。しかし、森男には忍耐出来るだけの忍耐の度を越してしまうほどの刺戟だった。どうして腕を絡み合せたりするのかと聞けば、石ころがあったり、踏切りがあったり、下り斜面があったりするその道路のための動揺が、彼につっかい棒を求めてそうしたのだと言うかも知れない。

手ばかりではない。彼女は足も押しつけてきた。それはさりげなく振舞われていたが、ついぞ今までにないものであった。

多分、いたずらなのだろう。しかし、女のほうからこんな風に挑むものとは知らなかった。まして、蒔子のような蓮っ葉ではない女が、こんな蓮っ葉娘のするようなことをするとは予想外であった。往きの車とはちがって、森男は熱くなる前に抵抗しようとする意識があった。康方が目を醒していたら、蒔子と組み合わされている腕を彼の前に誇示しながら、流行歌でも唄ってしまえばこの難局をすり抜けることが出来たろう。そうする代りに、彼は女の腕をちょっと唇のそばへ運んでしまった。肘から五糎《センチ》ほど下った個所に、濡れた部分を作った。それなのに、蒔子はその手を引こうともしなかった。

彼女の顔は、はじめて見たときのように、プリズムにかけられた現実離れのした空間に、白く明るい幻しのように見え、そして森男の口づけを、いやだとも何ンとも言ってないようであった。

その瞬間、さっきと同じに異状を起している彼の性の感覚が、抑制の限界を外してほとばしった。むろん、それは彼に自覚があっただけで、蒔子にもわからず、まして眠っている康方の知るところではない。森男自身も、そのためにほんの小さな叫びさえあげなかった。ただ彼はかすかに彼女の腕を噛んだような気もする。それ以外には、従容として車の動揺にまかせていた。目の前の景色に変化もなかった。だが、それが彼女にわかったわけでもないのに、蒔子はさっきのポールモールを取って、事後の放心の森男の口に一本吸わせ、火をつけてくれた。

車は北白川の民家の並ぶ道路を抜けて、叡山へかかる昇り坂のギアを入れた。ポールモールを喫み終ると、森男はまた蒔子の腕を欲した。さっきのように絡み合せて貰いたかった。しかし、それはさっきだけの思いつきであったように、彼女はある離れた距離を保ち、何事もなかったような顔をして黙り込んでいた。森男は物足りなかったが、自分のほうから腕を絡まして行く勇気はなかった。

「この人ったら、ぐっすり寝ちまったわ」

と、彼女はおかしくてならない風に言った。しかし、森男はそれが狸寝ではないかと懸念していた。さっき、ほんのちょっと蒔子の肘が彼の横顔に密着した時でさえ、康方はそのあたりを覗き込むようにしながら、ほかの話に気を紛らしていた。彼は森男に対して警戒心のひとかけらもないとは言い条、車の中でこれだけのことが行われたのをよそに、無邪気に眠り込んでいたとは思えない。

森男は突然激しい後悔の念に心をひき裂かれた。何ンということをしてしまったのだろう。自分に対して親以上の情けをかけてくれている夫婦に対して、これ以上の背信があるであろうか。いくら彼女がその腕を絡ましてきたと言っても、それを口へ持って行き、唾で穢すような行為をしたことは、康方に対するこの上もない裏切りである。この旅に出る前に、一度でもそんなことを予想したことがあったろうか。しかし、あの傷の手当以来、自分の性衝動がある節度から逸脱しそうになる気配は充分感じていた。それを避けることが、今度の旅行に於ける森男の責任のようなものであったのに、しかもそれは官能の無言の触れ合いだけでなく、肘に近い部分への口づけを黙って許したのは、森男の愛情の方法を彼女もまた首肯したことになる。あきらかに意志の疎通があったのである。

康方に対する良心的な苦しみの内面に、何ンとも言えない有頂天な喜び……有頂天という評言は当らない。それよりもっと遙かに鋭い、或は痛烈な喜び、いや、喜びというような内容も当らない。安心でもあれば、得意でもあれば、幸福感でもあれば、自己満足でもある複雑な交響的な、同時に非常に現実的な情緒であった。実のところ、この先これをどう扱っていいか、その扱い方に就ては、まだ見当もつかなかった。

車は昇っては降り、そしてまた昇った。そうかと思うと、向うから来る車とすれちがうのに骨の折れるような、崖の道を走った。ずいぶん長い沈黙のあとで、今度は蒔子が森男の手首を軽く押さえたかと思うと、その手の甲へさっと唇を押しつけて、すぐ放した。彼女は森男の示した愛の方法に対して、お返しをしたのだろう。しかし森男は、彼が蒔子の手を穢していたくらいの時間、彼女が自分を穢していて欲しかった。自分が最後に嚙んだように、彼女にも嚙んで貰いたかった。しかし、森男の手がややはずみを喰ったように膝の上に落ちたとき、康方が目を醒した。山はますます高くなり、そろそろ根本中堂《こんぽんちゅうどう》が近かった。

11

午前十一時。康方が会社へ行った留守、村越が電話口で何かツベコベ言っているので、化粧間を出た蒔子が、

「ちょっと貸して頂戴」

と言って、受話器を村越の手から奪《と》った。小心者の村越は、何やら息を弾ませている。

電話の相手は女性であった。籾《もみ》山蔦《つた》子はお宅の旦那様からお暇が出たのであるかという質問である。そう言われても、蒔子は一瞬、それが別れた最初の奥さんの名前であることを思い出せなかった。

「籾山蔦子さんと仰有いますと」

「あら……では今度の奥様でいらっしゃいますか。それは失礼いたしました。私はまた村越さんの奥さんかと思いまして……」

その頃になって、籾山蔦子が康方の初婚の相手であることがはっきりした。

「前の奥様とは、私がこちらへ参ります三、四年前に、正式に離婚したということでございますが」

「それが、蔦子さんは籍も何ンにも入ってはいないから、正式な手続きも何も必要ではなかったようでございます……実は、申し遅れましたが、私は蔦子さんの親類でも味方でもございません。蔦子さんのために実害を受けている被害者なのでございます。恥を申さなければわかりませんから申し上げますが、彼女は目下、私の夫を誘惑しているようなんでございます。若し彼女がお宅の旦那様とも手が切れていなければ、蔦子は稀《まれ》に見るいたずら女ということになります。それで、村越さんに伺ってみようと思って、お電話したところなんでございます。康方様がきれいに手を切っておいでなさいますれば、お宅とは関係のない話題でございます」

言葉は丁寧で、整理もされていたが、声はうわつき加減で、ヒステリカルな響きがあった。

——化粧間へ戻った蒔子は、やはり息が乱れていた。あと味の悪いこんな電話は、彼女には生れてはじめての経験である。蒔子は鏡の中の自分の顔を、暫くポカンと眺めながら、呼吸の鎮まるのを待った。ごくかすかにアイ・シャドウを入れると入れないとでは、彼女の顔の印象は大へんなちがいになる。そして彼女は考える。

籾山蔦子に関しては、正直なところ、今までウッカリしていたようだ。どういう筋から貰った奥さんであるか。どうして結婚しなければならなかったか。そういうことをハッキリ聞き糺さなかったのは、蒔子の自尊心のようなものであった。

たしかに、それもあるようである。母代りをした蒔子の叔母さんが、

「康方さんの前の結婚のことなんか、あんまり根掘り葉掘り訊かないほうがいいわよ。大体の

話はこうなの。最後の船でアメリカから帰って来た康方さんが、三十半ば過ぎにもなって独身でいるのはおかしいからと言って貰ったお嫁さんだったけれど、はじめっからしっくりいかなくって、何ンでも二、三年で別れてしまったという話を聞きましたよ。よくある結婚解消談だし、そんなものはなかったことにして、あなたが初婚のつもりで康方さんの奥さんになってあげるといいわ。あなたがうるさく訊けば、あちらもいろいろと言い憎いことを仰有らなければならないし、そのうちにあなたにも耳障りなことが出てきたりして、気分を壊すのは利口とは言えませんよ」

と念を押され、そんなものかと思った蒔子は、籾山蔦子に関する調査を全く怠っていたのである。

しかし、数分後蒔子はまた新しい疑問にぶつかった。それは夫と蔦子という女性との間に、離別後も関係が続いていい、しかも蔦子は康方のほかに電話の主の主人とも怪しい関係になっているらしい。そのために、今の女性が康方と蔦子の関係の有無に就て、明らかに疑問を感じている。若しそれが真実だとすると、康方の妻としての蒔子は、夫とその情婦に弄《もてあそ》ばれていることになる。

もっとも、康方は蒔子と森男のごく些細な接触まで咎めるようにやきもちめいたことを言うのであるが、或は彼と蔦子の情事をカモフラージュするために、問題の核心を逸らしているのかも知れない。夫は京都詩仙堂往復のハイヤーの中でのことに就ては、何ンにも言わない。例のキャッチボールの負傷の手当の時、ワンピースの膝に青年の足をのせたほんの僅かな触れ合いに就て、くだくだしく心理分析をやるだけであるが、自動車の中の接触に就ても、全く知らずにいたのか、それともうすうすはカンづいていたのであるか。多少心配なのか、その晩上木屋町の旅館Oへ帰ってから、森男が口づけした彼女の腕を、両手で抑えて何遍もマッサージしながら、

「この手は僕にとっても大事な手なんだからね」

と、意味ありげな言い方をしたことである。その刹那、蒔子は二人のしたことが夫の眠りの中まで入り込み、神に見られたように見られてしまったのではないかという神秘的な想像に到達した。

村越が入って来た。

「変な電話で……申訳けありません」

「あなたが謝ることはないわよ」

「今の女の亭主が、籾山さんと浮気でもしているらしじゅうございますね。それで、おかみさんがヤキモキして、籾山さんをとっちめようって言うんでしょうが、そのためにお屋敷へ電話をかけてよこすなんて、見当ちがいも甚だしいところでございます」

「そうじゃなくって、社長と蔦子さんがまだ続いているかどうかを知りたいんでしょう。それによって、自分の旦那さんのお熱の具合を測りたいって言うんじゃないの」

「まあそういうことでございましょうな」

と、村越は簡単に同意した。それで、蒔子は自尊心を傷つけられた思いで、

「そうだとすると、由々しいことじゃない。よしんばお暇が出ているにしても、最近までそうだったってことになると……」

「社長に限って絶対にそんなことはございませんよ」

と、今度は強気に否定した。根が小心者だから、イエスと言ったり、ノーと言ったりするのはやむを得ない。

「私も自分をボンクラだと思ったわ。籾山蔦子と聞いた瞬間、すぐには前の奥さんと気がつかないんだもの」

「私共は、はじめ籾山さんで通っていたもんですから」

「おや、では前にいたことがあるの」

「はい、ちょっとお見習いに。もっとも、こちらへ伺う前に銀座の割烹店にいたことがあって、そこで社長はお知りあいになったらしいお話です」

「全然知らなかったわ」

「私がお喋べりをしたことになると叱られますから、どうぞご内聞に」

と口止めして、彼は出て行った。

蒔子はまだ鏡の前に掛けていた。一度失いかけた唇の色が、また少し血の気をとり戻した。

彼女は考える。

籾山蔦子の前身に就ても、何ンの調査も出来ていない。今の村越の話を真実だとすると、康方が蔦子とはじめて逢ったのは、銀座の割烹店だったようだ。戦前、戦中には銀座の割烹店や酒場の多くは、自粛して廃業したり、或は強制的に休業させられたりしていたので、戦後とちがってごく限られた数である。どうにか営業を続けていたにしても、毎日は開店出来ず、一日置きとか二日置きとかに店をあけていた家もある。蔦子は、そういう家で働いていたのだろうが、そのうち高級料亭の閉鎖というようなことも起ったりして、蔦子は時局の波に浚われるうに、杉原家の見習いになったことが考えられる。康方は蔦子を愛し、蔦子も康方にのぼせて、結婚にゴールインしたのだろうが、戦争前だけに困難な戦いもあったにちがいないが、また安易な抜け穴もあって、ズルズルベッタリに夫婦生活をはじめることになったのではないか。

また電話がかかってきた。今度は夫からだった。腹を空かして六時半には帰るから、何かうまいものを頼むという、いつもと同じ調子の注文だった。

「どうしたの、何かあったの」

「いいえ」

「だって、声が冷たいじゃないの」

「そんなことはありませんよ。あなたが冷たいと思ってお聞きになるからじゃないんですか」

「そういう言い方が何ンだかおかしいね。いつもの蒔子の声じゃない」

「いつもはどうなの」

「いつもはもっと親切だ。声が温かい」

「そこはどこなの」

「大丈夫……一人だから、誰も聞いてやしない」

「お帰りになったら、ちょっと伺いたいことがあるの」

「やっぱりあったな。何ンなの。何ンなの」

と、うるさく訊くが、彼女は答えなかった。

「電話ではいや。お帰りになったら、忌憚《きたん》なく申し上げます」

「おお、おっかない。蒔子にそんな冷たい声を浴びせられると、僕は身がすくむ」

それから夫は、食事に森男を呼んで置くようにと言ったが、蒔子は反対した。今夜の食事は二人だけにしたい。森男がいると、立入った話が出来ないから。

それで電話が切れたが、続いてダイヤルを廻した。池の端七軒町の実家の番号だった。女中が出たので、父に出て貰った。興信所に頼んだ結婚身許調査の秘密書類の中に、籾山蔦子の名前があるかどうか、あるならその記事はどの程度に記載されているか、その二点に関する質問だった。今頃になってなぜそんなことを訊くのかと、父は訝《いぶ》かる風だったが、

「ちょっと待ってくれ」

と言って、その秘密書類を捜しに行く間、受話器を外して置いた。蒔子が置時計を見ている

と、その間六分もあった。父はやっとこさ出て来た。

「ごめんよ、待たせて……鍵が見つからなかったので。えーと籾山蔦子か、なるほど、ある、ある。あることはあるが、大したことは書いてない。結婚式を挙げた様子もないようだな。然るべき人の橋渡しで、夫婦約束はしたが、何分大きな戦争を控えているので、極めて内輪だけの祝言の程度だった。しかも二年そこそこで別れてしまったとあるから、私は別に康方さんのマイナスとは考えなかった。法規上の結婚ではないので、離婚の点も別に法律的責任はいらない。従って、お前との結婚が初婚と言ってもいいと私は了解している」

「ほんとにそれだけしか書いてないの」

「私がカンニングしたと思っているのか」

「だって、それだけって言うのはおかしいわ。それじゃお金を取って調査したことにならないじゃないの。私は、その書類を読んで聞かして下さったとき、籾山蔦子のところだけ、お父さんは抜かして読んだんじゃないかと思ったわ」

「そんなバカな……別れた前の奥さんから電話でもかかってきたのか」

「それほどのことでもないの。つまり、康方とその女性とが、別れたあとも続いているかどうかの疑問よ」

「まさかそんなことはないだろうから、安心しなさい」

「とにかく、その秘密書類を、私自分の目で見たいから、今度見に行くわ」

「お安いご用。いつでも見せてあげる。但し私がいないと鍵があかないからね。私が家にいるときを狙って来るんだね。若し籾山蔦子に関して、何か複雑な聞き込みでもあるとすると、この興信所の調査は完全なものとは言えない」

と父は言った。

「そうよ、お座なりすぎるわ」

蒔子はムシャクシャして言ったが、こういう言い方は、やはり父にしか出来ないもののようである。自分を正直にぶつけて行く人を父に持っているのは幸福だと思った。

――父や村越とそういう話をしたことで、実は籾山蔦子という女性の映像がだんだんにはっきりしてきたのには驚いた。浜作とか、中じまとか、お座敷洋食のスコットとか、ビフステーキのいんごう屋とか、そういうところで働いていた女か、それともその一段下か、または村越の言う割烹店はまちがいで、金田中《かね》とか、花蝶《かちょう》とか、新喜楽とかいう家で働いていたのか、その辺はつまびらかでないが、芸者でも、ウエイトレスでも、ダンサーでもなく、かなりがせいにお膳を運んだり、飯をよそったり、あと片づけをしたりしていた種類の女であろう。そこで康方に見そめられ、芸者なら身請けだが、そういう家の女だから、大して金もかからずに杉原家へ傭い入れられたものにちがいない。その頃からいる村越は、蔦子がはじめて杉原家の門を入ったときのことから記憶にあるのだろう。蒔子はちょっとウンザリさせられた。

(叔母様がいけないんだわ)

彼女は口の中で言った。どうせ結婚するんなら、あまり根掘り葉掘りしないで、康方の初婚に関しては不問に附したほうがいいという暗示をかけられたのが、当時の蒔子にはかなり大きく影響したのである。本当は叔母の意見と正反対に、多少とも疑惑の感のあることは、あくまでも追跡して、塵ッ葉一つ残さぬようにしてから嫁いでくればよかったのである。こうしてもう何ヵ月か夫婦生活を送ってから、突然さっきのような電話がかかってくるということは、やはり調べ方の足りなかったこちら側の越度《おちど》である。

そのくせ、夫が帰ってきたら何から訊こうかというメドはなかった。興信所でも、その件に就てはうまくキャッチ出来なかった位だから、蒔子の質問を康方は巧みに懐柔して、真実をおぼめかしてしまうかも知れないのである。

やっと化粧の出来た蒔子は、化粧間を出て衣裳部屋に入り、夏物の入っている簞笥をあけた。昔、某伯爵夫人の使った化粧間と衣裳部屋の間取りは、なかなか都合よく出来ていた。

12

食事は二人きりだったが、別にその間には蔦子の話題は出なかった。デザートが終って、涼廊へ行ってからの話である。蒔子は名前を言わない女の電話の話をしてから、

「その電話がかかるまでは、あなたの最初の結婚のことにはなるべく触れたくないという気持がございまして、飯塚様の小父様にも一度でもそんなことを伺ったことはなかったんです。これは私の悪いところかも知れませんけれど、そのことにこだわると、自尊心と言うんですか、プライドと言うんですか、そういうものを傷つけられるような気がして、出来ればそれには耳を塞ぎたい。自分が再婚者の相手だということに気遅れを感じたり、羞恥心みたいなものもあったからです」

――親類の中には、インフェリオリティー・コンプレックスという言葉を使ったり、まだ若いのに何も再婚者を選ぶ必要はないではないかという反対もあったのである。しかし、縁談が持ち込まれてから一ト月半ほどすると、何ンとなく批判的だった人達の意見が後退し、この上もない良縁だというような積極派が支配的になって、蒔子までだんだんに押し流されて行くうちに、初婚といっても大したことではない。この際目をつぶって康方と結婚しても、特に劣等

感を持つには当らないという考えになってきた。そうなってくると、初婚のことをとやかく言わないほうが蒔子の自尊心のためだということにもなって、すべてが不問に附されてきたのである。

葉巻に火をつけた康方は、

「何しろ説明が足りなかった点は、僕が謝る。申訳けがない。蒔子に訊かれなくとも僕が進んで話すべきことであった。今それを痛感し、また反省している。僕だって二十代、三十代の頃は、恋愛結婚を夢みていたので、恋愛の過程ではまず惚れること、それから肉体が結ばれる。惚れてもいないのに肉体的になるということは、まるで罪悪のように考えた一時期がある。その頃僕が仲間と話していたキザな言葉を使うと、愛の灯が上部構造に灯ると、下部構造に欲望がおこる。欲望だけで女に接することは唾棄《だき》すべきことであるという風に考えていた。ところが、今はそうではない。結婚初夜に蒔子の同意を得たのもその点だ。肉体的に結ばれることによって愛が灯るという思想に変ってしまった。どうして変ったかというと、それが話題の主である籾山蔦子のためなのだ。恋愛などというものは、いかにいい加減なもので、煎じつめれば利己的なものだということを、まざまざ思い知らされたのだ。肉体を二の次にして、女が男に惚れるというようなことが、果して現実にあり得るか否か。女の利己主義とか、利己的とかいうことが、最も発揮されるのは、恋愛の過程の中ではないか。女は恋愛の自由という美辞麗句を利用して、自分の利己心を満足させる。これは恋愛には犠牲があるという命題から出発した自由恋愛論にとっては、思いもよらない伏兵だったのではないか。少なくとも、僕と蔦子の恋愛結婚には蔦子の犠牲はなかった。彼女はただ貪るように利己的だっただけだ」

「やっぱり恋愛結婚だったのね……蔦子さんと」

「正直に言うが、それはそうだ。この家へ入って、見習いになる前後までは相思相愛という風に考えられたこともある」

「そんな猛烈なものだったの。そんなら私、お嫁にくるんじゃなかった」

「しかし、それはいかに相惚れだったにしても、根底のない、蜃気楼みたいなものだったんだから、君がそんな言葉に傷つけられる必要は毫《ごう》もない。蔦子は相思相愛と見せながらも、実は利己心を満たしていたのだ」

「だって、それは仕方がないでしょう。料理屋で働くくらいだから、生活が楽だった筈はないし、あなたと結ばれることによって、自分にも分け前を貰いたい。蔦子という人があなたに身をまかせることで一ト財産作ろうと思ったのは、当然のことじゃない」

「しかし、恋愛結婚の原則に、そんな濁りはある筈がないではないか。と言って、僕は別に恋愛結婚の虎の巻を読んだわけじゃないが、たしかに人間は一ト財産作るためには、恋愛までその役に立てようとする。それが即ち蔦子だったのだ」

「それであなたは懲りごりなすったわけね」

「その通りだ。蒔子がそれを諒解してくれれば、僕は僕なりに禍を以て福に転ずることが出来たと思う」

「でも、私だって利己的でないとは言えないわ」

康方は手を振って、

「それは誰だって利己的だ。それと蔦子の場合とでは、モノソノモノがちがうんだよ。かりに蒔子が利己主義を発揮したにしても、僕はそんなに心配しない。今日の電話にしても、そういう女を使って蔦子が利己的な攻撃力を用いているのだとも考えられる。ちょっと手のこんだ威嚇の方法だろう。もっとも、僕はそんなものにはへこたれないがね……」

——康方に本当の意味の説得力があったかどうかはわからない。しかし、それで蒔子が気構えた康方の初婚問題は一応見送られることになってしまった。こんなに簡単に話題がかわされるくらいなら、康方の言った通り、今夜の食事に森男を招待すればよかったと、蒔子は思った。

蒔子が言った。

「森ちゃんを呼んで、ダイヤモンドゲームしましょうか」

「だから僕が言った通りだろう……村越に呼びにやらせればいい」

彼女はベルを押し、村越に命じた。それから、飾棚の上段をあけて、ダイヤモンドゲームの盤とコマを出して来た。昭和のはじめに、コリントゲームとか、ダイヤモンドゲームとか、卓上野球盤とかが流行ったことがあり、その頃康方がどこかの百貨店から買って来たのだが、戦災に罹らず、焼けずに残ったものだから、大分時代がついている。それより一ト昔前の闘球盤とか、ドミノとか、卓上ルーレットとかも、この家の土蔵にはしまってある。いま蒔子がとり出してきたダイヤモンドゲームというのは、ごく単純な遊びで、盤と言ってもボール紙で出来ている。ただ、麻雀は四人だが、これは三人でやれる。赤と緑と黄色の三組に別れ、黄組なら黄組の陣に並んでいる十五のコマを、一トコマずつ進めるか、或はうまく他のコマを飛び越えて進めば、三つでも四つでも無限に進めるというルールで、対岸の黄の陣地へ一トコマでも早く送り込むことが出来れば、勝となる。要するに、能率のいい進め方をしたものが栄冠を占めるのである。それだけでは他愛もないが、互に金を張り、ギャンブル遊びということになると熱を生ずるのである。康方がコリントゲームやダイヤモンドゲームをおぼえたのは、その頃三十間堀にあった待合の川べりの座敷で、銀杏返《いちょう》しや切れ天神《てんじん》に結った若い妓との昼遊びの暇つぶしからである。芸者ものんびりしていて、昼飯によんでやり、玉代をつけてやれば、夕方までコリントゲームの相手をして行った。まだ鬘はなく、みんな地毛で日本髪を結っていたのに、昼のお座敷を銀杏返しでつとめたあと、髪結でつぶし島田か高島田に結いかえて、六時のお約束スレスレに走り込むような放れ業もよくやった。

当時の康方は、慶大出身の三十になるやならずだったが、ダイヤモンドゲームがとりもつ縁で、惚れあった長唄芸者があって、長唄の稽古にも凝った。吉住何五郎という師匠の門に入り、西銀座の稽古所へ通い、そこがまた芸者との逢引の場所ともなった。そこで顔を合わすと別れ難くなり、どこそこへ行って待っていると書いた小さな紙きれを渡して、約束をしたものだ。

時間があるときは三十間堀《さんじつけんぼり》の家へ行ったが、暇のないときは資生堂とかモナミで話をして別れることもあった。忘れもしないその頃の銀座通りの夏の夕方であった。銀座は青い柳が美しく、西銀座よりも金春《こんぱる》通りや並木通りよりも、やはり本通りが一番賑やかでいつも人ごみがしていた。夕方、電車の線路を横切る人力車には、木挽町《こびきちょう》や築地の待合のお約束に急ぐ芸者をのせていた。時には五台も六台も、人力車が行列をつくって横断する風景も見られた。康方が資生堂を出て出雲町の停留所を横断して、三十間堀のほうへ曲ったとき、俥の上から、

「杉原さん」

と、声をかけたのは、一緒に長唄のお稽古をしている彼女であった。どこへ行くのかと訊くと、花蝶まで行くとのことである。

「送って頂戴な」

と言われて、康方は俥夫の歩く横の、光る象鼻《ぞうはな》のそばに寄って、とうとう木挽町まで俥上の女と話しながら歩いたのだから、ずい分ゆったりした街頭風景でもあったのである。どこの俥夫だったか忘れたが、当時の立場《たてば》は、大清、日吉、三原、中嚢などであったから、その何れかの曳子だったにちがいないが、康方の徒歩に合わせて、俥を曳いてくれたのである。

――そのダイヤモンドゲームを、蔦子ともよくやった。その頃は燈火管制がはじまり、退屈な時間が多かったので、遮蔽燈を低く下した光の限界の中で、二人は無言でコマを飛びかわせた。コリントゲームや闘球盤は音がするので、その頃は中庭まで監視にやってくる警防団に怪

しまれるおそれがあったが、ダイヤモンドゲームのほうは、ボール紙の上を木製のコマが飛ぶだけなので、誰にも気取られる心配はなかった。蔦子はそういうことには目はしのきく女で、一度に五つも六つもコマの頭を飛び越して、自分のコマを進めることに成功したが、それでも康方には敵わなかった。二人はその頃の金で、一回に五円位張ったが、たまには康方がわざと負けてやらなければならなかった。金を取られるたびに、蔦子はヒイヒイ言って悲鳴をあげた。もっとも、負けると言っても一手か二手で負ける。それで口惜しがって、コマを床の寄せ木に叩きつけたりすることもあった。

丁度その頃、杉原家の改築プランが具体化し、有名な設計家の手による青写真と見積書とが出来上ったが、惜しいところで建築統制令にひっかかって流産してしまった。そこで、戦後でも、大正年間に買ったときのままの某伯爵邸であったため、この程度の地坪のある邸宅が殆んど大部分アメリカ将校の接収家屋と指定されたとき、幸運にもその厄を免れることが出来たのである。もっとも二三度進駐軍から係員が見に来たが、薄暗い茶の間や、障子の多い小書院などに辟易して、落第ということになったのである。今まで接収されなかったのであるから、もうその心配はなさそうだと康方は思っている。あのとき改築プランが実行されていたら、焼夷弾によって一瞬に焼け失せた隣家の地続きの部分に、寝室用の離れ座敷が建つ予定であったから、境の塀まで焼いた余勢でその寝室に火がつけば、当然古いほうの建物も烏有《うゆう》に帰したことだろうし、万一焼けずにすんでも、浴室や手洗所が近代的になっていれば、進駐軍の接収を避けることは出来なかった筈である。もっとも、康方は今度蒔子と結婚するに当って、八ヵ所もある手洗所を全部改築し、浴室も二倍に拡げて大理石張りにした。その床の上に支那風の壺を置き、そこから沸かした湯が浴槽の中へ流れ落ちる趣向を凝らしたりして、新らしい花嫁を迎えたのであった。

――村越の返事が遅いので、夫婦はさしでダイヤモンドゲームをはじめた。蒔子が赤ゴマ、康方が緑ゴマを取った。こういう場合、黄ゴマは除外される。が、それでも興味は減殺されない。蒔子は蔦子とちがって、ドシドシ飛んで向うの陣地を埋めるよりも、先ず手前の陣地からコマを追い出すことからはじめるという慎重なやり方で、むろん康方のほうが手は上だが、うっかりすると取りこぼしをやることにもなる。形容すれば、蒔子のやり方は絶えず前後の連絡を保ちながら、雲霞《うんか》の如く押寄せてくる感じで、康方が送り込もうとする尖兵的なコマの飛躍に対して、厚い壁の作用もし、容易に突破口が作れないのであった。そこへ村越が戻ってきて、

「岩永さんは生憎夕方からどこかへお出かけになって留守だったもんですから、一枝さんが例の古本屋へ電話をかけて下さったりして、もしそちらで見かけたら、すぐ帰るように言ってくれと頼んだりしてたものですから……大層遅くなりました」

「それは残念だったな。多分古本屋じゃあるまい」

「一枝さんがこぼしていました」

「何ンて」

「さっきまで二階で本を読んでいたから、今夜は落着いているかと思ったら、アレアレという間に出て行ってしまう。よっぽど家の中がつまらないんだろうと思います……そう言ってました」

「しかし、アプレゲールの学生が親の思う通りになると思ったらまちがいだ。森ちゃんなんかは、まアいいほうだ。そんなに慾張りなさんなと、今度一枝さんに逢ったらそう言うんだな」

「それは社長の仰有る通りです。今の大学は殆んど左傾分子に占拠されている真只中で、岩永さんはむずかしい漢文などを読んでいるようですね」

それで蒔子が言った。

「この頃読んでいるのは『野史』でしょう。この間一碧堂でやっと揃った『野史』を買えたと言って喜んでいたから」

「『野史』は漢文で書いてあるのか」と康方。

「そうですよ」

「見せて貰ったの」

「はい」

と答える蒔子は、顔色ではわからないが、胸をドキドキさせた。

13

蒔子たちが京都詩仙堂へ行ってから、既に半年ほどの歳月が流れた。秋が終って冬になり、やがて春がめぐって来ようとしている。その間に、下山事件、三鷹事件、松川事件等の大事件が続いて、物情騒然たるものがあった。このまま行けば、日本全体の左翼化は逆転のあり得ないものと思われたが、一方では頻りにレッドパージが行われ、国税庁発足や湯川秀樹のノーベル賞受賞で、国家主義的秩序の復調も次第に具体化を見せてきた。シャウプ勧告による新徴税機関の出現は、どうやら飢餓状態を克服しかけて来た国民にとって、恐るべき重圧にほかならなかった。通産省や郵政省なども衣がえをした。

森男の卒業論文「東山時代に於ける文芸愛好家グループに就て」は、幸いに教授会をパスして、三月末には卒業出来そうな形勢にあった。しかし、はじめ意気ごんだほどその出来栄えは芳んばしくなかった。自信もなかった。はじめて一碧堂から『実隆公記』六巻を買って来たときの野心に比べると、その何割かの規模にすぎなかった。枚数も六百枚近くは行くつもりだったが、二百五十枚止りであった。

卒業後の就職はまだきまらなかった。というより、森男が希望している図書館や新聞社の調査室などには、新規採用の余地がないようであった。若し行くところがなかったら、杉原産業へ来るといいと、康方が言ってくれたが、森男は死んだ父親と同じ人生航路を行く気持はなかった。もっとも、足を棒にして捜しまわれば、婦人雑誌の編集とか、二流新聞の校正部とかに入れないこともなかったので、森男は多寡を括っていた。

彼は蒔子とも逢う機会が少なかった。というより、詩仙堂の帰り、思わざることでズボンの中を汚してしまうようなことがあって以来、彼のほうでも意識的に蒔子のそばへ寄って行かず、彼女のほうでも積極的に森男を寄せつけようとする様子がなかった。

康方夫婦の関係も特別の変化を深めたわけではなかった。しかし、何ンと言っても、閨房のことは回数を重ねるたびに、僅かずつでも密度を濃くして行くものであるから、結婚当時に比べれば、その後の半年間で二人の交情はかなり細やかなものになったと言うことが出来る。

康方の方針は、蔦子との仲がくっつき夫婦であったことの反省として、今度は口説ぬきに肉体の結びつきで愛情をたしかめあうという方法だから、初婚のときのように、実行より口説のほうが多いという主客転倒を避け、寝室へ入ってからはなるべく無言で蒔子の身体に挑みかかり、それを蒔子がいいともいやだとも言う隙を与えない風であった。時には、一度寝てしまってから、蒔子が目を醒ますと、背中を丸出しにされていたり、下半身を開かれていたりした。

「どうして寝ているものを起しもしないで裸にしてしまったりなさるの。仰有れば自分で脱ぎますよ」

と言うと、彼は、

「この前のが殺し文句倒れで、結局蔦子にバカにされたようなものだから、今度は方針を変えるんだ」

と、ヌケヌケ言う康方だった。

が、蒔子自身、こういう方針をそのまま受入れていいものかどうかは、やはり疑問であった。なるほど殺し文句倒れは戴けないが、女としてはこんな風にだしぬけに愛されるよりも、適度の修辞を囁かれてから抱き寄せられたほうが、まだしもやさしい情感の中に横たわることが可能ではないのか。殊に、一度うつらうつら眠ってしまって、ハッと気がついた瞬間、彼の愛撫がはじまっていたりするのは、自分が疎外された状況の中に存在し、男だけの一人合点ではじまっているような錯覚があった。しかし、それに就ての抗議は許されないので、この頃では蒔子も黙って彼のするのに任せるほかはなかった。

ところが、ある晩のこと、蒔子が寝たふりをしていると、本当にまどろみに入ったと思った康方が、しきりに寝息をうかがったりしていたが、

「蒔子、空寝だろう」

と、カマをかける。それでも蒔子が黙っていると、

「こりゃほんまかなア」

と、ひとりごとを言った。そして、また少し離れた距離で、彼女の寝姿を眺めている。まる

で仔犬が、腹を出して水面に浮かんでいる魚を、くたばっているかどうか、前足で触ってみてたしかめているサマによく似ている。

そのうち仔犬は、じゃれだした。蒔子は我慢していた。それがだんだん蒔子の身体にも灯をともし、すみずみから沸いてくる膩《あぶら》に点火して、白裸の全部からチロチロ妖しい光がかがやき出すようであった。もはや我慢しているなどとは言えない。彼の指がどういう曲線を描いてその核心に当ってくるか、彼女は期待に顫《ふる》えだしそうであった。

しかし、あくまで空寝を続けた。仔犬は、水面に腹を出して浮かんでいる魚を、口にくわえて陸の上へ二度三度うちつけるようにした。そうすることで、康方も熱中し、彼女も喜ぶことが出来る。康方は執拗に沈黙のままの操作を続け、蒔子もまた執拗に空寝を続けた。彼女の反応は無意識な肉体にも起る反射とか、解放とかであって、意識的な動きには歯止めを喰わしていた。それでいて、康方を納得させる程度の顫慄《せんりつ》とか、息づかいを洩らし、そこまで行けば空寝であることを自白したようなものだが、それでもあくまで空寝を装うほうが康方を満足させ、彼女にとっても好都合な情緒だと言うことが出来た。

そんなことがあってから、夫婦は密度を増した。蒔子は夫の腕の中でトロトロし、そのまま眠ってしまうこともあれば、空寝を使って夫が愛撫をはじめるのを心待ちに待つようにもなった。要するに、そういう少し変ったことが、彼女に房事の興味を増させた。

ふと彼女は思った。自分は空寝をしているのではなくて、夫のかける催眠術にかかっているのではないか。彼女は本当に睡魔に襲われる。或る半覚半眠の間に置かれる。そこで康方は暗示をかける。すると蒔子は顫え出す。夫が心に、女の下半身に対して、開きなさいと思えば、彼女は開いてしまう。また夫が彼女の下肢をあげなさいと思えば、あげてしまう。夫が彼女に喜びなさいと命じれば、喜んでしまう。もっともっと喜びなさいと命じれば、もっともっと喜んでしまう。背中と足はそのままにして、腰だけを浮かせるように高くあげなさいと命令すれば、彼女はその通りやってしまう。若し彼が彼女の手に「もっと柔かく僕の胸を抱きなさい」と無言で思惟すれば、蒔子は眠ったままその手を動かしてしまう。それほど従順に、彼女は夫の言うなりになってしまうのである。しかし、普通の男はそういう戯れごとのあとで、実行に迫られると、妻の意識を揺りさまさずに置かないだろう。ところが康方は、疲れてしまうのか、さんざんに弄んだ上で、今度はもと通り彼女の全身を蔽いかくし、袖を通すところは袖を通し、丁度女の子が人形を裸にしてみたり、また着物を着せてみたりして遊ぶように、すっかり蒔子のあと始末をしてから、彼も寝支度になるのである。そして、おやすみなさいとも言わずに、軽い鼾《いびき》をかきだす。それを聞くまで、蒔子の意識は残っているが、この頃ではそういう限界に安心するせいか、夫が妻の身体を丁寧に片づけ出す頃から、本当にウトウトしてわからなくなってしまうようになった。

康方のほうが先に眠ってしまい、それから蒔子が眠る場合と、蒔子が眠ってしまってから、康方がこれに続いて眠る場合と、日によってアベコベになるが、夫婦とも殆んど同時に夢路に入ることもある。

　或る晩、康方が言った。

「たまには返礼しろよ」

　蒔子は返礼という意味がすぐわかったが、とぼけて、

「返礼って」

「たまには僕が寝ている間に、蒔子が冗談をしてみるんだ」

「じゃ、あなたのも冗談なの」

「そう言ってもいいじゃないか。君には自覚がないんだから」

「私にはそんな冗談出来ないわ」

　と、蒔子は拒んだ。事実、やってみる気はなかった。しかし、そのとき彼女は同時に森男に対して働いた冗談を思い出した、あの詩仙堂の帰りに……。あのとき彼女は肘を彼の脇腹に密着させた。その脇腹の皮膚との間には、何枚かの布地があったわけである。しかし蒔子は森男の青臭いような胴体の肌を、露わに感じることが出来た。これは車中の冗談である。その影響で彼がズボンの中を汚してしまったことは、彼女は知らない。しかし、とにかくある種の影響を持つだろうという自覚はあった。だから、

「僕にも冗談をしろよ」

　と、夫が言ったとき、森男のことを思い出し、どうせ冗談をするなら森男にしてやりたいよ

うな気がしたのである。只、森男からの冗談は許さない、というところに蒔子の極限があった。夫の冗談は許すが、森男には仕掛けて行く。丁度蒔子が夫の冗談を空寝して受け入れ、その返礼をしないように。森男にも冗談をするだけで、返礼は断わらなければならない。そういうことを考えている。

蒔子が森男のことを空想していたとき、康方も同じように森男のことを空想していたらしく、

「蒔子……君は森ちゃんを愛し出しているんじゃないのか」

「何を仰有るのよ、出しぬけに」

「君がこの頃意識的に森ちゃんを避けているからだよ」

「そう見えますか」

「見えるとも」

「わるいカングリね。絶対にそんなことないわ」

「そんなら森ちゃんを避けないで、ときどき呼んでやれよ」

「森男さんは就職に熱中しているわ……それに、一枝さんが若し卒業しても就職出来なかったら一大事と言わんばかりですもの」

「だから、僕は杉原産業へ履歴書を出して置けと言ってるんだ」

「一枝さんは学資を出して戴いた上に、入社のことまでお願いするなんて、とても出来ません

って遠慮してらっしゃるそうよ」

一枝の話は、村越からも伊与さんからも伝わって来たものであった。

「それより、また三人で旅行しようか」

「まァ、それは嬉しいけれど……今度はどこ」

「卒業式でも終ったら、そろそろ暖かくなるから、そうしたら伊豆の温泉とか、遠出なら会津若松とか、飯坂とか、豊富に温泉の出るところがいいね」

「森男さんも喜ぶでしょう」

「その代り、今度は三人で温泉に入ろう」

「いやらしい」

蒔子は本当にきびしい調子で、叫ぶように言った。事実、いやらしいとしか思えなかった。森男に女の裸を見せるようなことは、あり得べきことではない。蒔子は夫の横っ面を一つ張りたいほどの怒りを感じた。

「冗談もほどほどになさいよ、冗談も」

と、繰返す。

しかし、康方はそのことをそんなに不道徳には思っていなかった。誰にも見せない頃の女の肉体ならともあれ、夫にはすみずみまで見せているのであるから、可愛いと思っているにちがいない森男に見せたからと言って、それを世にもあるまじき姦淫のようにとることはないのではないか。

実は、詩仙堂へ行くときも、康方の心は三人でもっと仲のいい旅行をしたかったのである。若し許されれば三つ枕を並べて寝て、その代り夫婦の房事を遠慮するのもやむを得ないと思っていた。あの上木屋町の旅館で、二人が蚊帳へ入ると、丁度枕の下に、チョロチョロ、チョロチョロと、みそぎ川の水音がしたとき、彼は森男を呼んで来て、そこで三人でその水音を聴きたいと思った。そのことに別段の懸引はなかった。しかし、蒔子がそれに反対した。その何日間かの旅の間、若し宿屋の風呂がたてこんでいるような場合は、三人で入るようなこともあり得ると考えていた康方は、とうとうそういう機会がなかったことを、あっけなく思ったりした。従って、車の中で妻の肘が森男の脇腹に密着しているのを見たときも、特にショックではなかった。このくらいのことは当り前のように思えた。これは康方ばかりの恣意であろうか。蜜月の旅に出る夫婦が、若し一人の男友達を従行させた場合、その男に対して何ンとなく負け目《ひ》を感じる。若し三人の旅に、二つしかベッドが与えられない場合は、男同士が一つベッドに寝て、妻をひとり寝かせるという組合せを考える男もないことはないだろう。

しかし、また康方はホッとしたのでもあった。あの旅行では、森男は暇があれば『鳩巣小説』を読み、後光明天皇や石川丈山のことに夢中であり、蜜のように粘って離れない夫婦の間にはまるで無関心のようであった。

蒔子は言った。

「今度は山の旅ね、すてきだわ。磐梯山や蔵王山が見えたり、猪苗代湖を眺めたり……どうして二人っきりで行こうと仰有らないの」

「それはもう一人お相手が行ったほうがいい」

「変ってるわね」

「ちっとも変っていない」

——この人は生れつきのお大名かしら、とも思ったが、彼女は黙っていた。

「それより、森男さんの就職のほうがやっぱり重大だわ。まずそれを片附けなくっちゃ……第一、一枝さんが今度は反対するわよ。旅行なんかしている暇はないって……」

蒔子はそう言って、少し笑った。

14

森男は大学の掲示板に自分の名前を発見したが、その中に岡見の名はなかった。去年の暮の卒論の提出期日に、それでもどうにかスレスレに間に合った筈の岡見のレポートが、教授会をパスしなかったのであろう。森男は岡見に会い、なぐさめの言葉を送りたかった。

森男がお茶の水橋を渡って、杏雲堂病院の前を通り過ぎ、少し逆戻りしてニコライ堂の下を小川町のほうへ降りて行くと、進駐軍物資を売っている女がいる。場所換えをした九ヵ月ほど前のあの女が、安全剃刀の刃や、ラックスや、コールドクリームなどを売っているのであった。

森男は一瞬、歩をとめた。

「憶えている?」

「憶えているわ」

「もう一度逢いたいと思って、この前の場所へ何度も行ったんだが、こんなところへ立っているとは思わなかった」

「私も、いつかきっと逢えると思っていたわ」

とにかく、女の様子は一層垢ぬけしていた。拡げてあるものも、バナナから安全剃刀に変ったし、赤い羅紗をかけたテーブルも、ミカン箱に比べれば、出世している。と言って、九ヵ月の間にガラリと彼女の様子が変ったわけではない。やっぱりお召のモンペを穿いている。

「君は本当にこれで暮しているの」

「どう見えます」

「さあ、わからない」

「PXの卸値はきまっているし、この前のバナナのほうがよっぽどうまみがあったわ。そのバナナももうダメだわ。どこでも買えるようになったの」

「こっちも相変らずゲルピンだ」

二人は暫く話し込んだ。その別れ際に、彼女は細い声で、

「ねえ、遊んでくれない」

突然言うので、森男はびっくりした。

「安くするわ」

やっぱりそうだったのかと思った。実はこの前もそうだった。よっぽどそれを訊いてみようかと思ったけれど……。

「僕より十も年上だろう」

「そんなかしら。年上ではいや」

「年上のほうがいいさ」

「バナナのときは、たしか雨が降っていたわね」

「そうだよ。僕も君も同じように骨の曲った蝙蝠傘をさしていた」

「思い出すわ……女好きのする坊ちゃんだなアと思ったわ」

そう言ったかと思うと、彼女は懐ろから紙入れを出し、その紙入れの中から名刺代りの白いカードを出して渡した。中原かつ美と書いてある。

「君の名前」

「ちがいます。小母さんの名前。私に逢ってくれるなら、この小母さんを訪ねて来ればいいの。中原さんは私がどこにいてもちゃんと呼んでくれるから」

「この人の商売は」

「洗濯屋をしているの」

「なるほど……よく出来ているんだな」

しかし、一時ほどではないが、まだときどき小池理髪店へ闇物資を捜しに行く母の一枝と、五十歩百歩だと思った。そんな手段でもなければ、女一人ではなかなか生きにくい時代でもあった。お愛嬌にジレットの青箱を一個だけ買って、女と別れてくると、いつ風が変ったのか、つめたい風が舗道を吹いていていた。

森男はうっかりして、今の女の名前を聞いて来なかったことを後悔した。中原かつ美だけはわかっているが、その人に逢えても、肝腎の女の名前がわからなければ、要領を得ないかも知れない。と言って彼は、もう一度ニコライ堂の下まで、坂を上って行く気はしなかった。お召のモンペを穿いた女……そういえばわかるんじゃないかと、多寡を括った。それに、値段もわからない。いざ取引となって、目の玉がとび出すように言われ、そのうえ中原かつ美に、恥をかかされるかも知れない。まア、そのときは、もともとなかったことと諦めればいい。多分、安くはないだろうと、森男は思った。

都電の茅場町行に乗り、呉服橋で下りた。サンタフェは、そこから歩いても近かった。今度出来た楽士専用の入口から入り、岡見を呼んでもらった。バンドの変り目まで、十五分ほど待たされた。ジャズソングが聞えている。しかし、綾部より子の声ではないように思われた。どうしたのだろう。パトロンが出来て、サンタフェを罷めたか、それともご乱行が祟ってクビになったか。そんなことを考えているとき、岡見が入って来た。

「発表があったぜ」

と、森男が言った。

「さっき聞いたよ。掲示板を見に行った奴があるんでね。俺のは授業料滞納もある。どっちから行っても助からないんだ」

「でも、僕は就職がきまっていない。卒業はしなくとも、君はこうして喰っていけるし、その点では僕なんざ足もとにも及ばない」

「そうは言うが、卒業も悪くはないだろう」

「昔の学生は卒業証書を一本握れば、一生涯喰いつないで行けたんだろうな」

岡見はその頃としてはハシリの、フィルターのついたウィンストンを出して森男にすすめながら、

「より子は入院した」

「どうりで、声が聞えないと思った」

「バンマスは代りを入れると言ってるんだが、僕は当分ジャズシンガーなしで行くつもりだ」

「どこが悪いんだ、より子は」

「胸だよ、胸」

と、彼は自分の胸をさして見せた。より子に胸部疾患があるとは意外である。

「重いのか」

「マラカスを振っていたんだが、急いで洗面室へ行って、喀《は》いた。大した分量じゃなかったが、下に水があったので、大分派手に見えたらしく、より子はその場で失神した。やっぱり彼女、哀れな子だ」

「いつのことだい」

「まだほんの一週間ほど前だ。むりやりにこの近所の診療所へ入れてあるんだが、様子によっては長期療養の必要が起るだろうから、そうしたらサナトリウムへでも移すことになるかも知れない」

森男は、より子の白い陶器のような腕を思い出し、既にあそこに彼女の病的な表象があったのだと思った。それにしても、療養のための経済的負担は、安易にはいかないだろう。職場を離れた彼女が何ンでその負担に堪えて行くかは闘病以上のむずかしい問題であるだろう。

「見舞に行ってやってくれよ」

「うん、行ってやろう」

「彼女喜ぶぜ」

森男は更により子を世話している男があるのか、あれば日本人か、アメリカ人か、第三国人かを訊きたかったが、それを訊くことで腹の中を覗かれるのがいやさに、黙っていた。

岡見が言った。

「杉原康方にでも金を出して貰おうと思ったんだが、紹介しないでよかったな。引受けてすぐこんなことがあっちゃ、杉原さんも間尺にあわねえからな」

去年のクリスマス前後に、森男は康方を引っ張って来たことは来たのだが、話はそこまで発展しなかったし、そう言えばその頃から、より子は何がなし元気がなかったようであった。いつもマラカスと一緒にふりまく愛嬌も乏しかった。それでも、どこか悪いのではないかとは思わなかった。

森男は思った。目はしのきく奴だと、人の健康状態にも気をつかい、穿った見方をするが、彼はそういう点に鈍いところがあって、より子の胸をそんな恐しい病巣が蝕んでいるとは、一度も想像したことがなかったのである。そこへ行くと、康方は気のつくタチで、人の顔色を見ては、あの顔は只事ではない。あの人は悪液質だ。或は、きっと血圧が高いよなどと、すぐ批評することが出来た。それで、より子の身体があまり健康とは思わなかったのかも知れない。

「ジャズシンガーが喀血したりしても、そのあと始末は実に手際がいいんだ。気がついた奴は誰もない」

「誰が始末するんだ」

「副支配人が一人でやってのける。洗面室を閉鎖して完全消毒をする一方、失神したより子を裏口から運び出して、T・N診療所へ送り込む。それをあっという間にやってのけるんだからな」

「むろん、君だけは手伝わされたんだろう」

「まアそういうことだ」

「彼女を張りに来ていたお客さんたちは知らなかったのか」

「みんな間が抜けてる奴ばっかりでね」

岡見はさもおかしげに大笑した。森男は岡見からもう一本ウィンストンを貰って喫った。

「とにかく、それじゃ行ってくる」

と、森男は岡見と別れて、楽士専用の扉口を出た。

T・N診療所は、サンタフェより百米《メートル》突ほど東寄りの焼ビルの中にあった。ある程度修繕が出来ていて、四階を除いては新しいガラスが嵌められていた。より子の病室は三人部屋で、女二人に男一人。男と女の間にはカーテンが引いてあるが、女と女のベッドの境は何もなかった。奥の患者はよほど重態と見えて、酸素吸入のポコポコいう音が聞えた。

より子は青ざめた顔をして寝ていたが、森男を見ると首をあげた。その儘にしていろと言っても諾かなかった。

「よく来てくれたわね」

「岡見に聞いたんだ」

「とうとうやっちゃったの。本当は二度目よ。サンタフェへ入る半年前にも、焼跡を歩いていて、一遍やったことがあったの。PXをクビになったのも、実はそれが理由だったの」

「気絶したそうじゃないか」

「脳貧血を起したのよ」

「岡見は親切だろ」

「ほんとね、彼がこんなに親切とは知らなかった。血だらけの私をここまで担いで来てくれたんだけれど、実に献身的なの。若白髪のあるクルー・ヘア・スタイルも何もあったものではなかったわ。はじめ見た看護婦さんは、どっちが喀血したかわからない位だって言ったわよ」

「しかし副支配人の沈着を褒めていたよ」

「そうかしら。副支配人は沈着なんかじゃなくって、只お客さんたちに気どられまいと大童《おおわらわ》だったけよ。あたしのことなんかどうでもよかったの。トイレを閉鎖して、その中に捨てて置いて、朝になって冷たくなっていたって構わなかったんじゃないかしら。岡見さんがいなかったら、あたし、死んでたかも知れない」

「では、命の恩人だな」

「そうよ」

「では、君とは関係あるのか」

「絶対にないわ。岡見さんとは踊ったこともないの。ほんとよ、嘘ついたってはじまらない。彼は只あたしに親切なだけ。野心なんてこれっぽっちもないの」

「より子がそう言うんなら信用しよう」

「あたしは、よしんば岡見さんと何かあったにしても、一向構わないけど、あの人はあくまであたしなんかに手をつけないところが、あの人のよさだし、個性だし、人生観だし……彼は大学を卒業出来なかったけれど、いっぱしの男だと思うわ」

　岡見が卒業試験に不合格だったことを、もうより子が知っているのには驚いた。しかし、たしかにより子の言う如く、岡見がいっぱしの男であることは、だんだんにわかって来た。彼はアメリカ進駐軍の下に置かれてうちひしがれ、骨と皮ばかりになった日本人の肢体を、まじまじと眺められることの出来る少い男の一人であった。そういううちひしがれる実態を何一つ見ないで、いたずらに悲憤慷慨《ひふんこうがい》しているだけの日本人は大勢いた。しかし、それは先入観にとらわれやすい日本人の無知と、憂国的な修辞に過ぎない……。

「より子のためにカンパしなければならないな」

「そんな心配しないで。まだあと一週間位は入っていられるから。そうしたら退院して、歌わないまでも、マラカスを振らして貰うわ」

「今の君の病気には、マラカスだって過労だよ」

「あんなもの何ンでもない……歌うのにくらべたら……一曲歌うと脈が多くなって、五分やそこらじゃおさまらないの」

「そう言えば、クリスマスの晩、より子、元気がなかったな」

「風邪ひいてたの。朝、歯ブラシ使うとき、痰の中に血がまじることが多くって……前触れだったのね」

「ヤケにならないで養生してくれよ。岡見と相談して入院費は何ンとかするから」

「ありがとう。でもあたし、岡見さんやあなたに迷惑かけるの好まないわ」

「だからさ、岡見だって自分の稼いだ金を注ぎ込もうとは言ってないんだろう。つまり、君を張っていたユダヤ人のバイヤーから寄附して貰ってくるというわけだ。君が直接彼等に貰うよりはましだから……そういう意味なんだろう」

より子はうなずいた。いつの間にかタオルの寝巻の胸もとがあいて、片方の胸の膨らみがのぞきかけているのを、彼女は気がついたように掻き合せた。

カーテンの向うのポコポコが心細くなり、新しいボンベに取替えられる様子だった。どういう病気かわからなかったが、森男はそれを問い糺す気もなかった。

15

四月になってからも、森男はブラブラしている。康方はそれが気になってならなかったが、あらたまって一枝から話でもない限り、杉原産業の秘書課に命じて、森男の就職を奨めるわけにもいかなかった。

その頃の或る日、康方はとうとうせがまれて、蔦子に逢った。彼女はもとの職場である銀座の割烹店に舞い戻って居り、そこへ康方が一人で入って行くのに就ては、東京駅で運転手の笹川を撒くという用心深さであった。銀座のその辺は焼けなかったので、割烹店有明《ありあけ》の二階の八畳間は、蔦子が杉原家へ来る前と同じ間取りであった。変ったのは丸窓だったのが大壁になったり、障子欄間がガラスになったりしているが、通風採光の点では、昔のほうがよく出来ていた。

康方は蔦子に何ンの興味もなかったが、こうして面と向ってみると、この女の個性はかなり強烈で、相手を無視してかかるところがあり、昔手を焼いたのが、一向変化しているとは思えなかった。それはどういうことかと言うと、康方に対して沢山負け目がありながら、それを表面に出さず、むしろ康方が喰われてしまうところがある。康方は芝居のことは知らないが、一人の役者が相手の役者に喰われるということをよく言うが、それに似ているのではないか。

蔦子と別れてもうずい分になるのに、彼女の態度は今でもその関係が続いているかのように振舞う。たしかにそう言う点では、別れた女に対して、男が負け目を感じるようには女は男に気遅れしないものなのようである。何年間か自分の身体を委せてきた男に対しては、こんなにも臆さないものであるのか。しかし、これでは折角別れた甲斐がないというものである。康方は逢った瞬間に、逢ったことを後悔した。まんまと蔦子に一ぱい嵌められた思いだった。

暫く話を聞いてから、康方は言った。

「君は相変らず嘘つきなんだろうな」

「まアひどい、あたし嘘なんかついたことは一度もありゃアしないわ」

「そんなら言うが、自分で気がつかずに嘘をついているのだ」

「何ンとでも仰有い」

と、蔦子は睨みつけるように言い、キャメルか何か喫っている煙を、康方の面上に吹きつけた。そういうしぐさも、全く遠慮のない愛人同士のようなしぐさであった。久しぶりに逢う蔦子は、もっと恐れ入ってるのかと想像していた康方は、期待が外れた。

「今日僕がここへ来た理由は、大分前のことだが、変な女から電話があって、そういうことのないようにして貰いたいということなのだ」

「そんなのあたしと関係ないわ」

「いや、そうでない。その女の亭主に君が手を出したものだから、その女が閉口して、僕と君との関係を問い糺しにかけてきたんだ」

「奥様がお出になったんですってね」

「はじめ村越が出たのを、蒔子が代って出たのだ」

「そんなことはどうでもいいけれど、その電話をかけた女は、瘋癲《ふうてん》なんですよ。あらぬ妄想を画いているの」

「さあ、どうだかな。大体君は一人の男に安住しきれないところのある人だからね。そうだろう、一人の男では、若しその男がポックリ行けばあとが困るから、何ンとなくあと釜を捜して置こうという考えに支配されやすいんだ。そんなことはわかっている」

「相変らずあなたは猜疑深いのね。そういう風に持ってまわって考えるから、長続きがしないのよ。今度の奥様だって、それじゃとっても続かないと思うわ」

「余計なお節介を言いなさんな。蒔子はそんな女じゃない」

「まア、おのろけ言ってるわ。三人で旅行なすったんですってね」

「よく知ってるな」

「電話をかけた女が、杉原家のことをある興信所で調べたもんだから、全部わかってるの。今度の奥様は、森ちゃんと怪しいんじゃないの」

「そんな話を聞きにわざわざここへ来たんじゃない」

「でも、三人で旅行したなんて聞けば、臭いと思うのが当り前よ。森ちゃんも大学卒業ですってね」

「将来有望な学究だよ。国文学科の主任教授が筆のたつ秀才だとして認めているそうだ」

「あたしがあなたの奥さんだった頃は、まだほんの子供だったのに。一度逢いたいわ」

「とんでもない。君なんかに逢わせて、誘惑されると困るからな」

「大丈夫よ。年下の男に興味はないから、あたしは」

「その電話をかけた女の亭主というのは何者なんだ」

「この頃、あっちにもこっちにもチェンストアのある洋菓子屋の主人よ」

「有明のお客さんか」

「まアそうね。定連《じょうれん》じゃないけれど、二、三度続けて来たことがあるわ。それが、みんなあたしの番に当ったの。いい男よ」

しかし、口から出まかせの嘘八百であるかも知れなかった。たとえば、二流の映画俳優をとっさに長唄の下方《したかた》だと言ってしまったり、本当はプロ野球のセコちゃんを、この頃売出しの流行歌手にすりかえるくらいのことは常習犯である。しかも彼女に洋菓子店の主人だと言われると、そういう人物が実在するような錯覚を負わされるから不思議である。その男には、昔からの女房と囲ってある女があって、それが嫉妬に駆られると、興信所へ駈け込み、蔦子の身辺を洗ったついでに、杉原家の内情や、蔦子と康方のかりそめの夫婦ぐらしに就て秘密調査したかも知れぬことは、ほぼ想像するに難くない。

「向うでは、まだ僕が君に未練があるように考えているらしいが、それは絶対にないから、君もそのつもりで、人の心をたぶらかすようなことを言ってはいけない」

「ほんとに未練ないの」

「ないさ」

「そんなこと言われると、余計誘惑したくなるわ」

「とんでもないことを言う人だ」

「あたしがあなたをもう一度誘惑しようと思ったら、絶対自信あるわ。あなたが逃げれば、どこまでも追駈けて行く。蒔子さんに、毎日電話をかけて、彼女をノイローゼにすることも出来るわ」

「そんなことしたら承知しない」

「何を承知しないの。人が電話をかけるのを防ぐ方法ありますか。第一こうしていながらだって、あなたは今にあたしに負けるわ。もう負けてるかも知れないわ」

「いくら暗示にかけたってダメだ。男はいくら惚れていた女でも、いやになったらピッタリいやになるんだ。オコリが落ちるようにね」

しかし、あのときのことは忘れられない。陰惨な空襲の晩、蔦子が流産をはじめ、急遽、近くの産婦人科に運んで搔爬《そうは》したとき、康方は立合ったが、二度と見るものではないと懲りごりしたのである。腰椎麻酔で血圧が五十近くに下り、ヴィタカンファーをうちながら、ブージーが挿込まれて行ったが、そういう恰好は夫として閨房ではかつて観察したことのないものであった。雌という動物の、あられもない断面がつぎつぎに開かれて行き、そのたびにブージーの太さが加わり、やがて頸管が押しあけられると、狙いをつけたキューレットが四ヵ月近い胎児の核心に向って鋭く掻いた。有形ではないにしても、生命の核が破られる一瞬であった。掻爬台の下に置かれた瀬戸引の金盥に、膿とも血液ともつかぬ赤い液体が断続的に流れ落ちた。康方は途中で手術室を出ないことには、悪心のため嘔吐をはじめそうになった。

さすがに蔦子もそのことは口に出さなかったが、

「あたしは、あなたに対してケロリとなっていないの。これは別れるときからそうだったの。今に見ろと思っていたの。必ずあとで縒《より》を戻してみせる。そう思いながら別れたんですからね。よござんすか、憶えていてよ。あたし、必ずあなたを取り戻してみせるわ、蒔子さんから」

「そうはいかないよ。蒔子は君のように強情じゃない。自分本位じゃない。利己的じゃない。それからもっとすばらしいことがあるんだが、それは今は言わない」

「面白いわ。長い目で見ましょうね。あたしとあなたの情事はまだ終っていないんですよ」

そう言う蔦子の声には、疲れを知らない者の響きがあった。

「増田はどうした」

「生きてるか死んでるかもわからないわ」

「そんな筈はないと思うが、現在の僕にはそれを問いつめる権限もないからな」

「あのときだって、あたし増田とは悪いことなんかしてないわよ」

「また水掛論をやってもはじまらない」

当時の増田は軍需省の役人で、杉原産業の首根ッ子を扼している役柄にあったから、康方としては大抵のことは我慢しなければならなかった。増田は、いつ頃からそうなったかはわからないが、むろんはじめは有明で馴染みになり、蔦子が康方と恋愛に落ちてからでも、ときどき呼出しをかけたり、怪しげな手紙を送ってきたりしていた。蔦子は増田との性関係を終始否定し続けているが、蔦子を屋敷へ引取ってからでも、二人は忍び逢い、どこかで密通を重ねていたと推される。しかし、こういうことは、現場を取って押さえない限り、その確証に迫ることが出来ないもので、康方は彼女との果てしない問答に幾度も夜を明かした。第一、増田という固有名詞が浮かび上る前に、沢山の時間を費し、漸く男の名が判明してからでも、蔦子はたびたび自供を飜《ひるがえ》して、康方を瞞着《まんちゃく》した。今になって思うと、逆に蔦子のほうが増田に持ちかけ、増田は必ずしも蔦子の意の儘にはならなかったのかも知れない。蔦子には、一度関係した男との情事を、やや大袈裟に一年も二年も愛し愛されたという癖があった。これは何も蔦子ばかりに限ったことではないかも知れないが……。嘘つきの名人である彼女は、一度のことを三度にも四度にも言う癖があったとしても、不思議はない。

そうなると、今日久しぶりに康方が逢いに来たことを、針小棒大に吹聴する可能性がなくはない。怪電話の相手が、康方とは手が切れているかどうかを聞きたいと言ったのは、やはり蔦子が今もって康方に愛されていると、みんなに思わせて居り、彼女自身もそう思いたいからではないだろうか。それを聞いて、洋菓子店の主人が瞋恚《しんい》のほむらを炎やし、それによって蔦子への愛を駆り立てているのかも知れない。嘘の好きな蔦子は、その嘘の効果に自ら酔うところがあるのである。

康方は言った。

「後生だから、君も現在の僕の家庭を破壊することだけはやめてくれよ」

「そんなこと一度も言ってないじゃない」

「僕は今幸せなのだ」

「それはわかってますよ。あたしなんかと比べれば、月とすっぽんくらいきれいな奥様なんでしょう。そういう奥様を大事になさるのは当然のことよ。只、あたしは今でもあなたに惚れている。それも絶対的な事実よ」

「無茶言うな。そんなこと言ったら、破壊しないという君の前言と喰いちがうじゃないか」

「いいえ、あなたの家庭を破壊しないにしても、あたしがあなたに惚れているという事実は誰も否定出来ないし、あなただって妨害する権利はないわ」

「そんなこと言って、洋菓子屋の主人はどうなるんだ」

「あなたと縒が戻ったら、彼とはさよならよ」

「そういう勝手なことを言う人なんだ、君って」

「勝手はどっちよ。あなただってあたしをお屋敷へ呼んどいて、難癖つけて追出したじゃないの」

「君には増田との罪がある。そういうことを考えたら、僕と別れるのは当然のことなんだ」

「でも、増田とは何ンでもないんだもの」

「とうとうまた水掛論になってしまった」

「あたし、必ずあなたを膝まずかせて見せる」

「とんでもない。誰がお前に……僕はそのお前の一人よがり、自惚れ、独断——そういうものが大嫌なんだ。フルフルいやなんだ」

「よし、面白いわ。勝敗は天目山に賭けましょう」

そう言って、蔦子は梯子段の下まで聞えるような明るい声で笑った。

16

より子の喀血は、その後もまた一度あったそうだ。血と言えば、三条西実隆が何度か血を喀いている。もっとも、彼の日記だけでは肺から出血したものか、胃から吐血したものか、確実なところはわからない。

東山時代の不思議な習慣として、病床に倒れた男でも女でも、いよいよ臨終近くなると、自分の家から追出すようにして、寺の本堂とか、人のいない物置とかへ移してしまい、甚だしきは路傍へ捨ててしまうこともあった。これは死の穢れを祓《はら》うことであり、同時にまた伝染病を極度に忌み嫌ったためとも言われる。今日では病院がその代りをする。重症患者の多くは病院へ収容され、死の転帰をとってから自宅へ送り返される。その点、東山時代によく似ていると言えよう。

『実隆公記』によると、彼の家に三十余年仕えた正直者の老下女梅枝《うめがえ》が脳出血で倒れたとき、もはや助からずと見て、一夜ひそかに今出川辺に捨てたが、翌朝はつめたい骸《むくろ》となって横たわっていた。実隆はそれが哀れでならないと言って、悲嘆の涙にくれているが、実隆のような知識人でさえもが、当時一般社会に行われたこの芳《かん》ばしくない習慣を破ることは出来なかった。

その後また彼の家に十八歳から八十八歳まで丁度七十年間仕えてきた老官女右京大夫の局が老病に罹り、命旦夕に迫ると見るや、近所の観音堂へ移すことにした。たまたま雲龍院《うんりゅういん》の善叙上人が訪ねて来たので、その輿《こし》を借りて運び出し、十日ほど経って行ってみると、右京大夫の局は小さくなって死んでいた。この女の三十四歳のとき実隆が生れているので、水児の時代から育てて貰った恩があるにも拘らず、社会慣習の力というものは恐ろしいもので、ちょっと考えられないような薄情なやり方を平気でやっているのである。もっとも、いかに一般的な社会慣習とは言え、そういうやり方にはさすがに心が痛むと見えて、彼はその日記の中に繰返し人間生死のはかなさ、現世の非情を嘆じている。恐らく路傍や川のほとりに捨てられた病人は、誰一人見取るものもない孤独の中で最期の息をひきとるのであろうが、すでに屍臭を発するに至れば、群がってくる鴉が鳴きたて、飢えた野良犬が死者のまわりをうろついて、丁度いい獲物とばかり牙を鳴らしたにちがいない。右京大夫の局のように、九十歳近い老婆ならともかくも、若い男女がのたうちまわりながら路傍に死んで行く姿は残酷そのものであり、凄惨そのものであったろう。が、それ以上に死を恐れ、重症患者と共に同じ屋根の下にいることを極度に忌み嫌った当時の疫病に対する強迫心理も、今日では想像に絶するものであって、癩《らい》病や天然痘はもちろん、はしかのようなものでも、流行すれば死屍累々となるほどの夥《おびただ》しい死者を出し、それからまぬがれることは並大抵の努力ではなかったのである。死者を出した家は忌み嫌われ、近所隣りとの交際も遮断されるのであるから、不人情と思っても敢て死期の迫った者はこれを屋外に捨てずにはいられなかったのである。

――森男が卒業論文の際に参考書として読んだ或る史籍（『東山時代に於ける一縉紳の生活』原勝郎著）に、次のような記事が載っていた。

「大病人を逐い出すのは当時一般に行われたことで、三条西家の知合なる某亜相の如きは、十一年間も妾にしていた女を、やはり大病になると近所の道場まで舁《かつ》ぎ出させたことがある。されば実隆が二人の女中を死際に門外に出したとて、必ずしも残酷な行為とのみは言えないだろう」と。

その実隆が宿痾《しゆくあ》とも言うべき難病に苦しみ、何度も血を吐いている。明応五年十月二十三日の条には、故勧修寺教秀《かじゆうじのりひで》の百ヵ日忌供養のための写経に無理をしたのが祟ったか、夥しく血を喀いて、「頗《すこぶ》る悩乱す」とある。折しも京師は騒擾劫掠の巷と化し、ろくに食べるものもなかったので実隆は飢餓と病苦の二つを相手に闘わねばならなかった。

しかし、同好の士は自ら一つところに集ってくるものらしく、当時三条西家へ出入したものは、宗祇法師、牡丹花肖柏《ぼたんかしようはく》、甘露寺親長《かんろじちかなが》、柴屋軒宗長《さいおくけんそうちよう》などを中心に、宗観、宗作、玄清なども随行した。客員としては滋野井《しげのい》（滋前相公）、姉小路《あねがこうじ》などの諸卿がこれに加わっている。

森男はこれ等の人々を東山時代に於ける文芸愛好家グループと名づけてみた。伊勢・源氏などの中世の古典が、応仁の乱以後の兵火殺伐の暗黒時代を何ンとかして切り抜けて、今日に断承された所以のものは、何度も血を喀きながら、その病気と貧乏に負けなかった三条西ら文芸愛好家グループの努力によるものだというのが、森男の論旨であった。

若き日の実隆は、二十三歳のとき、連歌師宗祇《そうぎ》について『源氏物語』の講釈を聴聞したのがはじまりで、その後彼の筆写が続けられたが、そのテキストは藤原定家の青表紙本によるものであった。文明十七年、筆写を終ると共に、実隆邸に於ける輪講がはじめられる。そのときも宗祇が指導の任に当った。

さて、そこに出席した聴聞衆の申合せによって、

「講談中は、魚味を食することは差支えないとしても、房事は二十四刻《とき》を隔てなければならぬ」

という風なややこしい一条があった。これを読んだとき、森男には少なからぬショックがあった。魚味を食するのは、差支えないと、わざわざ断ってあるものの、恐らくこの研究会の食膳に、生ぐさものは避けたことであろう。「日記」には、一帖を講じ終ると、慰労として饂飩ぐらいで献酬することもあったと記してある。時には余興として、座頭を呼び、平家を語らすこともあったそうだ。

また宗祇の希望で、三条西邸に『源氏物語』講義が催された時、参会者は各人、源氏に関する問題四箇を持ちよって、一問一答のような形式でやることにした。先ず肖柏が問題を読み上げると、一同のうちからこれに答える者が出て、更に順次に質問がうけ継がれて行く。これを執筆役の実隆が聴書するという仕組である。

冬の夜は更けやすく、残りの宇治十帖の五ヵ条のみが決定しないで、後日を約し、その晩は宗祇の持参した食籠と酒で一盞《いっさん》を傾けてから、散会したという。

この会のありさまを、実隆は、特に創見も異見も出なかったが、面白かったと記し、どうせ源氏を読むなら、『源氏小鏡』程度の梗概書でわかった顔をせず、もっと徹底して論議しなければならんという風に強調している。

かくまでに気を入れて、惚れこんだ三条西たちが、その結果、源氏を崇めたい気持が進んだのは、是非もないことだが、只、楽しいものを読んでいるだけではすまないのが人情であるから、段々に『源氏物語』を神がかり風にまで孤立させるに到ったのである。

ところが、魚味は論外とするも、輪講の前後、房事は二十四刻――即ち四十八時間というものが禁断の時とされた。はじまる前も四十八時間、終ってからも四十八時間とすると、講読の時間を中に含めて、百時間以上に及び、ざっと五日間は閨房の接触が許されなかったのである。しかも、これが一日や二日でなく、連日連夜続いたとすると、すべての情熱を傾けて源氏の講読に一辺倒たらざるを得なかったのである。むろん、開講に先立って斎戒沐浴《さいかいもくよく》もやっているのにちがいない。彼等に言わしめれば、『源氏物語』のような貴重な文化遺産を繙くからには、その位の禁止事項を守るのは当然であると思惟したのであろう。

しかし、その裏面には只無性に有難がって、「源氏」を神秘的に、あがめ奉ろうとすることで、却って「源氏」を社会的なものから浮き上らせ、大衆の近寄り難い存在にしてしまった。

要するに、東山時代のディレッタンティズムは、一面に「源氏」や「伊勢」や「古今」を前代よりもはるかに強力に、社会一般の中へ推出すブームになったと同時に、またすぐ神秘化して、その孤立を図ったものと言えるのである。

その生を伎楽師にうけ、秩序紛乱の応仁・文明の世相にあって、あくまで連歌師の初一念に徹して、保守因習の公卿や知識人から、最高の認識をうけた宗祇、また師と異って貴族出身から、古典学の全般に博通して、好学の権化とも見られた三条西実隆にしても、遂に『源氏物語』をあるがままの姿に於て捉えられなかったことは、森男も首肯することが出来たのである。

そこで森男は、その卒論の中に次のように書いてみた。

「後光明天皇・石川丈山は、源氏を故意に非難することで誤解し、三条西らは源氏を精進と努力の中で愛読することで、誤読した」

そして思った。

要するに、『源氏物語』の勉強は、その二つの誤解と誤読——誰々が誤解して、誰々が誤読したという歴史の跡を捜ることである。

彼等が、魚味はともかく二十四刻の禁慾を条件として、源氏を読んだ厳粛な精神態度の中に、森男には、源氏を有用の書と転じたい、そのためには思いきって神秘化し、可能な限り勿体をつけたいという彼等の志向がひそかに感じられるのであった。この熱心な擁護者たちの功罪を、功は功、罪は罪と、はっきり区別しておく必要があると思ったのであった。

春の日の祝日であった。久しぶりに康方と森男は、いつもの旧テニスコートでキャッチボールをした。康方はインドロップばかり投げた。ホーム板を通る頃、緩い速度でうまく落ちてくる。会心の出来であった。

「いい球」

森男はそのたびに、投手を励ますように言った。康方はビッショリ汗をかいた。あんなに汗をかいて大丈夫なのかなと森男は心配したが、十五分ほど投げると切り上げた康方は、涼廊へ戻ってレモンスカッシュを飲みながら、

「今朝、大学の分院から知らせがあって、赤血球は三百七十万個で、少しすくないが、ヘモグロビンは七十二パーセントもあるから心配はないそうだ」

と言った。森男はヘモグロビンのことは知らないので、尋ねると、康方の説明は、ヘモグロビンとは血色素のことで、血が赤いのはこれがあるからであり、血液の赤血球中にある色素を配合簇とする複雑蛋白質なので、早く言うと血液中の酸素は、ヘモグロビンの働きによって五体の各所へ運ばれるのである。そんな話が出たので、丁度いい折とばかり、森男はより子が喀血してT・N診療所に収容される前後の経過を話した。

「それで、言いにくいんですが、岡見が中心になって、入院費と治療費をカンパしているんですが……」

「よかろう、出してあげるよ。いくらぐらい？」

「五千円ぐらいでいいんです」

康方はテーブルの上の乱れ箱から鞣皮の財布をとって、千円札を十枚数えてくれて、

「では、代りのジャズシンガーが歌っているの」

「バンマスは代りをたのみたいと言ってるそうですが、岡見が反対しています。しかし、退院してもすぐには働けませんね、あれでは」

「大分喀いたの」

「ホールで一度、診療所で一度、都合一リットルぐらいやってるんじゃないでしょうか。そのあと六百ccほど輸血したそうですから」

「そりゃア大変だ。一リットルも喀いたんじゃ、半分あの世へ行ってきたようなもんだな」

「岡見の血も二百ccほどより子に輸血したそうですが、それでは足りず、バンドマンから集めようとしたら、みんないやだと言ってくれなかったそうです。仕方がないので、アルバイトの供血を買ったようですが」

「それではどんな血を入れられたかわからないな」

「或は駄目かも知れません」

「可哀想に」

「しかし、キャンプからPX、そしてサンタフェと移ってくる間に、とうとうパン助にもオン

リーにもならなかったンですから、その点は今死ぬにしても、瞑《めい》するに足りるでしょう」

間《ま》がよかったことは、丁度その話がすんだところへ、蒔子があらわれた。しかし蒔子は何がなし鼻白む風で、

「私、お話の腰を折ったんじゃないかしら」

それを康方が打消した。話は森男の就職問題に展開した。卒業生の大部分はどこかへもぐり込んでいたが、森男だけが貧乏くじをひいたのだ。

「卒業論文をやっと貰ってきました。なかなか手続が面倒なんです、ハンコをベタベタ捺して……そうしないと教務課が簡単には返してくれないんです」

「読みたいわ。ねえ、あなた……あなただってお読みになりたいでしょう」

「僕にはむずかしいかも知れないな」

と、康方が言うので、そんなことはない、それより自分の文章が判読に耐えるかどうかが心配だと、森男は赤面するような気持で言った。が、読んでくれると言うなら、読んで貰いたいという気持のほうが強かった。そして、夫婦の批判を聞いた上で、さらに推敲を重ねたかったし、続稿にもとりかかりたかった。彼等がテキストとして使った青表紙本の研究をはじめ、彼等のスローガンになっている「仰がざらめや定家の風」を主軸として、その周辺を更に追跡して行きたかった。

「ほんとに読んで下さいますか」

「ほんとも嘘もありませんよ、ねえ」

と、また蒔子は康方のほうへ賛成をもとめる風である。だが、この前チラッと聞いた会津若松行の話が今日あたりあらためて出るのかと思ったら、とうとうその日は出ずじまいであった。あとはまたヘモグロビンの話になり、それが正常値を上廻っていれば、少々汗をかき、動悸が激しくなっても、すぐもとの数に復調するから安心だということを、康方は念を押すように二度ばかり繰返した。

17

森男が再びニコライ堂の下へ行った日は、満開の桜を一挙に吹き飛ばすような強い風が吹いていた。それでも咲きたての花びらは、舗道の上をころがりながら、初々しい色をしていた。近くの樹から散ったのもあろうが、かなり遠くから飛んできたのもあるにちがいない。昔のように遠景と近景の桜を一つに眺めるお花見はやれないが、吹き溜りの花びらの中から、遠近《おちこち》の花体を判別する可能性はなくもない。

この前いたところに彼女はいなかった。いや、彼女ばかりか、誰もいなかった。しかし森男はすぐ立去るほど諦めがよくはなかった。彼は暫く立っていた。彼女がひょっくりあらわれそうな気がしたからである。と言って、どの方面からあらわれるか。聖橋《ひじりばし》のほうから橋を渡ってくるのであるか、それとも小川町から坂を上って来るのか、或は万世橋のほうから国鉄の線路に沿って淡路坂を上って来るのであるか、森男には予備知識はなかった。十分ほど待ったとき、さすがに見切りをつけざるを得なかった彼は、この間貰ってあった名刺を出して、もう一度その場所をたしかめた。

「中原かつ美」の名刺には、本郷の金助町《きんすけちょう》何番地と書いてある。

森男は聖橋を渡りながら、二、三度下から吹上げる疾風に橋の手摺で身体をささえなければならなかった。金助町までは歩いて十二分ばかりもかかったろうか。洗濯屋の副業と聞いていたので、それを目印にした。が、すぐにはわからなかった。

薄いベニヤのドアを開けると、洗濯物の受け渡しをするカウンターの横に小机があって、三十がらみの女が煙草を喫っていた。彼女が小母さんと言ったので、若くても四十過ぎの年増を想像していたのに、まだ若いのでびっくりした。

「中原さんですか、あなたの名刺を貰ってきたものですが」

中原はまだ火のついている煙草を灰皿で押しつぶし、

「誰だろう。名刺を渡した人の名前はわかってるの」

「いいえ」

「では特徴を言ってごらんなさい」

「金目のモンペを穿いていて、前にはバナナを売っていたんです」

「はい、それだけで結構、ほかにはいないから……お客さんより大分年上だよ」

「わかっています」

「ところがね、この近所にも妻恋坂あたりに旅館は沢山あるんだけど、あの人が一番行きいいところは少し遠いんですよ」

「どこですか」

「京浜の大井町で降りたら、ひとつ輪タクを奮発して、紅葉って家だと言えば連れてってくれますよ。そこへ行ってとみ子って仰有れば、お客さえなければ三十分もしないでやって来ますよ。そのほうがお便利でしょう」

「紅葉ですね」

と、森男は念を押したが、それより高いのか安いのかが問題である。それを聞いて置かないと、うっかりは乗り込めない。で、もじもじしながら、

「どの位でしょう」

「それはまア相対できめて頂戴。とみ子のほうでも遊ぼうと言ってるんだから、法外なことは言いませんよ。大体相場だけ出してくれればいいんでしょう」

「その相場が聞きたいんです」

「ところが、こんなものは相場がときどき変るんでね。そうねえ、この一ヵ月位は大体こんなもので承知するのかな」

と言って、中原は森男の手をとり、彼の上着の袖をまくるようにして、そこへ三本指を押しつけた。そんなことをされたのは、はじめての経験なので、森男はくすぐったかった。慌てて手を引いた。

「オホホホ、まだ初心《うぶ》な坊ちゃんだね、あんな年増に興味あるの」

「僕はあの人が商売をするとは夢にも思わなかった。もと陸軍大佐の未亡人なんかが落ちぶれ

てバナナを売っているのかと思った」

「滅多に商売なんかしない女ですよ。きっとあなたに一ト目惚れしたんだよ。堅くやればバナナやチョコレートを売るだけで、一ト月のおまんまは食べて行ける」

「それで、中原さんへ手数料を出さなくってもいいんですか」

「ここで私が戴いといて、あとでとみ子が来ないの何ンのとうるさいことになるとイヤだから、お客様からは一切戴きません。当人に払って戴いたものからマージンをわけて貰うことになっています。その辺は心配なくね」

「便利に出来ているものだね」

「その代り、若しあぶれても恨まないで頂戴」

そして、いきなり手を出した。太い手だった。この手だけを見れば、小母さんというのにふさわしかった。森男はあまり有難くなかったが、その手を握ってから外へ出た。

神田で乗換えて、大宮からくる京浜線に乗ると、うつらうつらした。彼と中原が話している間にも、洗濯屋は洗濯屋としての事務を運んでいた。しかし、扉のあくごとにヒヤヒヤしているのは森男だけであった。自転車で飛び歩く配達夫にしても、洗濯をたのみにくるお手伝さんにしても、森男とおかみが何を話しているか、気にするものはないようだった。二つの事務が別々に、無関係に運ばれて行く……。

大井町駅で降りると、風は少ししずまっていたが、ここでも桜は散っていた。東京の真ン中ではすたりかけていた輪タクも、この辺ではまだ全盛だった。彼は、駅まで客を送って空になった一つを呼びとめて乗り込んだ。そして、駅前を離れてから旅館の名を言うと、リーゼントスタイルの首に手拭を巻きつけた男は、太い腕に力をこめて、ハンドルを左のほうへねじ曲げた。紅葉まではものの五分とかからなかった。それまで終始無言だった輪タクの男が、金を受取るとニヤリとした。扇面を象どった軒燈には、墨で紅葉と書いてある。その頃そういう家のトレードマークであったさかさくらげのネオンサインにはまだ灯が入っていなかった。

玄関を入ると、ここでも女中が何にも言わずに、二階へ案内した。一切口をきかない魔法使の国へ来たような気がした。それでいて、話はツーカーで運ばれた。

「とみ子という女の人に来て貰いたいんですが」

「………」

女中はただニッコリしただけであった。恐らく中原のおかみが言った通り、名前さえ言えばすべてが通じるのであろう。とにかく、薄暗い黒ずんだ家であった。グルーミーな家とでも名づけたい。しかし、この辺は焼けている筈なので、こんな古い材料で建ててあるのは、多分どこかの古材を持ってきて建直したものだろう。壁にはすり切れたところがあり、縁側は隙間だらけだった。女中は錫の茶卓にベークライトの湯呑を運んで来ただけで、それっきり音も沙汰もなしに小一時間が過ぎた。森男は一度畳に手枕で寝たが、カビ臭さに閉口して、またチャブ台に肘をついた。彼が落着かなかったのは、懐ろの金が足りるかどうかであった。中原のおかみが彼の腕に示した三本指は、まさか三百円でもあるまいが、三千円として、六百円がとこはまけて貰わなければならない。若し三万円とでも言われたら、問題なく諦めねばならない。三千円が五千円とでもいうことになったらどうしよう。その場合は、康方から受取って、まだ岡見に渡してないより子の入院費から一時立替えて置き、『野史』六巻を売れば、横領の罪をまぬがれることが出来るだろう。しかし、古本の値はここへ来て下る一方であった。これは新刊や既刊の重版が行われ出したからで、一時は流行した貸本屋の類も、だんだんに店じまいして行く傾向にあった。

——突然、障子があいた。

「早かったのね」

「来てはいけなかったのか」

「そんなことはないけど……むろん、中原さんに聞いておいでになったんでしょうね」

「それはそうだよ。それ以外に手はないものね」

彼女は袂から舶来煙草を出して、森男にすすめながら、

「ひどい風だったわね」

と、さりげなく言った。森男は天候に就て彼女と対話する興味はなかった。そこで、ムッツリおし黙っていた。

「あたし、名刺を渡してから後悔していたの。とても悪いことをしてしまったと思って……魔

がさしたというんでしょうかね、ああいうのは」

「では、やっぱりここへ来てはいけないという意味だね」

「それはとにかくとして、私にもないことをしちゃったんですよ。これからっていう若い人に誘い水をかけたりしちゃって……」

森男は洋モクに火をつけてから、

「とみ子さんはこの辺に住んでるの」

「大森と大井の間のアパートからここまで大急ぎで来ても、この位かかっちゃうの。待ったでしょう、ごめんなさいね」

「今日はモンペを穿いていないな」

「それはそうよ」

「でも、あなたはモンペ姿のほうがピッタリする。立ってごらん」

と言うと、とみ子は素直に立って見せた。やっぱりモンペ姿のほうがより色っぽかった。それに、着ているものが薄っぺらなせいもある。モンペの布地はかなり目方のあるお召で、今着ているものとは比べものにならなかった。

「でも、もうモンペも普段には穿けませんよ。安全剃刀のジレットでも売りに立つときでなければね」

「洗濯屋のおかみさんの話だと、進駐軍物資を流しているだけでも、女一人暮せるって」

「そりゃア、食べて行くだけならね。やっぱり将来ってものもあるでしょう。人並みに暮せるようになるには、ちょっと足りませんもの」

「もっとも、こんな商売をしていればこそ、僕も逢えるんだが」

「あなたとなら、こんな商売しなくたって、逢いたいときに逢えばいいのよ」

——つまり、とみ子は商売を離れても逢いたいように言うのであった。その機を外さず、森男はうまく言い出せたつもりだった。

「実は僕、とみ子さんに逢うのに就て、ちょっと心配があるんだ」

「何ンでしょう」

「洗濯屋の小母さんも、それだけはハッキリ言ってくれないんだ。いくら位あげたらいいの」

「そんなこと訊いたの、あなた」

「だって、それが先決問題だろう」

「いやアねえ、あたし、あなたからお金なんぞ戴く気は毛頭ないわ」

「では、どうして洗濯屋を教えたの」

「あなたはそういう風に取ったのね。あたしはただ洗濯屋さんを通すほうが、あなたがあたしに逢いに来てくれいいだろうと思ったからよ。何しろ往来だもの。この家を教えるって言ったって、おかしいでしょう」

「それもそうだな。しかし僕はてっきり商売のルートをあかしてくれたんだと思った。そこを通せば、万事スムーズに行く……料金の点もね」

「そんなこと全然心配する必要ないのよ。あたし、あなたに惚れたんだから」

「洗濯屋は指三本、僕の腕に当ててみせた。ところが、それには五、六百円足りない。金策して来いって言うんなら一旦帰るし、まけてくれるんなら一層有難い」

「そんな恥かしいこと言わないで」

とみ子はそう言って、やさしく睨んだ。しかし、要するにこれで商談は成立したようなものであった。五、六百円がとこはまけて貰い、財布をはたけばいいのである。

もう一つ訊いて置きたいことがあった。彼女の前身に就てである。が、彼女が何ンと言おうと、それをその儘信じていいかどうかわからない。

とにかく訊いてみることにした。

「あたしの前身が訊きたいの？」

「訊きたい。それを訊かないうちは落着かないんだ」

「やっぱりあなたも男ね、どうしてそんなこと訊きたいの。若しあたしが新宿のヤッチャ場で働いてた女だと聞いたらどうなさる」

「そんな指をして、絶対にそんなことないもの」

「ホホホホ、あなたはうまいことを言う人だと思ったわ」

そう言って、彼女は森男が陸軍大佐の未亡人ではないかと言った話をした。

「それじゃ、洗濯屋から電話あったの」

「普通のお客さんじゃそんなことをしたことがないけど、あなたのような若い人だもんだから、小母さんすっかり気を揉んじゃって、先廻りしてくれたの」

ひやかしだろうと言ったら、絶対に行くからそのつもりでと、大変な気の入れ方だったという話もした。とみ子が一目惚れしただろうと、中原は電話の中で二度も繰返して言った。少しやきもちが嫉ける風でもあったと言う。

その時、電気が点いた。この界隈は、まだ地域的な渇水停電があると見えて、さっきからずっと停電していたのが、今点いたのであろう。

外はまだ明るいのに女中が雨戸をしめに来たのは、一度吹き止んだかに見えた風が、又してもびゅうびゅう唸りだし、それが硝子をひびかせているのが、心配になったのだろう。ついでに障子を開けて、顔を出し、

「何か、持って来ましょうか」

と、言われて、森男が、懐具合を考えている間に、とみ子がビールを注文した。そして、女中が降りて行ったところで、

「いいのよ。私がおごるから」

小さい声で言った。間もなくビールが来ると、とみ子が栓を抜いた。

「きょうは、ビールをのむだけで、別れましょうね」

「どうしてもイヤなの」

「イヤなんて言ってないけれど、私はあなたのような方と商売するのが、とても恥ずかしいし、何ンにもないほうが、綺麗な思い出として残るでしょう」

しかし、こうして支度をして、出かけてきた女をただで帰すわけにもゆくまい。当人は毎晩かせいでいるようなことは言わないが、たまたま今夜だって外のお客をことわって、紅葉へ来ているのかもしれない。とすれば、それだけの玉代を渡してやらないことには、彼女の生活の原則が、破れることになる。森男は、ポケットから千円札を二枚出して、

「では、これだけは、取っておいてくれたまえ」

「何を言っているのよ」

彼女は千円札を見ようともしなかったが、さりとて突っ返すなどでもなかった。大分、くたびれていて、皺だらけのその紙幣が、二人の間の、チャブ台の端におかれてある。

「あなたから買ったバナナを、お袋にたべさせたら、とてもおいしいって、二本ともたべちゃった」

「あら、よかったわね」

「どこで買ったって訊くから、焼跡で金目のモンぺをはいて立っていた女の人から、買ったんだって言ったら、元は芸者をしていた女の人じゃあないかしらって、お袋特有のカンを働らか

していた」

「二年ぐらい前には、そういう女性も、仲間にいたことはいたわ。元、新橋で名の通ったお姐さんが、大道でミカンを売ったりしたものよ」

「あなたは違うの」

「違います、違います」

と、彼女は否定するが、本当のところは、尚わからない。ビールが廻ると、女は少し打解けた風で、耳のあたりへおくれ毛が、一本、二本、ほつれていたりして、それが又、森男の心をそそった。

女中が来て、とみ子を呼び、女は縁側へ出て行ったが、すぐ戻って来た。ふたりの対話は聞えなかったが、何を囁き合ったのかは、見当がついた。横のせまい廊下をへだてた向う側の小間に、支度がしてあるという意味のことを、女中は、とみ子に知らせたのである。

「とみ子さんは、これっきり逢わないつもりか」

「あなたが、逢いに来てくれない限りはね」

そうは言ったが、大井町と大森の間にあるという、彼女のアパートの所番地を、知らせる様子はなかった。

——時々、電気が明滅した。この分では、何時電線が切れるかも知れないし、切れなくとも、切れそうになるだけで停電ぐせのついている電力会社は、すぐ送電を止めるおそれがあった。

とみ子は、風のうなりに、耳をふさいだりしたが、先月末の風の日に、ニコライ堂の下で、商売道具のテーブルを、風に吹きとばされて、ベソを掻いた話をしたりしたあとで、

「あなたには、好きな人がいないの」

それで森男は、蒔子の話をした。自分が、蒔子に惚れているということは、今迄、自分自身以外には、誰にも言ったことがなかった。それを、第三者に言ったのは、この時が、はじめてだった。しかし、不思議なもので、それを、とみ子に話した瞬間、陰電気と陽電気が通じたように——点と点が、ひとつの線になったように——今迄自分自身にだけ、打明けている間は、未形成な、混沌たる状態であったものが、はっきりしたひとつの具象となるような気がした。もはや、それは、覆うことの出来ない事実として、森男の心に充満し、且つ、第三者を容れて、登録されたも同様であった。

「でも、人の奥さんはどんなものかしらね」

と、とみ子は言った。

「いけないにきまってるさ。しかし、いけないからって、忘れるわけにはいかないんだ」

「あなたって、一途な人ね」

「こうやって、とみ子さんと遊ぶつもりでやって来る男がなんで一途なものか」

「でも、そういう話を聞くと、私なんかに、気を逸らさないで、その奥さんとの、恋って言っちゃア可笑しいかしら……つまり、プラトニック・ラブなんでしょう。それを、大事にしたほ

うがいいわ」

「プラトニック・ラブとも一寸違うんだがね」

森男は、恥ずかしい気持で、詩仙堂の帰り、ズボンの中を汚した事を思い出した。それを、言おうか、言うまいかと、迷ったが、思い切って、その話をしてしまった。これも、今まで、自分だけが知っていて、内心うしろめたく思っていたのに、とみ子に告げてしまうと、それから逃れて、懺悔でもした後のようにさっぱりした気分になった。それに、この告白は案外とみ子を感動させた風で、

「男には、そういう反応があるんですかね」

「女は?」

「女だって、そんな気持が亢《たか》まって来れば、やっぱり反応あるわよ」

「しかしあの奥さんには、その時、なんの反応もなかったような気がする。微かにでも、何かあったとは思われない」

「それはわからないわ。丁度奥さんが、あなたの反応に気がつかなかったように……その話、あなたしなかったんでしょうねえ、奥さんには」

「勿論」

森男は、言葉をはげまして言った。

「言うわけはないわねえ」

「この話をしたのは、きょうがはじめてで、つまりあなたがはじめてなんだ。誰にも言ってやしませんよ」

「だから、女だってそうなのよ」

と、とみ子が言うわけは、蒔子にだって、うしろ暗い反応が、なかったとは言えないにしても、それを知る者は、彼女以外にはないと言う意味である。しかし、森男は、そういう猥《みだ》らな反応があるのは男だけで、女はもっと神々しい存在のような気がしている。その意味で、彼はまだ女を汚したことのない男であった。獣性というものは、男だけが淫蕩で、女は牡の本能を受入れることで満足する道徳的な存在だという幼稚な先入観から、まだまぬがれてはいなかった。

とみ子は、その話の続きを求めた。

「それっきりなんだよ」

「なんだ。つまらない」

「奥さんも、僕をさけるし、僕もあんまり、近寄りたくない。しかし、それがあったあとは、それより前とは大変な違いなんだ。僕はたしかに奥さんを愛している。それどころか、僕は毎晩、空想の中で奥さんを裸にしたり、倒したり、折檻したりして、汚している。そういうよくない男なんだ。とみ子さんの言うような純真なラブじゃァないんだ」

「でも、そんなの普通よ。空想で女を汚したこともないなんていう男は、生れつきの嘘つきなんじゃないの」

「そう言われると安心するけれど……実はそれで悩んで悩んで、少し瘦せる思いだったんだ」

「私のことは、汚さなかったの」

そう言ったかと思うと、とみ子は森男の手を取って、じゃれるように、指尖きで肉附きのよい二の腕のほうまでくすぐった。

「面と向って、そんなことは言えないな」

「いやだわ。私には言わないでも、外の人には言うのね……誰かに言った？」

——蒔子のことや、詩仙堂の帰りの出来事を、とみ子にだけ打明けたのと同じように、お召のモンペをはいた女に感じた色情を、別の第三者に喋べったのではないかという想像が、ちょっと女の顔を険しくした。

突然、電気が消えた。とみ子は、蠟燭を貰いに降りて行こうかと言ったが、すぐ立ち上る風もない。

「いいじゃないか。真暗な中で話していよう。そのほうが僕らにふさわしい」

それもそうねと言って、彼女は森男の手を取りつづけた。そこを接点として、女の体温が通って来、そこからまた男のもっと高い熱が、女の五体に流れ込んで行くようであった。同時に体温ばかりでなく、男女の感覚がひとつに密着すると、共通の情緒が亢まってくる。しかし二人は、まだ話し続けた。

「奥さんの旦那様には気取られてるの？」

「それが、わからないんだ。僕には大変親切で、就職の世話までして下さる。旅行にも連れて行って下さる。京都の上木屋町の宿では、枕の下を流れる水の音を聞かせてやりたいと言って、僕を呼ぼうとしたそうだ。そうなれば、ひとつ蚊帳に、三つ枕を並べて寝ることにもなったんだが、奥さんが反対した。そういう夫婦を、空恐ろしいことに僕は、裏切っているんだ」

とみ子は、半畳も入れずに聞いていて、だんだん興味がのってくる風であった。いろんなことを、根掘葉掘訊くが、森男はためらわず、過不足もなくありのままに答えた。というより、森男は何もかもぶちまけて喋べりたかった。まるで、ある犯罪の容疑者が、長い間黙秘権を行使して、少々ぶん殴られようと、どやしつけられようと、絶対に口を割らなかったのが、ひとたび恐れ入りましたとなると、水が堤を切ったように、従順に、次から次へと自供してしまうのに似ていた。真実というものは、そのように不思議な魔物でもあった。真実には、虚偽と一緒に住むことを、忌みきらう本性があって、真実を語る口からは、すぐさま詐欺や欺瞞を語ることは出来ないものらしい。

突然、とみ子が言った。

「その人、どっかに病気があるんじゃないの」

「いや別に」

森男は、キャッチボールをして、流汗淋漓《りゅうかんりんり》となる康方が、少々息を弾ませても、運動を止めればすぐ復調し、どこにも、病人らしいところはないと説明した。

「そんならいいけれど、その旦那様は、あなたに後のことを頼むような気持で、あなたを奥さんに近づけるつもりじゃないの」

「なるほど」

そういう解釈を、常識的というのかも知れないと思った。彼は、そう考えたことはない。康方がズバ抜けて寛大なのか、それとも嫉妬深いのか、或は、その時々で調整を取っているのか、そんな風にばかり考えていた。

「病人でないまでも、あなたは、その夫婦に頼られているのよ。実は、あたしにも経験があるのよ。亡くなった主人が、自分の部下をあたしにくっつけようとしたの。そのくせ主人は、無理に二人を結ばせようとしながら、嫉いたりもするの。矛盾してるじゃない」

「そうか。すると彼も、その自己矛盾を、愉しんでもいるのかな」

「そういうことでしょうね」

電気はなかなか点かなかった。どこからか、蠟燭の光でも洩れているのか、一時は真の暗闇だった空間に、ほのかな光がさし、とみ子の顔の輪郭だけはわかるのだった。

「ずい分長い停電ね」

と、彼女は言った。そして、外も真暗だから今は帰れない。駅の近所には、停電を利用して掻ッぱらいが暗躍し、通りすがりの女にいたずらを働らく痴漢が出没したりするという話をし

た。それから、

「どうしても、今夜は帰そうと思ったんだけれど、あたし、あなたを帰したくなくなった。停電のせいじゃないのよ。奥さんのせいよ。殊に詩仙堂の帰りの話が……ドキドキしちゃったんですもの。それともイヤ？」

森男は何と答えてよいかわからなかった。

「それとも、モンペを穿いてくればよかったの？」

という声に、女心のもの哀れな響きを感じた。

何時までも森男が沈黙していると、とみ子は、更にうら哀しい声で、

「反省しているんでしょう……」

と、言った。

「すこしお喋べりをし過ぎたような気もしているんだ」

「心配しないで……あたし、誰にも話したりしませんよ。あなたの胸の秘密ですものね。それを聞かせて下さっただけで、とても嬉しい。ちょっと待ってね。蠟燭を貰ってくるから……廊下が暗いもの、足もとが危ないわよ」

そう言って、彼女は、障子の外へ出て、真暗がりを、忽ち下りて行った。毎度来ている家で、闇でも明るいところを歩くように、歩けるのであった。

間もなくハダカ蠟燭を、手燭代りの木片に立てて持って来た彼女が、それをチャブ台の上に

置く時、さっきの千円札二枚が、まだそのままになっていて、照らし出された。

「やっぱり、それを取っておくれよ」

「そんなに仰有るなら、戴いておくわ」

と、彼女は、案外あっさりとその二枚を懐ろに納めた。

それから二人は、手を取り合うようにして縁側に出た。風が変ったのか、国電の走る音がした。

次の間に入ると、やはりそこもカビ臭かった。同時に抵抗しがたい獣性が、森男の肉体を、正常でない状態にした。それは、すぐ女の躰にもわかるようで、柔らかく、その手を首に巻きつけてきた。いつまで話し合っているよりも、こっちへきて、躰と躰で心を証明するほうが、やっぱりよかったととみ子は思った。

「あたし、すぐ浴衣に着替えてきますからね……大人しくして待っていて頂戴」

女は、寝かした男の上から、ひとつ口づけをして、また梯子段を下りていった。

18

調査報告書　東京秘密探偵館

昭和二十四年三月十八日

御依頼ニヨル表記ノ件、左記ノ通リ調査報告致シマス。

一、被調査人　籾山蔦子　大正八年十月五日生　三十歳

二、　調査指定事項

1現住所　東京都新宿区東大久保三丁目××番地　筒本久忠方ニ同居

2電話番号（略）

3世帯主トノ関係　被調査人ハ筒本久忠ノ妻秋子ノ姪デアル。年少ニシテ両親ニ死別シタ蔦子ハ、叔母秋子ノ育テルトコロトナッテ成人シタノデ、秋子ニハ生ミノ母同様ノ親シミヲ以テ暮シテキタガ、年頃ニナッテカラハトカク反目シ、ムシロ義理アル叔父久忠ガ調停役ヲ買ッテ出ルコトガタビタビデアッタ。

4世帯主ノ職業　水道工事。兼業トシテタイル張リ、洗出シ、ソノ他セメント工事ノ請負、風呂桶販売。

5㋑被調査人ノ経歴　桜ケ丘高等女学校中退後、秋子ト争ッテ家出、日本橋ノ狩場焼「山月」ノ台所女中トシテ働キ、女主人ニ見出サレテ、オ座敷女中トナッタガ、衝突シテ銀座高級割烹店「有明」ニ転ジタ。ソコデハ朋輩トノ折合モヨク、客アシライモサービス満点ダッタノデ、重宝ガラレ、特ニ定給ハナカッタガ、客ノ祝儀ニハ恵マレタ。

㋺当時ノ同僚カラ集メタ資料ハ次ノ通リ、

○菊川節子（三十八歳、有明ノ女中）

「オ蔦サンハ十人ガ十人振返ッテ見ルヨウナ美人デハアリマセンデシタケレド、所謂男好キノスル顔デ、初対面ノオ客デモ長イ間ノオ馴染ミサント同ジヨウニ調子ヨクアシラウソノ会話術ト言イマスカ、人ヲ呑ンデシマウ応対ブリガ鮮カデ、古参ノ私ノホウガ追イマクラレテシマウ感ジデシタ。チョット伝法ナトコロガアリマスガ、襖ノアケタテナドハシトヤカデ、皿小鉢ノ粗相ナドハ滅多ニシマセン。アノ頃ノオ客様ハ軍人サンヤ軍需関係ガ多イノデ、時ニハサービスニ困ルヨウナコトガアリマシタガ、オ蔦サンハ一度デモコボシタリ、泣キヲ言ッタリハシマセン。大抵ノ気ムズカシイオ客デモ、コナシテシマウノデ、ソノ点ハミンナ感心シテ居リマシタ。ソノウチニ、特ニ熱ヲアゲテ通ッテクルオ客様ガ三人程出来マシタ。ソノ中ノ一人ガ杉原康方サンデシテ、物腰ノ柔ラカナ毛並ノイイ若社長サントオ見受ケシマシタ。ソノ方ガイラッシャルト、ミンナ気ヲ利カシテ、オ蔦サンダケニ任セ、ウッカリデモソノオ座敷ヘ入ッテ行クコトハシナイヨウニト申シ合セマシタ。オ蔦サンノホウデ呼ブコトガアリマシテ、アトカラ入ッテ参リマスト、杉原サンハアマリオ酒ハ召上ラズ、闇ルートノ海老料理、蟹料理ナドガオ好キナヨウデシタ」

○吉松はや子（三十二歳、有明ノ女中）

「間モナクオ蔦サンガ杉原サンノオ屋敷ヘ引トラレヨウトハ、思イモヨリマセンデシタ。細カイコトハダンダンニ忘レテ、今デハハッキリ思イ出セマセンガ、オ蔦サンニハ他ニモ懇ロナオ客様ガアリ、ソノ程度ハドッコイドッコイナノデ、ソウ簡単ニ割切レルモノデハナイト思ッテイタノデス。康方サンガ応召ニナッタトキハ、サスガノオ蔦サンモシオレテシマッテ長イコト喧嘩シテイタ叔母サン（筒本秋子）ノ家ヘ戻リ、二三日寝テキタヨウデシタ。イクラ喧嘩ヲシテイテモ、血ノツナガリガアル叔母サンノコトデスカラ、自由ニ寝カセテクレタノデショウ。デモ、帰ッテクルト、ソノ叔母サンガ警防団ノ団長格ノ久忠サンノ代リヲシテ、防空演習ノ間ハ豆ランプサエ許サズ、警報解除ニナルマデ真ッ暗闇ノ中ニイナケレバナラナイノガ『ホントニイヤダッタ』トクサシテイマシタ。イクラミンナガモンペを作ッテモ、オ蔦サンダケハ作リマセンデシタ。ソンナ風デ、非常時体制ニハ非協力ノホウデシタ。康方サンガ十日ホドデ兵役免除ニナッテ帰ッテキタトキハ、鬼ノ首ヲ取ッタヨウニハシャイデ、『ザマア見ロダワ』ト言ッタモノデス。ソレハ叔母サンノコトヲ言ッテルノデシタ」

○楠本久枝（三十一歳、有明ノ女中）

「オ蔦サンハ、長電話デ有名デ、康方サンヤ軍需省ノ増田サントハ、三十分以上モ、アームヲ取ッタ放シデシタ。有明ノママノかくサンモ、『オ蔦サンモイイケレド、長電話ダケガ悪イ癖ダネ』ト言イ言イシマシタ。ムロン、ハジメハ簡単ニ打合セヲスルツモリデカケルノデショウガ、話ヲシテイルウチニ喧嘩ニナリ、ソウナルト十分ガ二十分、二十分ガ三十分以上ニモナルノデス。ソレニ、声ガミンナニ聞エテモ平気デ、ポンポン言イダスト、聞イテル者ガヒヤリトスルヨウナコトヲオ構イナシニ言ウノガ特徴デシタ。アレデハ杉原サンニシテモ、増田サンニシテモ、電話ガ切レテカラノアト味ハ芳バシクナイダロウト思ワレマシタ。殊ニ、叔母サントノ電話ハ猛烈デ、向ウデモ金切声ヲタテテイルノガヨクワカリマシタ。ソンナ電話ヲカケテモ、ミンナガ黙ッテイタノハ、オ蔦サンニ働キガアリ、稼ギ高デハホカノモノガ足モトニモ及バナカッタカラデス。ココノかくサンニシテモ、オ蔦サンノ存在ガ有明ノプラスニナル限リ、ソノ長電話ヲ聞イテモ聞エナイ風ヲシテイタノデショウ。少々露骨ニ言イマスト、オ蔦サンハ杉原サント増田サンノ二人ヲ上手ニ操リ、ソノ二人ノドチラトモウマクイカナカッタ場合ノ穴埋メノヨウニ、アル兵器工場ノ工場長ニモカナリ親シクシテ居リマシタ。オ蔦サンハソノ人ノコトヲ『補欠ヨ』ト言ッタリシマシタ。私ノ睨ンデイルトコロデハ、ソノ工場カラ遠クナイ練馬アタリノ旅館へ二三度泊ッテキタコトモアッタヨウデス。彼女ハ口ノ堅イホウデ、男トノ秘密ヲノロケマジリニベラベラ喋ルホウデハアリマセンガ、ソレデモ、ソウイウコトノアル前トカ、アッタアトトカイウモノハ、女同士ニハ以心伝心ワカルモノデス。シカシ、ムロン確証ハアリマセン。最後ニモウ一ツ、トットキノ㊙モノデスガ、彼女ノ下半身ニハ黒子《ホクロ》ガ数エキレナイホドアルンデスヨ」

○蒲原愛子（二十六歳、有明ノ女中）

「今ダカラ申シマスガ、私ハ蔦子サンガ、大嫌イデス。極端ニ言イマスト、アンナイヤラシイ女ハ、類ガナイノデハナイデショウカ。金遣イモ荒イヨウデ、一方デハ、シミッタレテイマシタ。シカシ、ドコカ男好キガスルト見エテ、カナリ預金モアッタラシク、カクレテ近所ノ銀行ヘ通ッテイルヨウデシタ。杉原サント増田サントデハ、本当ニ惚レタノハ増田サンデハナカッタデショウカ。杉原サンニ対シテハ、拵ロウトスル風デシタ。杉原サンハ、何トイッテモオ金持ノ若社長ナノデ、彼女ニ言ワレレバ、少々渋イ顔ヲシナガラモ、先ズ、金ニ糸目ハツケナカッタヨウデス。杉原サンハ、テッキリ彼女ガ惚レテイルト思ッタノデショウガ、私達ニハ、マユツバデシタ。ワタシノヨウナ正直者ハ、増田サンニハ、杉原サンノコトヲカクシ、杉原サンニハ、増田サンノコトヲ秘密ニシテイル彼女ノ様子ヲ見テイルノハ、辛イモノデス。ワタシナドハ、二人ノ男ヲ持ッテ、ウマク操縦シテユクコトハ出来マセンガ、オ蔦サンハ、ソノ辺ノコツヲ、心得テイタヨウデス。ソレデモ戦局ガ、アヤシクナッテクルト、ヤハリ金ノアル、杉原サンノホウヘ、靡《ナビ》イテイキマシタ。タダ噂デハ、杉原サンノオ邸ヘ上ッテカラモ、増田サントノ腐レ縁ガ続イタノニハ、ミンナ、アキレカエッタモノデシタ。彼女ガ、杉原家ヲ追ワレタノハ、当然ノコトデハナカッタデシヨウカ」

○隅野かく（有明ノ女将）ノ話

「オ店ニ居タモノヲカレコレ言ウノハイヤナコトデゴザイマスガ、是非トノコトニ、私ノ思イツイタコトヲ申シマス。ナカナカ忠義ナ、イイ子デゴザイマシタヨ。ドンナニ遅クヤスミマシテモ、朝七時ニハ起キマシテ、私ノ部屋ヘ参リ、ソノ日ノ予定ヲ一通リ聞カセテクレタリシテ、ホカノ子ガゾロッペナノニ影響サレルヨウナコトハアリマセンデシタ。気前ガイイヨウデイテ、シマルトコロハシマッテイマシタシ、主人ノモノト自分ノモノノ区別モ正シク、アリガチナ公私混淆ハ殆ンド見ラレナカッタト思イマス。ト言ウヨリ、主人ノ懐ロマデ心配シテクレテ、少シデモ無駄遣イガアッタリスルト『勿体ナイワ、奥様』ナドト言ッテクレタモノデシタ。主人トスレバ、奉公人ガソウ言ッテ、ワガコトノヨウニ主人ノ会計ヲ見テクレルノハ、嬉シイモノデス。私ハ杉原サンヲ第一ノ人ニ考エテイルヨウニ思イマシタ。杉原サンニ貰ワレテ行クトキ、オ蔦サンハ本当ニ嬉シソウデシタ。送別会ヲ致シマシタトキ、オ蔦サンハ社長ノ知遇ニコタエテ、アクマデモ添イ遂ゲルト私ニ言イマシタ。ソシテ、余興ニハ『狭イナガラモ楽シイ我ガ家』ヲ唄イマシタ。トコロガ、狭イドコロデハナイ、宏大ナ邸宅ニオ嫁入リスルコトニナッタノデス。一ツダケ彼女ノ欠点ヲ申シアゲマスト、絶エズ自分ガモテテイナイト気ガ沈ンデシマウホウデシタ。五人モ六人モイル女中ノナカデ、自分ダケハイツモオ客サンガツイテイル、ソシテ何ンデモ言ウ目ガ出ルモノト信ジテイルヨウデシタ。聞クトコロニヨリマスト、杉原サンノホウデハ彼女ガゴ隠居様ノ眼鏡ニカナワナイトカデ入籍ヲ許サレナカッタソウデスガ、ソウイウコトハオ蔦サンノ自尊心ヲヒドク傷ツケタノデハナカッタデショウカ。ソシテ、一度拗《す》ネルト、オ蔦サンハテコデモ動カナイトコロガアッテ、負ケ嫌イモイイトコロダト思イマシタ。デスカラ、杉原サンニ対シテモ、オ嫁ニ行ッテカラ、話ガチガッタトコロガアリ、ソレデ釈然ト出来ナイママニ、毎日ガ気マズイコトニナッタノデハアリマスマイカ。離婚後ハ『有明ナンゾニ帰ルモノカ』ト言ッテイタソウデスガ、サリトテ生活手段モナイママニ、店へ置イテクレト頼ミニ来マシタ。ソレデ、戦後ノコトデスカラ、ミンナデ相談イタシマシタ。ソノ頃イタ人デ、残ッテイルノハ節子サン、久枝サン、愛子サンノ三人キリデ、アトハミナ新顔デシタガ、オ蔦サンハ有名ダッタノデ、伝説ニナッテイルノカ、新米ノ子タチマデアマリ賛成派ハ居リマセンデシタ」

㋩杉原康方トノ同棲ニ関スル資料

○村越泰造（杉原家下男）ノ話

「ハジメハ新規女中ノ傭入レトバカリ信ジテイマシタ。ソレデ社長ノ前デモ蔦子サンヲツカマエテ、仲間同士ノヨウナ、イケゾンザイナ口ヲキイタモノデスガ、既ニ社長トハ関係ガアッタノデスカラ、ソウイウ私ノゾンザイナ口ノキキ方ニ対シテ、社長ガドウ思ッテイラッシャッタデアロウト思ウト、冷汗ガ出テシマイマス。世間ナレタ人ナラ、一目デソレトワカッタデショウガ、ソウイウ方面ハ至ッテ鈍感ナ私デゴザイマスカラ。ソレトワカッタトキハ、マサニショックデゴザイマシタネ。家内ノいそ子ガ夜中ニ厠へ立チマスト、主人ノ寝室デ蔦子サンノ消エ入ルヨウナ声ガ聞エタノデ、モハヤ疑イナシトイウコトニナリマシタノデス。シカシ、ソノ当座ハ実ニ困リマシタ。面ヲ冒シテ申シ上ゲ、社長ニ翻意シテ戴コウカト相談シマシタガ、家内ハソンナコトヲシタラコチラガ馘《クビ》デスヨト言ッテ、ドウシテモ賛成シテクレナイノデシタ。ガ、実ノトコロ、オ蔦サンノ言ウコトハ、ドコカラガ本当デ、ドコマデガ嘘ナノカ、トカク話ガ針小棒大デ、額面通リニ聞イテイルト、アトデスッポカサレタヨウナ気ガシマス。コウイウ女ヲ奥様ト仰グノデハタマッタモノデハナイトイウノデ、恐慌ヲキタシタモノデス。伊与サンニ話シマスト、伊与サンハ『アタシモコノ間カラ只事ジャナイト思ッテイマシタヨ』トノコト。ト言ッテ、伊与サンモ面ト向ッテトヤカク言ウ勇気ハトテモナカッタノデス。ソノウチニ、大ッピラデ蔦子サンハ社長ノ寝室へ出入リスルヨウニナリマシタガ、ソレデモ私共ニハ表ダッタ挨拶ハ一度モナカッタノデス。謂ワバ、ズルズルベッタリニ、社長ノ思イ者トシテ、夫婦同様ノ朝夕ヲ、送ルコトニナッタノデスガ、サスガニ社長モ、入籍ハオ拒ミニナッタヨウデス。トイウヨリ、御後室様ガ、ソレヲ、オ許シニナラナカッタノデショウ。アノ女ト別レタコトハ、杉原家ノタメニハ、万々歳デゴザイマシタナ」

○植木職伊与八（杉原家長年出入リノ老庭師）ノ話
「私ガ杉原家ニオ出入リヲサセテ戴イタノハ昭和初年、マダ先代ノゴ壮健ダッタ頃デ、ゴ門前ノ横ニ住ンデイル岩永サンノゴ主人ト同ジ頃ニ皆様ノゴ愛顧ヲ得タモノデスガ、植木屋ナドトイウモノハ、高イ木ヘ登ッテ、パチパチ、パチパチ、鋏ヲ鳴ラシテイルウチニ、ゴ家内ノ模様ガチョイチョイ目ニ入リマスノデ、大抵ノコトハワカッテシマイマスガ、蔦子サンダケハ意外デゴザイマシタナ。ソノ頃、オ隣リノ島津サンニモ別嬪ノ女中サンガ居リマシテ、正直言イマスト、オ庭ノ真ン中ニアル松ノ木ノ上ヘ登ッテ行キマスト、オ屋敷ノ模様ヨリ、却ッテオ隣リノ景色ニ目ガウッツリマシテ、ソノ縹緻《キリヨウ》ノヨイ女中サンニヨクウィンクシタモノデゴザイマシタ、ハハハハ。女中サントイウモノハ、植木屋風情ニモ秋波ヲ送ラレレバ悪クナイモノトミエテ、手前ガ鋏ヲ鳴ラシダスト、キマッテ縁側ヲ下リテキテ、コチラヲ見上ゲタリスルノデシタ。ト言ッテ、中ニ板塀ヲ挟ンデ居リマスノデ、マサカ大キナ声デ話シ合ウワケニモイキマセン。ツマリ『目ハ口ホドニ物ヲ言イ』トイウ通リ、目ダケデ心ヲ通ワセタリシタモノデスガ、肝腎ノオ蔦サンノコトハ、ソウイウワケデ、アマリ心ニモトメズ、ソノ代リ、逢エバ必ズ、暑イトキナラオ暑ウゴザイ、寒イトキナラ今日ハ冷エマスネエト言イマスト、蔦子サンモソレヲ緒口《イトグチ》ニ、旦那ノ消息ヤゴ機嫌ノ具合ヲ話シテクレマシタ。旦那ガ腹ヲ立テテ、オ風呂場ノドアヲキック締メタ拍子ニハンドルガ毀レタトカ、熱イココアヲ飲ンデ舌ヲ焼イタトカ、昨夜ハオヤスミニナル前ニベルモットヲスコシ召サレタトカ、ミンナ蔦子サンカラ伺ッタモノデス。女中サントイウモノガ、コンナニモヨクゴ主人ノ身ノマワリニ明ルイモノトハ知リマセンデシタ」

○笹川運転手（杉原家勤務）ノ話

「村越君モソウイウ話ヲシタラシイガ、僕モ同感デスネ。オ邸ヘ来タ当座ハ、車ニ乗ルニモ、フロントノ助手台ニ乗リ込ンデクルノデ、社長ガ下リタアトナド、脇ノ下ヲクスグッタリ、オッパイノ先ヲ摘マンダリ、退屈マギレニ、カラカッタモノデスガ、ソノ人ガ、突然、社長夫人ニナルトイウノダカラ、テンヤワンヤデシタヨ。ワタシガオッパイヲツマンダコトヲ社長ニバラサレタラ忽チ馘デスカラネ。デモ幸イ、彼女ハ、私ノホンノササヤカナイタズラヲ気ニシナイデ、水ニ流シテクレタノデショウ。アノ人ハ、男好キガスルトイウヨリ、男ニ冗談ヲ言ワレ易イヨウナトコロガ、アッタノデハナイデショウカ。省線ノプラット・ホームデ、全ク見知ラヌ男ナドカラデモ、ヨク声ヲカケラレタソウデス。ソレニ普通ノ女ハ、知ラヌ男カラ声ヲカケラレルト、コワクナッタリスルモノデスガ、彼女ハ、声ヲカケラレタ以上、コーヒーノ一杯モオゴラセテヤルノガ当リ前ダグライニ考エテ、ソンナトコロヘモツイテイッタヨウデス」

○美容院アムールノマダムノ話

「前ノ奥様ハ、一日置キニセットニイラッシャイマシタ。時々、ヘヤースタイルヲオ変エニナルトイイト申シ上ゲテモ『ウチノ人ガ承知シナイノデスヨ』ト仰有ッテ、髪型《ヘヤースタイル》ヲオ変エニナリマセンデシタ。ソノウチニドウシタノデショウ。今迄ト違ッタヘヤースタイルニシテクレト仰有ッテ、ソノヨウニ致シマシタトコロ、旦那様ノ仰有ルニハ、『ヘドガ出ソウナイヤナ髪』ト、非難ナサッタソウデス。時折オ洩ラシニナルノニハ『アンマリ家ガ広クテイヤダ』トカ、『御隠居様ガ陰険ダ』トカ、『主人ニ女デモアルト、刺戟ガアッテイイワネ』ナドト冗談メカシテ仰有ルノデ、私ハ、フザケテイラッシャルノダトバカリ思ッテイマシタ。暫クオ見エニナラナイト思ッテイタラ、出テオシマイニナッタソウデスネ」

以上は、東京秘密探偵館の調査に依る、籾山蔦子の資料であるが、これは、最初に蒔子の父が依頼した調査ではない。最初のものは、杉原一家に関する調査報告書で、その中には、「籾山蔦子」の一項が、ほんの三四行書いてあったに過ぎない。そこで、これを緒として、今度は「籾山蔦子」だけに限って調査を依頼したものである。

或日、蒔子は、実家に帰って、父に金庫にしまってある秘密書類を見せてくれと言った時、表向きの書類と共に、同じ封筒に特別な秘密調査書類が入っていたのを、うっかりして、蒔子に見られてしまったのである。

「お父様、なぜおかくしになったの」

さすがに蒔子の声は、ヒステリックに響いた。

「それで、心を痛めていたのだ」

「狡《ずる》いわ、お父様、本当に心を痛めたのなら、先ず私に見せて下さればいいじゃありませんか」

蒔子はそう言ったが、この読後感は、蔦子に対する関心よりも、自分自身も興信所の秘密調査にかかったのであるから、結婚式の朝、例の旧テニスコートで、夫が焼きすてた書類の中にも、同じように、「三沢蒔子」に関する身許調査が行われ、このように縦からも横からも見られたのだと思うと、俄かにゾッと悪寒がした。であればこそ、夫は一字もわからないように、灰にしてしまったのではないか。しかし、興信所にはそのコピーがある筈である。彼女はその足で興信所へ行き、自分の全批判を書いた秘密書類の写しを読む勇気はなかった。

そのとき、父は言った。

「でも、これで見てもわかる通り、綺麗に手が切れているじゃアないか。男と言うものは、過去まで追及すれば、満足なのは、一人も居らん」

「やっぱりお父様は、男性の味方ね……しかもそれが、今もって、手が切れていないンですよ」

「そんなことはあるまい」

「そうなんですよ」

そして、この間の電話の話をした。

「やっぱりお父様が、暢気過ぎたのですよ。いいわ、私も浮気するから」

「何を言うのだ」

と、父はむずかしい顔をしたが、折から黄昏れてくる庭に向って、端座を続けた。

水を打った庭石が、雨後のように濡れている。

19

蒔子は、二百五十七枚にわたる森男の卒業論文を全部読むのに、三日の日子を要した。よくまとまってはいるが、日頃彼から聞く話に比べると、その何分の一かであるような気がした。主として三条西実隆らの応仁・文明の動乱の中にあって、伊勢・源氏の古典の伝承を守り続け、そのためには、奥儀・奥ゆるし・読み癖・秘伝・父伝等、数々のタブーを必要とするに至った経緯が叙されている。それ等は、このグループだけの間に通用するものであり、グループ以外に対しては、排他的ならざるを得なかった。

蒔子は学校の頃、日本文学史の時間に、古今伝授の話をノートしたような記憶もあるが、それがどういうことを意味するか、詳しくはわからなかったが、森男の論文でやや明瞭になったような気がした。

康方が入って来た。

「森男君の論文を借りに来た」

「今読み終ったところよ」

「丁度よかった」

康方はボール紙の表紙のついた論文をペラペラめくって、ところどころ拾い読みする風であった。

「あなたの印鑑と印鑑証明を拝借したいんだけれど」

「どうするのだ」

「いつぞや申し上げたでしょう。結婚前にあなたが私に就てお調べになった秘密調査書類のコピーが見たいの」

「今頃になって、どうしてそんなことを言うのだ」

「私のことを何ンて書いてあるか知りたいんですよ。と言うより、知らずにはいられなくなったの」

「何か理由があるね」

「理由のあるなしに拘らず、知りたいんです。興信所がどういう人達の家を訊いて歩いたか、それも知りたいの。私の前ではほどのいいことを言ってる人が、そういう場合にどういうことを言うのか、参考になるでしょう」

「あまり賛成出来ないね。見れば見るで腹の立つこともあるかも知れない。いっそ見ないほうがサバサバしている」

「でも、あなたはごらんになったんでしょう」

「つまり、蔦子のことは何一つ調べずに一緒になった。それに懲りたので興信所を頼んだのだが、蒔子の場合はそんな必要はなかったのだ。若し君が感情を害しているなら、僕はいくらでも謝る」

「そんなこと言ってやしないわ。あなたがお調べになるのは当然よ、実家《さと》でもあなたを調べたり、あなたばかりでなく前の奥さんのことも調べたの。若しいけなかったとしたら、おアイコよ」

「では帳消しにしてくれよ」

「でも、この間父に手文庫から出してもらって、もう一度見て来たの」

「そんなことはしなきゃいいのに」

「そうしたら、結婚前に見せてくれた報告書のほかにもう一通出て来たの。前の奥さんの分が……お父様ったら、私に黙って、別に前の奥さんの分を調べ直させて見たのね。そして、一人で読んで金庫の中へしまって置いたのね。今度はじめてバレちゃったんですよ。親なんてものは、子供に真実をかくして置いて、心配ばかりしているのね」

「三沢さんとしては、当然のことかも知れない」

「前の奥さんがどんな人であろうと、私には関係ないことね。だからそのことに腹が立ったんじゃなくて、一人でそんなものを調べて置いて、しかも私に何ンにも言わずに結婚の段取りを進めたお父様に腹が立ったの」

「結婚前にそれを見たら、君は僕と夫婦になることを断ったかね」

「それは何ンとも言えないわ。断ったかも知れないし、断らなかったかも知れない。何れにしても、前の奥さんのことを知らないでお嫁に来た私は、みんなにかつがれたみたい」

「そんなこと言わないで、機嫌直してくれよ」

「実は、昨日も電話がかかってきたの」

「誰から」

「誰からって、きまってるじゃありませんか。前の奥さんからよ」

本当に腹が立った風で、康方はスリッパを床に踏みつける音をたてた。と同時に、彼は蒔子の両手をとって、深く頭を下げた。蒔子のようないやな経験のない女性と、海千山千の蔦子とでは比較にも何もならない。蒔子をそんな目にあわせたかと思うと、康方はうしろめたさに暗然となった。蔦子に対する憎しみが沸き、ここへ連れてきて思いきり打擲《ちょうちゃく》したかった。

突然、康方は卓上電話のアームを取って、ダイヤルを廻した。

「ママを出して下さい」

すぐ出てきた。

「昨日蔦子が電話をかけてきたらしいが、それは困るから、今後ママから絶対にそういうことをしないように当人に言って貰いたい」

女主人のかくさんは、頭ごなしに言われて、暫くは話の内容がわからない風だったが、だんだんにわかってくると、

「それはお蔦さんがお屋敷からお暇を戴いたときの、たしか条件でございましたから、そんなことをするとは、夢にも思いませんけど」

と、バカ丁寧に言った。で、かけた、かけないと押し問答が続いた。

「まア仕方がない。過去はとにかくとして、将来電話をかけないように、それだけはママが責任を持ってくれるかね」

それに対してかくさんは、

「あの負け惜しみの強いお蔦さんが、かりにもお電話をするなんて考えられませんわ。何かのまちがいではございませんでしょうかしら。この前一度おかけしたとかいう洋菓子店の旦那の二号さんが、お蔦さんの名前をかたってかけるということもございますものね。こちらへもこの間、その人からかかって参りまして、お蔦さんに轡《くつわ》をかけて頂戴なんていやらしいことを申しますんですよ。はい、丁度今お蔦さんは集金に出て居りますから、帰って来たらよくわかるように申しましょう。でも、お蔦さんの名をかりて、その二号さんがかけます分までは責任を持てませんわ。社長なら、二人の声の区別がおつきでございましょうが、奥様ではどうもねえ……」

電話を切った康方は、気まずかった。何しろ、このかくさんという女も、蔦子が有明から杉原家へ奉公に来たとき、康方の謝礼が足りなかったと言って、陰口をきいた女である。別に商売女ではないので、身代金を取るわけにはいかないが、長年有明で仕込んだ女だし、もとでもかかっているので、結納金代りに金一封が来るものとアテにしていたのが裏切られ、一文にもならなかった。その上、同棲に失敗して蔦子が舞い戻ってくると、その時も碌《ろく》に手切金も出していないというので、かくさんは康方に対して心証を悪くした。それがあるので、こういう電話に対しても、調子はいいが、腹の底には何を言っているんだという反感があり、客商売のほんのお座なりに過ぎなかったのである。しかし、とにかく蒔子の前で電話をかけ、ハッキリ絶縁を宣告したのであるから、蒔子もそれ以上ツベコベ言うわけにはいかなかった。と言って、蔦子の電話が今日限りかかって来ないと保証出来るものではない。恐らくまたかかるだろう。ひっきりなしにかかって来るようなら、蒔子も考えなければならない。電話ならいいが、若しかすると訪ねて来る場合も考えられる。この間の秘密調査書類によれば、その位のことはやりかねない。蔦子は大胆で、思うことを実行に移す女であることは、各方面の関係者が等しく認めるところである。

蒔子が言った。

「何ンと言っても、前の奥さんは恋愛だし……やっぱり敵わないって気がするわ」

「そんなことはない。絶対にない……それだけはわかってくれ、蒔子」

「わかったつもりで、あなたに蹤いて来たんですけれど、こういう電話がたびたびあったり、秘密書類を見たりしたので、私自信がなくなっちゃったの」

「では、罰則《ペナルティー》に何をしてもいいから、どうか出て行くなんてことは言わないでくれ」

「罰則？」
と、彼女は問い返した。夫婦は、それ以上その日は罰則に就ての内容を規定しなかった。で、罰則の内容は自由に考えられることになった。

蒔子のほうは、罰則と言えばせいぜい温泉へでも連れて行ってくれるのかと思ったが、康方の解釈はそうではなかった。温泉行ぐらいですめば、こんな楽な罰則はないが、それでは蔦子の電話によって、結婚後はじめて不快のどん底に落ちた蒔子を救い出せるわけがない。

蒔子を救うには、どうしたらいいのだろう。蒔子が受けた程の実害を、蔦子にも甘んじて受けさせるとして、それで帳消しになるものではない。やはり康方自身が傷つかねばならない。

康方は、はじめてこのとき彼と蒔子の間に介在する森男に就て考えたのである。

森男を蒔子に近づける。絶えず二人は抑制しているが、康方が承知で近づけた場合、その陰電気と陽電気は、電流を投げ交すかも知れない。いや、恐らくその点と点が結びついて、一本の線が二人の胸を貫くであろう。

二人は現在でも抑制しつつ愛し合っている。その抑制を或る程度外してやれば、二人は近接し、密着し、融けあうだろう。

康方は傷つく。

現在彼が傷つくとしたら、これ以上傷つくものはない。

どんなに苦しいかが、今からではわからない。苦痛を通り越して、狂いまわるかも知れない。その悩みを忘れるために、彼は蔦子の肉体を求めるか、或は新しい情婦を漁るかも知れない。どんなことになるか予測は出来ない。

しかし、傷つくことで、蒔子を救うことが出来、それによっていつまでも彼と蒔子が離れずにいられるのならば、そのくらいの犠牲があっても仕方がない。

「森ちゃん。今夜は暇か」

「はい、暇です」

「附合ってくれないか」

——暇だと言った森男は、一本岡見から電話が入っていた。より子が阿佐ケ谷のほうの安いサナトリウムへ移ってからも、あまり病状がよくないという知らせであった。そうは言わなかったが、ひょっとすると今夜あたりあぶないのではないかという気がする。しかし、森男は康方の誘いに応じることにした。

運転手の笹川が帰ってしまっていたので、康方はハイヤーを呼び、森男と二人、シートに掛けた。いつも送りに出る蒔子の姿がないので、森男が訊いた。

「奥様はどうなすったんです」

「ちょっと夫婦喧嘩のようなことをしたのだ」

「それはいけませんね」

「たまにはいいさ」

車が門をスタートするとき、伊与さんが植えた黄楊の木が、何ンとなく勢いが悪いようであった。

「社長でも夫婦喧嘩なんてなさるんですか」

「いや、充分こちらが悪いんだ。蒔子の心をひどく傷つけてしまったんでね」

「前の奥さんからの電話ですか」

「よく知ってるね」

「かけないで貰うように出来ないんでしょうか」

「むろん、かけないで貰う、絶対に。あの女に僕の家庭を破壊する権限はないんだ、何ンにもないんだ」

と、康方は言った。

車は黄昏の街を走って、築地の蜂龍《ほうりゅう》の前へ止った。電話がかかっていたので、支度が出来ていた。すぐ下の築地川の水面には残照が光っている。

「森ちゃんの論文を、蒔子は読んだらしいよ」

それで、森男は赤面した。

「さっき僕が受取ったから、これから読む」

「奥様は何ンて言ってらしたでしょうか」

「むろん、大層感心していた」

まさかあの論文が夫婦喧嘩の原因とは思わなかったが、森男はそれ以上それに触れたくなかった。

若い芸者が三人ほど――前の二人がめいめいお膳を、一人がお銚子を運んで来た。どうして康方がこんな散財をするのか、森男には不可解だった。夫婦で何か言い争ったりすると、聞き苦しく怒鳴ったりしない康方は、こんな風にして女を呼び、酒でも飲まずにはいられないのか。そのお相伴に森男が誘われたに過ぎないのか。

「まァ一杯いこう」

康方はそう言って盃を挙げたが、

「僕は森ちゃんに一つ頼みがある。訊いてくれるかね」

「何ンでしょう」

「実は、この前の詩仙堂行に味をしめて、今年の春もどこかへ行こうと相談していたのだが、とうとう実行出来なかった。飯坂とか会津磐梯山とかが候補に上っていたんだ。しかし、三人で旅をするには、ここのところ少し会社が忙しい。それでね、森ちゃんお供で、蒔子と行ってくれないか」

「冗談じゃないですよ」

「どうして」

「だって」

そう言いながら、森男は盃をとり落しそうになった。チャブ台の横に坐っている三人の芸者に、まじまじと顔を見られているのも辛かった。

「君は驚いたような顔をしているが、これには理由があるんだよ。さっき車の中で話した電話の件を避けるためにも、暫くそれが必要なのだ。君に行って貰えば、安心して蒔子も出かけるだろう。その間に僕は蔦子と交渉して、ケリをつける」

「弱ったなア」

と、森男は頭をかかえた。それをしおに、康方は芸者たちにも話しかけ、話題に惹き入れた。そんなことは絶対反対だという芸者がいた。もう一人は、心配なことなんか全然ないと言う正反対の意見である。

「東京にいらしったら、電話がかかって来ちまうんですか」

と、あとの一人が言った。康方としては、電話の防ぎようがないように思われるのであった。

「そりゃア僕は、たとえ奥様と一緒に旅行しても、あなたを裏切るようなことは絶対に致しませんけれど、だからと言って、若し人が怪しむような場合は、奥様を傷つけてしまいますから……第一、おふくろが死物狂いで止めます」

その言い方が真剣なので、芸者たちが笑った。

また一人の芸者が、

「社長さんはこちらを信用して奥様のお供をさせるんでしょう」

「むろん、そうだ。しかし、蒔子としてはほかの誰よりも森ちゃんと一緒に旅行するのが嬉しいにちがいない」

「あら、変ね。そういうことだと、ちょっと怪しいじゃない」

と、別のがまぜっかえした。

「では、奥様、こちらを好きなの」

「大分好きだな」

「あらいやだ。それじゃアあぶないわ、好き同士なら、何かのはずみにも出来ちゃうかも知れないじゃないの」

「そのときになって、社長さんが慌てたってダメよ」

で、森男が強く否定した。

「好き同士なんてものじゃない。君たちはすぐそういう風に男女の間を見たがるが、これでも僕は堅いんだぜ」

「あら、あたしたちだって堅いわよ。いくら堅くっても、柔かくなるときもあるから、気をつけたほうがいいって言ってるの。社長さん、あたしはやっぱりよしたほうがいいと思うわ」

最初から強硬派である妓が、更に言葉を励まして言った。主客をとり巻く芸者たちにも盃が廻りだすと、みな饒舌《じょうぜつ》になる。話題が話題だけに興が乗り、花が咲いた。しかし森男は、自分を硬いと言っている自分に、嘘を感じた。詩仙堂以来、意識的に彼女を避けているが、若し二人が本当に会津や福島への旅へ出たら、どんな仕合せが待っているだろう。二人は夜もすがら話し込んでしまい、そして白々と明けはなれてくる頃には、愛慾の火の渦巻に身を投じているだろう。死んでもいいと思いながら、二人は身体を重ねてしまうだろう。

しかし、芸者たちは無責任な調子で言った。

「別々にお部屋を取って、夜の八時には切り上げることになすったらどう」

「そうね、そうしたら大丈夫かも知れないわ」

「温泉はどうするの」

「むろん、一緒はいけないわ。奥様は一人で鍵をかけてお入りになる」

「それから社長さんが、十日間のうち一遍か二度様子を見に行く」

「それくらい厳重にすれば、信用してもいいんじゃない」

「それでもあたしは信用しないわ」

「お姐さんは少しやきもち嫉いてるのよ」

比較的言葉寡《すく》なの一人が言った。森男が手洗に立ったあとで、康方は言った。

「君たちにはわかるまいし、森男君にも理解出来ないだろうが、僕がこんなことを言うのは、蒔子がしたいことなら何ンでもさせたい、間男でもさせたいという気持がどこかにあるのだね」

すると一人に、

「まあ大へんね、そんなに愛されている奥様って、楊貴妃の生れかわりじゃないかしら、お正月ならメめてたんまり戴くんだけれど」

と、お茶を濁されてしまったが、康方としては、蒔子のしたいこと、欲することなら、どんなに羽目をはずしても構わない。頭を足で蹴られても構わない。だから森男を好きだと言われれば、それをしも容認したいという無抵抗な気持になっているのである。

そこへ、余興の人たちが来て、地方《じかた》の坐る緋の毛氈などが運ばれ、佳境に入った話が中絶された。要するに、この晩の結論は出なかったが、康方が森男に蒔子の機嫌とりを頼み、それによって蒔子と森男が接近し、たとえ康方がそのために嫉妬懊悩するとしても、それを彼の罰則にするという大前提だけは形成されたことになる。

20

康方がアメリカから帰って来た当座のことであった。死んだ父の七つ抽斗を整理していると、和綴に墨で書いた手記風のものが発見された。

父昌方にきぬ子という愛妾のいたことは、うすうす聞いていたが、その素性は知らなかった。父にきぬ子が出来てから、母の生活は全く別人のように変貌した。父は没年七十二歳であり、その頃としては長命のほうであった。その時、きぬ子は四十三も年若で、まだ三十台になっていなかった。そんな子供よりも若い女を愛したので、それを母が苦に病み、それ以来ますます婆さん婆さんしてきたのである。父と母が寝室を別にしたのもきぬ子のためであった。父は独身時代に柳暗花明《りゅうあんかめい》の世界に遊んだことがあったが、母と結婚してからは、その頃の実業家にしては珍しいほど謹直な人生を送っていた。それが六十半ばを過ぎて、突然きぬ子に溺れ、彼女を麴町《こうじまち》番町に囲って、会社の出社退社の途中、一日に二度は必ず訪ねるほどの執心ぶりとなった。父は実業家として産をなしたばかりでなく、政治家とも交際があり、名誉職のようなものもいくつかを兼ねていて、大正末期の清浦内閣の組閣に当っては、前田利定と並んで農商務大臣の呼び声さえあったことがある。要するに、功成り名遂げた男であり、このまま天寿を全うすれば、康方の父親は天下晴れての鴛鴦《おしどり》夫婦となっていたかも知れない。それが死ぬ前の数年に至って、まるで天から降ったか地から湧いたかのようにきぬ子が出現すると、父昌方は有頂天になって、きぬ子に非ざれば女に非ずというほどののぼせかたであった。しかし、康方は父の妾宅である番町へ行ったこともなければ、きぬ子を垣間見たこともなく、ただ人から昌方が孫のような少女を同伴して三越へ買物に行ったとか、東京劇場の椅子席におさまっていたとかいう話は何遍も聞かされた。世の中には余計なお節介屋さんがあるもので、そんな話は同時に母の耳へも入らないとは限らなかった。それで母がますます滅入って、一時は食べるものものどを通らなくなり、声まで細くなった。しかし、容貌の点では、たとえ婆さんでも母のほうがずっと美人であるらしく、きぬ子はどう見ても別嬪というわけにはいかなかったらしい。きぬ子の話をする人達の表現の中にも、きぬ子を美人だと言った例は一例もない。それでも色だけは白かったようである。そこが昌方に気に入ったのだろうという人もあったが、ただそれだけのことで古稀を前にした男がこんなに夢中になるものであろうか。何しろ康方は当人の顔を見ていないのだから何ンとも言えない。たとえ不縹緻にしても、どこかに昌方を惹きつけるものがあったのだろう。昌方の実妹の瑞江などは、昌兄様もいい齢をして、どうしてそんなご乱行をおはじめになったんでしょうね、見たことはないけれど、孫みたいな娘で、縹緻も悪いそうじゃありませんか。そりゃアお齢は召したけれど、お嫂《ねえ》様はお上品で、ちゃんとしたお支度をなさると、まだずい分お綺麗じゃありませんか。男の方ってほんとに仕様がないものですね。

それに第一、昌兄様は信心家でいらっしゃるんでしょう。一時は洗礼をお受けになって、何ンでもアーメン、アーメンだったし、途中から親鸞にお凝りになったこともあったのに、この齢になってそんな氏素性のわからないものに乱心遊ばすなんて、私たちまで外聞が悪くって仕様がないわ、などと口をきわめて攻撃したものである。しかし昌方は馬耳東風で妾宅通いを続けた。康方自身は、当時ピューリタンであったので、昌方の所業をやはり困ったものだと思い、出来れば反省して貰って、きぬ子と手を切ってくれれば有難い。心ではそう思いながらも、昌方の前へ出ると、ただ気押されるばかりで、何一つ言えなかった。父は成功者であり、自分はまだ海のものとも山のものともつかぬ青二才である。それでいて、相続人ということはきまっている。昌方に万一のことがあれば、二代目社長として杉原産業を運営するだけでなく、現在の世帯を引受け、母の老後も見なければならぬ。到底自信のありようもなかった。下手にまごつけば会社を潰し、この邸宅も人手に渡すような不幸な運命を甘受することになるかも知れぬ。そういう重石が頭上にのしかかっているので、父を諫めるどころの話ではなかった。それに、うっかりしたことを言えば、自信満々の父は、

「生意気言うな」

と、大喝するであろう。それで黙っていたのであるが、そんな女のために、世間的には成功者である父の一生が、有終の美をなす能わぬのではないかと、内心頗る憂うるところのあったのは事実である。

しかし、この肉親的反撥と憂慮も、父の死後彼の手記を見たときに、その初心を理解したような気持になり、さらに蒔子を毎夜愛するに及んで、はじめてその全貌を諒解するに至ったのである。何が書いてあったかというと、次の如くである。

「春の日の山裾の、一叢《むら》なる草陰に、湧き出づる清水の如く、彼女は濡れそぼち、濡れそぼち、口にあてて吸へば、蜜を溶かしたるが如し」

「その蜜をば、余が顔面に浴びぬ」

「余は誤つてその蜜をわが耳孔に流したり、そのため数日聾者の如し。聾も亦楽しむべし。但し、翌々日は耳鼻科を訪れ、神藤博士の処置を受く。数回洗浄したり。痛み稍〻《やや》薄らぐ」

「この夜も甘露を吸ひたり。飽くことなし。耳鼻科先生の所診によれば、外耳道炎症なりといふ。再び洗浄す」

「余は六十半ばを過ぎて、はじめて女体の不思議を知りぬ」

「青年、壮年時代の余が、人生の機微、女体の不可思議をつゆ知らずして、星霜を重ねたるは、無智蒙昧の極みと謂はんか」

「今暁、庭に雨降る。その幽かなる音を聴きながら、幾雫となく蜜を吸ふ」

「余がきぬ子のほか他の婦女子を顧みざるを以て痴狂となすものあり。余はその非難をも甘んじて受けん。痴と言はれても仕方がない。われながら痴人の愚をまねぶに似たりと思ふが、これを制する能はざるのみ」

「きぬ子が余の傍らにあれば、常に潤ふに似たり。その蜜、岩清水の如く、また泉の如し、更にまた奔る時は潮《うしほ》の如し」

「稍〻慢性化したる外耳炎は、漸く全治に近く、その後遺症として耳が遠くなつたと思ひ居りし処、神藤博士の処置により丸薬大の耳垢を除去するに至り、半歳余、余を苦しめたる難聴は忽ちにして旧に復し、水音もいと爽かに聞ゆ。新聞紙を開けばパリパリと鳴る。剔出《てきしゆつ》したる耳垢は凝固して化石の如し、蜜残りて石と化したるか。博士に乞ひてこれを紙に包み、頂戴して帰る。その夜、余一人のとき、この石の如きものを舌端に投じて吸へば、甘くもなければ鹹くもなし」

手記はなお十数頁にわたり、墨痕は鮮かなところと、薄墨のかすれて判読しにくいところがあった。さきにも書いたように、アメリカ帰り当座の康方には、父の手記の概要を読むにとどまり、その詳細を察することはむずかしかったが、それでもきぬ子の蜜が誤って耳孔に流れ込み、そのために外耳道に炎症を起し、激痛を訴えると共に、一時はツンボのようになった老人の様子を髣髴することは出来た。きぬ子の身体から清水が湧き、それが時に泉の如く、また潮の如くなるという修辞は、康方を驚かしたが、当時はまだその実感を洞察することは出来なかった。きぬ子の五体から甘き蜜が湧き、それが何物にもかえがたく昌方を惹きつけたことがわかるが、青年の康方にとっては、女体にどのくらい豊潤な甘露があるかないかを測定するよりも、好きな女をわがものにすることで、以て意を達するに足りると考えたかった。そこで、蜜の有無は大して共鳴を呼ばず、それよりどんな恰好をしたためにその岩清水の如く、泉の如く、潮《うしお》の如きものが老人の耳孔に達し、外耳道を病み、その苦痛にたまらないで耳鼻科の先生を訪い、洗浄数回に及んだ当惑さがいかにも滑稽であった。しかも、老人によれば、蜜化して石となり、これを剔出することによって難聴が解決したのはいいが、夜陰ひそかに口中に投じて、甘くも鹹くもないと言うに至っては、老人がきぬ子の五体に湧く潮を蜜と感じたところに倒錯があり、やはり惚れた弱味の問わず語りだったのではないか。そう思って苦笑するにとどめたが、最近蒔子を得るに当って、もう一度この手記を繙読《はんどく》する欲望に駆られ、一行一行丁寧に読んで行ったところ、すべて首肯するに足りたのである。

蒔子の五体にもたしかに蜜が流れ、康方を愛することによって、岩清水ともなり、泉ともなり、また潮となる夜もあった。昌方と同じく、その潮を、二度ほど顔面に浴びたこともあった。幸か不幸か、昌方のように耳孔には達しなかったが、鼻孔深く達して、固く唇を嚙んでいた折柄とて、思わず息づまるところであった。昌方の外耳道加答児《カタル》の顰みに倣えば、康方も鼻《び》加答児を患う憂いなきにしもあらずであるが、倖いその徴候はなかった。

それではじめて、康方は昌方の老来《おいらく》の恋がわかり、そういう幸運は外から見ただけの惚れたはれたではわかりようがなく、やはり大吉の籤を抽いたようなものだろうと忖度《そんたく》した。昌方がいかに有頂天になり、これまで偕老同穴を誓った母と疎遠になったのもやむを得ないのではないか。そして思った。この失意の母を慰めるために、せめて親孝養でもしなければならないのではないかと。

もっとも、この老人の手記は、母にはむろん、蒔子にも見せるわけにはいかない。康方は二重鍵のかかる杉原産業の社長室の精巧な金庫の中へ納めることにした。

21

森男は、康方の注文で、蒔子の『源氏物語』講読の指南役を引受けることになった。

その頃、朝鮮戦争が突発して、世界の思想も、日本の情勢も、ともに大きな変化の相を見せ出した。戦後に渦巻いたデカダンスの風潮が、掌を返すように指弾の声を浴びせかけられ、GHQの内部にも、指導精神の転換と担当官の更迭が激しく行われた。むろん、森男には進駐軍関係の細かい人事のことなど知るよしもなかったが、それまで、映画や演劇を指導していた課長連が本国へ送り返され、代って少し右寄りの係官が来たことで、映画や演劇のレパートリーの変化は、素人目にもわかるようであった。戦後、上演を禁止されていた『忠臣蔵』や『寺子屋』もだんだんに復活する傾向があらわれていた。要するに、昂ってきた左翼的風潮の頭を押さえ、今まで叩きのめされた日本的傾向を少しゆるめてみるという占領行政の匙加減が、忽ち各方面にその反応を示したのである。

しかし、森男はそれには別に無頓着であった。彼と蒔子の講読は、主として涼廊で行われた。そこは庭に臨んで居り、同時に庭のほうからも見通しが利く場所であった。彼等の勉強中は、必ず誰かが庭を歩いたり、松の木に登ったり、池の水を掬《すく》って、それを撒いて庭石を濡らしたりしたものである。考えようでは、康方からそういう秘密指令が出ていて、二人を監視するようにも思われるが、まさかそんなことはあるまい。しかし、いざとなると源氏の講釈は、するほうも、聴くほうも、なかなか面倒で、一時間半ほどみっちりやっても、あまりハカはいかなかった。森男は教室で「明石」の巻まで読み、その後論文にかかる前にざっと終りまで目を通し、卒論を書き上げる直後に「賢木《さかき》」の巻以後をもう一度読み直したのであるが、人に講釈して聞かせるとなると、今まで曖昧にしていた細部に立ち入って行くので、思ったよりも骨が折れた。

むろん、「桐壺」の巻からはじめた。「桐壺」を読むためには、白居易の、「白氏文集」の中の「長恨歌」を丁寧に読む必要がある。「長恨歌」を知るためには「長恨歌伝」に渉《わた》らなければならない。唐の玄宗が最愛した梅妃を忘れて、楊貴妃に愛を移す。その梅妃の嘆きのようなものが、桐壺のために曹司を移された後涼殿の更衣の悲しみや、御門の愛のしぼんでしまった弘徽殿の女御の嫉妬に移し換えされている。ずいぶんたどたどしいが、森男がそういう説明をしていると、蒔子は美しい瞳を輝かした。森男は彼女の瞳のまぶしさに目を伏せた。そして、東山時代のディレッタントたちが、講義の前後にまる四十八時間の禁慾を行ったことを思い出す。

蒔子が質問する。

「桐壺の更衣の愛され方は異常だったんでしょうか」

森男が答える。

「上宮仕《うえみやづかえ》し給うべき際にはあらざれど、とありますから、大分異常だったのでしょう」

「男の方って、女房は女中奥さんのほうがいいのでしょうか、それとも令夫人のほうがいいのでしょうか」

「さア、わからないな。愛するあまり桐壺を女中奥さんにしてしまったんですが、平安朝の御所の作法としては、それは異常であり、或は違法と言ってもいいくらいのことでしょうね。女中奥さんなんてものは庶民の習慣で、御所の中では非難に値したらしいですね。桐壺が世話女房でありすぎたことを、御所全体が陰口をきいたようです」

「まあ、御所全体が……身も細る思いでしたろうね」

「それで死んだようなものでしょう……死方は、楊貴妃と桐壺では大分ちがいます。桐壺は慢性の熱病というのですから、胸部疾患でだんだん痩せ衰えて行って、とうとう御所から担ぎ出されてしまう。これを見ると、重症患者を輦車《てぐるま》に乗せて実家へ帰すというような習慣は、東山時代まで待たなくてもあったわけですが、もっとも、路傍へ捨てるというような残酷なことはなかった。中世は、日本の各時代と比較しても、最も寛大な時代だったんでしょうか」

「でも、楊貴妃も玄宗の後宮全部が非難攻撃して殺されたんでしょう」

「そうですね、死んだ理由は同じように皇帝の愛を独占したからですが、楊貴妃の場合は安禄山の反逆によって、皇帝が巴蜀《はしょく》の地へ蒙塵《もうじん》する途中、馬嵬《ばかい》の駅にさしかかったとき、皇帝の親衛分子の将校の要求で、情人の高力士が白い梨の花の咲く樹の下で、長い絹の羅巾《らきん》で縊り殺したことになっているんですが、僕はそこで殺されていないと思うんです」

「まあ、そんな説があるの」

「むろん歴史家は認めないでしょう。高力士はとっさに楊貴妃を裸にして、戦争の犠牲になって死んでいる婦人の屍体からはぎ取った衣裳を着せる。その代り、女の屍体には楊貴妃の衣裳をまとわせ、まんまと将校たちの目を胡魔化してしまう。変装した楊貴妃は、再び西安の都に戻って、傾城になる。やがて安禄山が誅されて、皇帝がもとの都へ還御すると、楊貴妃に瓜二つの娼妓太真が全盛を極めているというので、使者を以てあらためて、宮中へ迎えようとするが、馬嵬の駅で一度殺されかけたとき、救いの手をのべないばかりか、死刑の宣告にサインした皇帝を恨んで、太真はその招きに応じなかった。という後日談はいかがでしょう」

そんな話をしていると、一時間半が二時間になっても、森男の講釈はすまなかった。

——家へ帰ると、母の一枝が苦りきっていた。これは朝鮮戦争がはじまって以来、母の顔に起った一つの変化である。要するに、母は口には出さないが、頽廃的な敗戦日本にとって、朝鮮の戦争はまさに神風となるものである。北鮮軍が破竹の勢いで三十八度線を突破し、韓国へなだれ込んで来ている現状からすれば、アメリカは日本の海外派兵を考えない筈がない。そうなれば、淫蕩な朝夕に溺れている日本の青年層を粛正してきびしい秩序の回復に役立つのではないか。それ以外に目下の弊風を打破して、青年たちの胸に浩然の気を奮い立たしめることは出来ない。しかし、同時に森男を犠牲にするかも知れない。夫がそうであったように、森男が応召して朝鮮へ持って行かれる情景を考えると、一枝は居ても立ってもいられないような不安に怯える。それが彼女の眉間に皺を寄せ、苦り切った表情にするのである。

しかし、その日一枝が苦りきっていたのには、もう一つの理由があった。それは一時間ほど前に、中原かつ美という女から電話があって、森男に用事があるから、ついでのときに来てみて貰えないかという話だったからである。一枝にとって、中原かつ美の名は寝耳に水であった。

「お前は知ってる人なんでしょうね」

「知ってるっていう程知ってやしない」

「どういう人」

「いちいち報告しなくっちゃいけないんでしょうか」

「何ンていう言い草なの」

母は本気で腹を立てる風だった。

「私はこの頃とても不安なの」

「どうかしてますね、ノイローゼだろう」

「中原さんはいくつぐらいの女なの」

「三十いくつかな。しかし、電話なんかかけてくる資格も権限もない女ですよ」

「それなのにかけてくるんだからね……女はそうですよ。お前を独占しようとして狙ってるんだからね、気をつけて頂戴よ」

「何を言ってるんだよ、お母さん」

「私も女だから、女の気持はわかるの。女は見たところはおとなしそうだけど、男より恐ろしい心を持ってるのよ」

「では、お母さんもお父さんに対してそうだったんだね。独占欲を炎やしたんだね」

「そうかも知れない。たしかにそうだわ。でも、最後はお母さんのものじゃなくなって、お国のものになった。お国が私からうちの人を奪ってしまった。本当に辛かった。それでも応召した人が全部死んだわけじゃない。終戦のあと、一度はお国のものになった兵隊さんが、また家庭へ戻ってきたのに、うちの人はとうとう帰って来なかった。お国に奪られっ放しだった」

「では、僕だって結婚すれば、誰かに独占されるんじゃないんですか」

「そうなるとお母さんはどうなるの。今まで女親一つの手で育てたんだからね。それを考えてくれるようなお嫁さんが欲しいんだよ」

「そうはいかないだろうな。お母さんの思うようにばかりは……」

「だからさ、女の九割はやさしい顔をして恐ろしい心を持っている。男は、女の人が好きになると、その女の持っている恐ろしい心が見えなくなるんだよ。お母さんはそれが心配なの」

「今の話を裏返すと、つまりそれがお母さんの独占慾なんだ」

——その辺までは普通の調子で話していたが、それからだんだん感情的になり、親子はまた、はしたなく言い争った。母親というものは、どうしてこんなに息子の一挙手一投足が心配になるのだろうと、森男は不思議な気がした。これではまるで、自分に対して最も恐ろしい心を持っているのは母親ではないかと考えたくなる。

「僕、ちょっと出かけます」

「森男ったら、すぐ外へ行くことでお母さんに復讐するのね」

「そうじゃないけれど、くさくさするんだ」

「そんなにいやなの」

「うるさくってたまらない。お父さんもさぞたまらなかったろうと思う」

「まあ、いくら言いたいことを言うからって、お母さんに対してそれですむと思うの」

「だって、僕に対してお母さんぐらい押しつけがましい物言いをする人は、ほかに例がないよ。そう言えば、子供のときからそうだったね。いくら暑くっても防空頭巾をかぶれって言い出すと、何ンでもかんでもかぶらなきゃ気がすまないんだものね。何がいけない、これがいけない、が多かったものだ。それが今もって続いている。僕だって学校を出たんだし、たまには知らない女から電話ぐらいかかって来ますよ」

しかし、口では悪しざまに言っても、内心母の言うことがわからないでもなかった。自分のような男は、本気で女に惚れると、骨までしゃぶられてしまうようなことになる。そういう場合の抵抗力は岡見などに比べると、自分のほうが弱いようである。若し蒔子に何か思いがけないようなことを囁かれた場合、自分はどうなってもいい、とすぐ考えてしまうだろう。現に中原かつ美から一本電話がかかっただけで二度とその過《あやま》ちを繰返すまいと、自分に禁じたとみ子との関係に忽ち心が崩れてしまう。これは何も森男だけに限ったことではないだろう。独り者はいつでもそこへ行けば、身体を許してくれる女がいると思うだけで、ひどく安心なものである。懐ろに三千円たまれば、それでとみ子は解決してくれる。

——母と口ぎたなく争って玄関を飛び出した森男は、公衆電話から例の洗濯屋へかけた。逢いに来いという口上だが、逢う必要はなかった。と言って、いきなり「紅葉」へ行くのも気がさすので、中原には電話でわけを言うつもりだった。しかし、かけてよかった。今夜は妻恋坂の下の「蘆屋」という旅館に行けば、すぐ来ることになっているから、そのほうがわざわざ大井町まで行くよりは手短かだろうという話だった。しかし森男は言った。

「今夜とか、今すぐとか言うわけにはいかないんです。そのうち気が向いたら行きますよ。それは妻恋坂のほうが近くっていいけれど、大井町だって構わないんですよ。小母さんのところへ電話があったんですか」

「それが一度や二度じゃないの、何遍も……とみ子さん、お客さんに惚れたらしいよ、一度で」

「何を言ってるんだよ、小母さん」

「いいえ、ほんとなの。とみ子さんにしては、はじめてなんじゃないかしら。寝ても醒めても岩永さんのことばっかりなんだってさ。お金なんていつでもいいんだから、電車賃だけ持って来て頂戴って……そんなこと言ったことのない人なの。あなた、果報者だよ」

「それに、いくら間接でも家へ電話をかけられると困るな。今もお袋にさんざん油を絞られた。それで家からはかけにくいんで、近所の公衆電話へ入ったんだ」

「だろうと思ってね。私もとみ子さんに、それだけはよしましょうやって言ったんだけれど、とみ子さんたら後生一生のお願いだから、一遍だけ頼むって言うし、私も岩永さんではとみ子さんが惚れるのも無理ないって気がするもんだから、二階から飛び降りるくらいの気持でかけちゃったのよ……あれ、お母さんですか」

「それがまた、とびきりうるさいと来ているんでね。やりきれたもんじゃない」

「今夜がいけなければ、二、三日うちに逢ってやって頂戴よ。とみ子さんも岩永さんに惚れたのを機会に、水商売から足を洗いたいんですよ。わかるでしょう」

――足を洗いたいはいいが、その結果所帯を持ちたいなどと言われたら大へんだと、森男はさっきの母の言葉を思い出した。母とすれば、そういうのが、女心に棲む恐ろしい鬼だというのだろう。

――電話を切ってかえって来ると、母はニコニコして、

「今夜は帰って来ないと思ったのに……」

「面倒くさいから遊びに行こうと思ったんだが、金がないからやめた」

「電話をかけに行ったんでしょう。ここでかければいいのに」

「チェッ、鼻がきくなア」

そう言って、森男は二階へ上って行った。

森男には、好きな女と、きらいな女がある。女の精神の評価とはまた別のことである。好きな女は無性に好きだし、きらいな女は長い間話をするのもいやなのだ。好きでもなければきらいでもない女は、母親の一枝ぐらいなものだろう。


その夜、彼は寝つけなかった。かつ美の言葉の全部が真実とは思われない。しかし、話半分と聞いても、とみ子が自分に逢いたがっていることだけは真実であるようだ。あの「紅葉」での半夜も、玄人《くろうと》としては商売気を離れての歓待ぶりであったと言えよう。もっとも、森男ははじめて玄人の逢引を経験したので、時には鼻白む思いもした。それに、十も年上なのに、とみ子の肉体はまだ初々しかった。乳首もピンク色をしていた。かなり長い放心状態が続き、その間口を閉じて居り、鼻の奥のほうでだけ、情感が鳴るようであった。森男のような青年にも、それが贋物でなく、本物の情緒であると思われた。たった一度で打切るためには、かなりの努力と節制が必要だった。しかし、かつ美にああ言われると、彼の五体にはとみ子の肉体が復活し、浴衣に着換えて来た女が、そこに坐っているような気がした。こんなことなら、思い切って妻恋坂の旅館「蘆屋」へ行けばよかった。

今夜のことを岡見にありのままに話したら、彼は何ンと言うだろう。とみ子は電車賃だけ持ってくればいいと言うが、さりとて只で遊ぼうと言っているのではない。金はいつでもいいと言うだけである。岡見はそこを分析するだろう。女が本当に惚れているなら、金はいらない筈だし、「紅葉」の夜も、二千円を受取らないのが本当だ。岡見はそう言うだろう。いや、それは森男にもわかっているので、金のない彼は、今夜の話を断らざるを得なかった。が、それだけであろうか。昼下りの涼廊で、蒔子に源氏の講釈をしたほとぼりがさめやらぬせいもあるのではないか。三条西ら源氏愛好家グループの顰みに倣えば、少くとも源氏の講釈をしてから二十四刻の間は情事を禁ずべきである。そのことが森男にも影響を流しているのではないだろうか。

その蒔子は、ますます遠嶺の花である。詩仙堂の帰りのようなことは、あれっきり二度と実現しそうにない。それなのに、康方とは毎夜のように夫婦の楽しみを繰返しているのだろう。康方が新橋の待合で、芸者たちとの放談にことよせて、蒔子のお供をして山の温泉へ行ってみないかと言い出した提案も、その後はバッタリだった。森男は驚いて断ったが、それから沙汰止みになっているのは、思いつきとは言え、康方が森男をからかったのに過ぎなかったようだ。或は、それの代りに『源氏物語』の指南役を仰せつかったのかも知れない。何ンと言っても康方は大人であり、森男は子供である。いや、康方から見れば、蒔子だって娘のようなものだろう。彼は森男を夫婦愛の媒体のように考えているのではないか。夫婦だけでは、すぐ飽和点に達し、刺戟のない退屈なものになりやすいのを恐れて、二人の間に森男を介在させ、それが入り組んだ情緒を醸すのに役立たせている。しかし、それは同時に森男のほうにも言えるのだ。三千円持って行けば、すぐ身体を許してくれるとみ子のいることは一ト安心だが、同時に蒔子を愛しながらも、蒔子のそばにいつも康方がいることで、やはり一ト安心する森男だった。

眠られぬままに、森男は階段を降りて行った。ミシンの部屋に母が寝ていた。珍しく熟睡しているようだった。その傍をすり抜け、框《かまち》を降りると、音のしないように硝子戸の内桟を外して外へ出た。杉原家の門には扉がない。朝夕に村越が水を打つ花崗石の道を、静かに歩いた。あのまま寝床にいて思い続ければ、その挙句は自分を潰《けが》すことで眠りに入るよりほかはない。それよりこうして深夜の石畳を歩き、樹々の精気を吸うことで、すずろな心を鎮めることが出来る。街燈は消えていたが、月あかりやら星あかりやら、さまざまな植物群が彼に写真的な舞台装置の、泥絵具の色を連想させた。その葉がくれから、突然浮き出して来るように見えたのが、蒔子との初対面であった。それを懐しむように、森男は植物群の幹や葉に触ってみた。夜露に濡れている葉もあれば、カサカサに乾いている幹もあった。そうかと思えば、彼のほうへ心靡いてくるような枝もあった。今、絵筆を使ったばかりのように思われる光沢《つや》のある葉を撫でたあとは、掌に絵具がついてくるのではないかと、明るいほうへかざしたが、掌は白く、そしてかすかに手相の線がほの見えた。

いつの間にか、彼は夫婦の寝室の外のつくばいの傍に立っていた。そのまわりには、羊歯《しだ》や木賊《とくさ》やつわぶきが茂っている。彼は自分に驚いて、すぐそこを離れたが、夫婦の寝室はコトリと音もしなかった。しかし、夫婦は一つベッドに抱き合い、庭石に立つ外の男の気配にじっと声を殺しているのかも知れない。

「静かに」

康方が蒔子の耳に囁いた。金色のネックチェーンだけが唯一の装身具である蒔子は、

「今の音……きっと蟇だわ」

「そうだ、蟇だ、蟇にちがいない」

「蟇ってほんとに夜中でも歩くのね。何をしているんでしょう。さっきも、沓脱の上まで来ているのよ」

「驚いたろう」

「そうでもないわ。睨めっこしたら、気がさしたみたいにピョンピョン跳んで、羊歯の中へ隠れたわ」

もう音はしなかった。それでも暫く夫婦は息をしのんでいた。

22

婦人雑誌社の臨時採用試験に応募した森男は、誰にも相談しなかった。合格すれば一週間目には体格検査があることになっていたが、通知は来なかった。

その日も森男は、『源氏物語』のテキストを中に、涼廊で蒔子と向かい合った。

「あんまりお母さんに心配させないほうがいいわ」

と、彼女は言った。唐突にそう言われて、森男は返事に困った。が、だんだん聞いてみると、一枝が村越に話し、村越が伊与さんに話し、伊与さんが苔の手入れをしながら蒔子に話したものらしい。森男にこの頃遊びに行くところが出来たという意味のことを喋べったのである。蒔子は森男をどこまでも純真な青年と信じていたので、裏切られたような気がした。いくら心配でも、母親というものは、そういうことを第三者に口外すべきではない。

「僕は家を出るかも知れません」

森男は気色ばんで言った。

「そんなことはいけませんよ」

「しかし、あのお袋と一緒に暮すことは苦痛です」

「森男さんが家出したら、私とも逢えなくなるじゃありませんか。源氏の講義も中止ね」

「そう思って今まで我慢していたんです。奥様に逢えなくなるのは辛いから」

しかし、その直後に康方に対するうしろめたさが追ってきた。

「森男さん、ほんとに好きな人が出来たんじゃないでしょうね」

「そんなことありません。しかし、僕にだってセックスの相手ぐらいあったっていいんじゃないでしょうか」

「それ、どういうの……水商売の人ですか」

「ダンスパーティーなんかへ来る女友達との間に性的関係の出来るのが一般的だけれど、はたちを越した女とは結婚問題が出てくる可能性があるんで、あんまり歓迎しないんです。そういう意味では、二十二三の女はもうお婆さんです。やっぱり、ティーンエージャーでないと、ガールフレンドってわけにいかない。ティーンエージャーなら、結婚を度外視して遊びますから」

「では、森男さんはティーンエージャーの女友達が出来たんですね」

「ちがいます、ちがいます。では、奥様、白状しましょうか」

「誰にも喋りませんよ」

「そう仰有ったって、社長にはきっとお話しになるにちがいない。それは構いません、困るのはお袋一人ですから……お袋だけにはどうぞ」

「まあ、よっぽどお母さん、苦手なのね」

それで、なるべくリアルにとみ子の話をした。蒔子にとっては、びっくりする程新鮮な物語であった。男と女はそういう風にして接近し、炎える筈のないものがいつか炎え出し、密着する筈のないものが、いつの間にかピッタリ密着する。男女の合意の可能性は、奇想天外なときに成就するものであるのだろうか。そうなると、彼女と森男の場合でも、いつ何ン時、康方を裏切る瞬間があるかも知れないと思った。

「どうも、とんでもない話をしてしまった。こんな話を聞いたら、奥様は僕がいやになるでしょう」

「そんなことないわ。だって、ちっとも不自然に思えないんだもの。森ちゃんに一ト目惚れして、とうとう森ちゃんを引張り寄せ、思いを遂げたとみ子さんは、私なんかよりずっと意欲的だわ。私は本当に駄目だわ。康方に手の切れていない前の女がいるのに、別れることも出来ないんだもの」

「では、別れようと思っていらっしゃるんですか」

「だって、そんな女がいる男は不道徳でしょう。今の話より、籾山蔦子のほうがよっぽどいやだわ」

蒔子に康方と別れる意志があることは、この日はじめて耳にしたことだった。ときどきそれで夫婦喧嘩の真似ごとがあるようだとは知っていたが。法律で保護されている妻の座を、そんなことで抛棄することは考えられなかった。

「籾山蔦子なんて、考えないほうがいいですよ。たとえ電話ぐらいかけてきても、黙殺してやればいい。奥様のほうが彼女にひっ掻き廻されているんじゃないかな」

「この間、照方さんって方からも、変な電話があったんですよ」

――照方というのは康方の従兄で、昔は遊び仲間であったが、その後ソリが合わないで、義絶同様になっていた男である。その電話によると、蔦子が「有明」にもいられなくなったので、どこかに一軒呑み屋を出したいに就て、照方を通じて二百万円ほど無心して来たのであった。

「でも、不自然ではないにしても、お母さんを心配させるから、二度ととみ子さんに逢いに行かないほうがいいわ」

「そう思っています。だから、この間ポン引から電話がかかって来たときも、断ったんです。とみ子も、別れるとき、あとをひかないようにしましょうねって言ってたんですが」

「一番どこに惹かれたの」

「そうだなア、年のわりに初々しい肉体で、乳首を柔かく噛んでくれなんて言うんです。女の乳首にあんな魔術が仕掛けてあるとは、ものの本をいくら読んでもわからないことですね」

「女の人にそんなことを言われると、男ってとても嬉しいのね」

「それから、ほんの僅かでしたけれど、放心状態がありました。誰にでもあるんでしょうかね」

「私に訊いてるの」

「もうよしましょう。こんな話をしていると、僕は辛くなるばかりだし……今の話は水に流して下さい」

「今日は『帚木《ははきぎ》』からでしたね」

「今日はよしましょう。三条西の故知に倣って……少し淫らな話をしてしまったから」

「淫らなんてことはないけれど……そういう話が淫らな話なら、私はもっともっと淫らな話が聞きたいわ……私って浮気者なのかしら」

「そんな、浮気者なんて……」

「女って、いつも心の底では浮気がしたいって思ってるのよ。そして、絶えずそれを打消しているんだけれど……男の人より強いかも知れない」

森男は黙って聞いていた。女は淫らになるギリギリ前まで、必ず利害を念頭から離さないものであるらしい。蒔子が言った。

「女のそういう穢れ……それを祓う方法は何が一番効果的なんでしょうね。カトリックのような方法もあるし、神道のような方法もあるし……」

それに対して、森男はすぐには答えられなかった。

何れにしても、この涼廊の対話で、森男と蒔子の距離は、かなり急速に接近した。

森男とすれば、正直にとみ子の話をしたのは、青年らしい素直さばかりでなく、それによって、蒔子に対する愛想づかしの効果がありはしないかと考えたのに、却って逆効果であった。

二人は、普通の対話の外に、淫らな対話も出来ることをたしかめ合った。蒔子が、自分を浮気者だという説明をきいたのも、森男にははじめてだった。

「まだ時間があるから、ダイヤモンドゲームでもしましょうか」

と言って、彼女は、例のボール紙の、盤とコマを持出した。目をつむって、緑のコマを取ったほうが、先攻となるのだった。蒔子が、緑を引いた。蒔子のコマが、全部陣地を出たのに、森男は、何時迄も封じ込められている。そこへ、康方が何時もより早く帰って来た。

「どうなすったの」

蒔子の声には、うしろ暗い響きがあった。

「つづけ給えよ、ゲームを」

「いや、もう、勝負はついたようなものです。この通り、僕は完封されちゃった」

「どうも、森ちゃんは上達しないな」

「少し、お顔色が悪いようですね」

「実は会社で、軽い発作があったんだ。どうもわからぬ。ヘモグロビンが充分あるのに、狭心症でもあるまいじゃないか。はじめキューッと痛むような気がしたんだが、それからは、トランポリンの上で、跳ねたり飛んだりするような気がした。天地晦冥《かいめい》して、地鳴りがしている。あれには驚いた。しかし、一過性で納まったからよかった。ああいう時は、ニトロールを嚥《の》めばいいんだろうが、生憎、忘れていた。大体、死ぬ時はそんなもので、常備薬を忘れていたり、医者が間に合わなかったり、酸素のボンベが足りなかったり……そんな風なことが三つも重なると、心臓発作は、大抵アウトだね」

「まア、大へんだったのね」

「なに、大丈夫だよ。こんなことの一度や二度で死ぬ筈はない。もっと悪い状態で、平気でゴルフをしている先輩もある。しかし落着いたら、心電図だけは撮っておこうな」

「是非、そうして頂戴な。今、あなたに倒れられたら、本当に困っちゃう」

森男も心配になり、康方のそばへ行って、手首を握った。脈搏は、平静に搏《う》っている。

森男が家へ帰ると、一枝は康方の起した発作のことを知っていた。土間に伊与さんが立って、煙管をくわえているところを見ると、彼から聞いたのであろう。伊与さんはこの間から門の傍に植えた黄楊の木が、ずいぶん丁寧に根廻しをしたのに、枯れて来たと言って、案じていたのである。彼は殆んど咲かなくなった老梅を、場所を変えることでまた花を咲かせたり、思いきって太い枝を切ることで、松の緑をふやしたり、植木を復活させることではいい腕を持っていたが、今度の黄楊では、ドジを踏んだようだ。

一枝は言った。

「何しろ会社のご用が多過ぎるのと、照方さんのような方がいて、迷惑をおかけするから、心臓をおいためになるんだよ」

しかし、心の中では、あんな若い奥さんを持つから、度が過ぎて、康方は年より早く心臓に障害を起したり、神経質な顔つきになったりもするのだと思っている。康方がアメリカから帰って来たときは、惚れぼれするような男前であった。岸壁に立った一枝は、一方で森男の手を握り、一方でハンケチを振った。夫が麻布三連隊へ入隊するとき、康方は信濃町駅から歩いて送ってくれた。一枝が蹤いて行けなくなり、行列から落伍しかけるのを、康方が手を引いてくれた。そのときの有難さが、一生忘れられない。夫の留守中も、ときどき見舞ってくれて、森男には何かと欲しいものをねだらせては買ってくれた。蔦子と出来てから、何ンとなくよそよそしくなって、以前のような元気も如才なさも少くなった。蔦子の中に棲む鬼が、毎晩血を吸っているにちがいないと、一枝は思った。それでも第二の結婚後に比べると、その頃の康方は、まだしも姿勢が正しく、ステップも大きかった。蒔子と夫婦になってこのかた、急に背中が丸くなり、後頭部が薄くなり、例の花崗石の道をセカセカ歩いて来ると、息づかいが荒く聞えたりした。早く言えば、めっきり年をとったようである。これは、蒔子も夜の血を吸うことでは蔦子に遜色ないからであろう。

「お医者様をお呼びしなくっていいんでしょうかねえ」

「そりゃアむろんお呼びにならなきゃいけない」

と、伊与さんが答える。しかし、森男は今見て来たばかりなので、

「それほどのことはないよ。それに奥様が附いていらっしゃるから、いざとなればニトロールを噛ませるなり、ヴィタカンファーをうつなりすりゃア、すぐ癒る」

それでも一枝は心配とみえて、その日は一時間半おき位には、様子を聞きに出掛けて行った。

「まあよかった、落着いていらっしゃる。山梨先生が往診して下さって、丁寧に診て下さったんだそうだけど、どっこにも異常はないそうだよ。でも、念のため明日大学病院へ行って、精密検査をなさるように申し上げておきました」

と、母は言った。

「キャッチボールなんかも悪いのかな」

「過激な運動は、やはりよくないでしょうね。でも、奥様にも協力して戴かないとね、これだけは」

母が何を言っているのかは、森男にもすぐわかった。実は、母はきっとそう思っているだろうと思い、それがいつ出るかと待っていたのであった。やっぱり出た、と思った。しかし、そういう母は、父に対してどうだったのであろう。森男は、蒔子がそんなに度を過して、康方の心臓を痛めているとは思わない。しかし、恐らく母は父に対しても道徳的で、父の要求を三度に一度しか容れなかったのではないか。そういう母から見ると、蒔子が協力しないように見えても仕方がないのだろう。

夜更けてから、また山梨医師が呼ばれて来たようであった。先代からのかかりつけで、母は花崗石の上を刻む老医師の靴音を知っていた。森男も少し心配になり、医師の帰ったあとでまた行ってみた。康方はベッドに入っていた。フロアースタンドだけがついている。蒔子が出てきて言った。

「お食事をおあがりになったら、また少し不整脈になったの。鎮静剤をうって戴いたから、これでぐっすり寝れば、明日はもう大丈夫でしょう」

「そんならいいけれど」

「昼間会社へ照方さんがみえて、大分激論なすったそうなの」

「それが原因だ」

「照方さんなんかにもうお逢いにならなければいいのに」

しかし、自分という存在も、康方の病気に一ト役買っていると思わざるを得ない蒔子だった。

23

康方の病気は、幸いに経過がよく、次の日だけ休んで、翌々日から出社することが出来た。然し、当分酒と煙草を禁じられ、外の食事も避けるように命じられた。

蒔子が、こんなによく看病してくれると思わなかった。最初の晩は、明るくなるまで腰掛けていてくれた。

「いくら寝ろと言っても、君は寝なかったね」

「そんなこと、おわかりになる筈ないわ。注射がきいて、ぐっすりだったんですもの」

「そうかなア。それでは夢かな。しかし、僕にとって君がかけがえのない好伴侶であることは、今度の病気で証明されたわけだ」

「御免なさい。かりにも浮気するなんて言っておどかして……二度と言いませんから、安心してね」

「そんなこと、気にしないよ。浮気ぐらいしたって構わない」

「でも、そんなことしたら、一大事でしょう」

「浮気ぐらいしてもいいから、僕の傍を離れないでくれよ、一生涯……それさえ誓ってくれれば、僕は安心する。浮気はいいよ。浮気は……」

と、繰返す。

「でも、私には浮気の相手なんて、いませんよ」

「いるじゃないか」

夫は、そう言ってから、森男の名を言った。

彼の提案と言うのはこうであった。

若し、蒔子が、森男より康方の方を愛しているなら、たとえ森男と浮気をしても、自分は何も思わない。自分も森男が好きだから、蒔子も森男が好きであって、一向差閊《さしつか》えない。ただ、彼としては、蒔子が自分より森男の方を愛しているとなると、二人を恕《ゆる》すわけにはいかないというのである。

「変な論理かもしれないが、これは偽わりのないところだ。僕が会社から帰ってくると、君と森ちゃんが『源氏物語』を読んでいる。これは何ともない。また或日は、ダイヤモンドゲームをやっている。これも平気だ。君が森ちゃんのために、白いジャケットを買って来る。そういう時、君は僕にもネクタイを買う。どちらがついでだかわからない。それもいいじゃないか。そんなことでツノを出したことはない。精密検査が済んだら、本当に君ら二人で、旅へ行かないか。この間その話をした時、森ちゃんは誓ったよ。絶対に、僕から離反しないと言って……」

「へーえ、そんなこと言ったの……あなたは何故、私と森ちゃんを、旅行に出したがったりなさるんでしょう」

「君が別れるとか、身を退くとか言い出されると本当に困るから、どうかそれだけは言わないでくれ、それだけは……それを代償にいくら森ちゃんと仲良くしても構わないって言っているんだ。わかるだろう、それ……」

「言葉としてはわかるんだけれど、実感としてはわからない。そんなこと言ったら、森ちゃんだっていやがるわ」

「そうかなア」

と、夫は溜息をついた。

精密検査の為に、大学病院に、二三日通いつづけた。然しその結果は不得要領であった。大したことはないと言う所見は、精密検査の科学的評価としては物足りなかった。

病院から、康方は車で会社へ向い、蒔子と森男が、そこから屋敷迄引返す。ブラブラ歩くには、持って来いの季節であった。

「今度病気になって、しみじみ、うちの人はよく出来た人だと思ったわ」

「少し遅いなア。僕は昔から大好きなんです」

「うちの人も、とても、森ちゃんが好きなんだって。私に森ちゃんと浮気していいなんて言うんだもの」

「僕には言いませんよ」

「今に言うかも知れないわ。森ちゃんにも……冗談にしても困るわね」

「確かにそこは変っている」

「つまり、それだけ私が大事だって言うのよ。別れたくないんだって……」

「わかっていますよ」

ブラブラとは言いながら、こうして歩いて来ると、さすがに汗ばんで来る初夏だった。向うから珍らしく輪タクが来た。奥様お乗んなさいと言うと、輪タク屋は二人乗りだと言う。然し、狭い幌の車に、膝をくっつけて乗れば、また詩仙堂の帰りの愚を、繰返すことになりはしまいか。そう思って、森男は断わったが、蒔子は一緒に乗る気になって居り、輪タク屋もすすめるので、森男は心弱くも乗ってしまった。

輪タクの内部は薄穢くて、蒔子の小紋縮緬が汚れる心配があった。

「輪タクなんぞにお乗りになることがあるんですか」

「そうね、まあないわ。森ちゃんは」

「この間一度……とみ子に逢いに大井町の駅から」

「まア、ご馳走さま」

と言って、彼女はイヤというほど脇腹を突いた。しかし、そんな冗談が出たりするので、詩仙堂の帰りのような深刻さも、異状もなかった。実際はあのときより、もっとくっついて乗っているのに。

「ほんとに二人で旅行しましょうか」

さすがに、少し語尾が慄えた。

「あとからうちの人が来ると言ってるの。一日か二日先に行けって言うんだけど……むろんまちがいなんかしないということで。森ちゃんさえよければ、私もおナカをきめるわ」

「そりゃア願ってもない幸福ですね。このところずっと怠けていた源氏の講義もとり返せるし」

康方は名古屋に新しい傍系会社の創立総会があるので、そのついでに桑名へ行こうかという話に変っていた。

「奥様のおナカがきまれば、僕には異存はありません。連れて行って下さい、お願いします」

森男は頭を下げた。輪タク屋の首すじには大粒の汗がいくつも並んでいた。それを見ると、森男は降りたくなった。

「歩きましょう。歩いたほうがいい」

森男に促されて、蒔子も降りた。白い陸橋を渡ったところの橋詰で、二人は暫くそこに立ち止って、下から吹いてくる風を容れた。

家へ帰ると、岡見の電話がかかっていた。事情を知らない一枝は、岡見が阿佐ケ谷の病院に

いるから、森男が帰り次第電話をしてくれという口上を伝えるついでに、

「岡見さん、入院しているのかい」

「いや、岡見の友達が重態なんでしょう」

「とにかく、かけてみてごらん」

で、森男はメモしてあるダイヤルを廻した。はじめ事務員のようなのが出て、すぐ岡見に代った。

「この間一度あぶなくなりかけたんだが、どうにか持ち直したと思っていたのに、また今朝からいけないいんだ。どうも今度は駄目らしい。親類に知らせても、誰も来ない。あんまり可哀想だから、森ちゃん来てやってくれないか」

「そうか。それじゃ行く」

簡単に言って、電話を切った。腹がへっているので、腹ごしらえをしようとチャブ台に向うと、母は玉子雑炊を温めなおしてくれた。

「病院の検査はどうでした」

「バリウムを嚥んだり、心電図を撮ったりして、大分時間がかかったけれど、結果はまだわからない」

「今朝もお顔色がすぐれないと思ったわ。あんなに血色がよくて、いつも脂ぎっていらしったのに。おでこなんかも、ピーンと張切っていらしったのが、この頃は皺が出来たり、顎がとん

がったり、お顔つきが変りましたね」

「気のせいじゃないの、お母さんの」

「昔はほんとに下手な役者よりすてきな男前だった。傍へ行くと、身体がすくむような気がしたものよ」

「お母さんにとっては、若き日の社長は英雄でもあれば、生き神様でもあったんだろうからね。心では姦淫を犯していたんだろ、ハハハハ」

森男はけたたましい声で、笑いとばすようにした。日頃うるさく言う母に対して、たまにはそのくらいの反撃を与えてみようと思ったからだ。果して母はムキになって、

「そんなことがあるもんですか。私はお父さんを愛していたんですからね。死んだ今でも愛している」

「そんなら何ンにも言うこたない」

——まア何ンて生意気なことを言う子だろう。つい四、五年前までは甘ったれた可愛い男の子だったのに……いつの間に、誰に仕込まれたのだろう。しかし、康方を彼女の生き神様とは、よくもヌケヌケ言ったものだ。一枝は息子に腹の奥を見抜かれたような気がした。彼女は、若しそれが康方の敵と見たなら、たとえ蔦子でも莳子でも向うへまわして、康方のためにいつでも自分を捨てる気でいるのだった。正直なところ、一枝は昔から康方に殉ずるためには、見栄も外聞もいらない。どんな迷惑でも犠牲でも引き受けるつもりだった。その康方が、急に顔色

が悪くなったり、痩せてきたり、髪の毛がめっきり薄くなったりするので、案じられてならない風である。彼女に言わせると、村越夫婦にしても、伊与さんにしても、運転手の笹川にしても、その忠誠は通り一遍のお座なりで、いざとなれば逃げ出すにきまっている。康方のために命を張っているのは自分だけだ。第一、自分が育てた森男が、こんなに康方に愛されているのに、ややもすると康方を裏切りそうになる。今日も病院の帰り、蒔子と二人でブラブラ歩いて来るところを、使いに出たいそ子に見られている。そういう不謹慎なことを、人が何ンと言っているかと思うと、一枝は気が狂いそうになるのである。そのほかのことでも、一枝は息子のタガが緩んでいるような気がしてならない。朝鮮戦争を機会に、逆コースとやらが高まってくれば、森男も今までのようなノラ息子ではいられなくなり、康方に対しても、一枝とハラを合わせて、忠誠をつくすようになるだろう。彼女はそれを何よりも望んでいるのである。

——玉子雑炊を三杯食べた森男は、口直しにキャメルを喫ってから、

「その友達が死ぬかも知れないから、そうなると今夜は帰れなくなる。十二時までに帰って来なかったら、構わず先に寝て下さい」

「ほんとなんでしょうね」

「ほんとですよ、一リットルも血を喀いたんだから……ついでに訊きますが、お母さん、洗濯屋へ電話をかけたでしょう」

「いいえ、かけませんよ」

一枝はシラを切ったが、森男の紙入れを調べ、例の名刺を見つけて、洗濯屋へ電話をかけた事実は、中原のほうから逆に森男の耳へ入っていた。もっとも、中原がうまく捌いて、そこから先の追跡は許さなかったようである。

それでも、框を降りる息子の背中に、

「なるべく早く帰っておいでよ」

と、やさしく声をかける一枝だった。

阿佐ヶ谷の駅に降りた森男は、もっと詳しく病院の所在を岡見から聞いておけばよかったと思った。煙草屋で道を訊いたり、それでも廻り道をしてしまったりして、その病院へ着いたのはそろそろ暮れそめる頃であった。

二階の病室は個室というわけにはいかなかったが、各室とも五台のベッドが二列になっていて一番奥のより子は、今度は彼女がカーテンで仕切られる運命になっていた。

岡見は背中のない丸椅子に腰かけていたが、カーテンの端でためらっている森男を手招きした。

「どうなんだ」

「さっきからずっと昏睡でね」

顔色は血の気のない白さで、既に脱水状態がはじまっているのか、額や顎からは汗が流れている。岡見の話だと、昨日までは、茶匙にすくい取る玉子豆腐を二個、レモンシャーベットを二タ匙、米粒のまじらない重湯を吸口に三分の一ほどうけつけたが、今日はそれもいやだと言って、何ンにも食べていないそうだ。これでは助かる筈がない。血圧は、上が四十五だそうである。

それでも、もとPXに勤めていた関係上、進駐軍ルートで点滴のプラスマを使うことが出来たり、そのほかの救急用薬物は他の患者より恵まれているのだという。

看護婦が来て、脱水の汗を拭いた。胸を拡げると、鳩尾に水たまりが出来ている。タオルがグッショリ濡れて、絞れそうになった。鳩尾まで拡げたので、二つの乳房も露出したが、死んで行く女には惜しいほどの豊かなふくらみと可憐な乳首を持っているのだった。死というものが、いかに容赦のないものかと、森男はしみじみ思った。

「今朝は康方さんに蹤いて大学病院へ行って来たし……いやに病院づいているんだ」

「どこか悪いのか」

「いや、大したことはない。軽い発作があっただけだ」

森男はかいつまんで説明した。

「五十前にしては、少し早いな」

と、岡見はいった。そんな話でうっかりしていたのだが、森男が視線をより子の面上に戻すと、無力な目つきではあるが、彼女は昏睡から醒めた様子で、閉じていた目をあけたのである。

しかし、ひょっとすると、瞳孔が散大したのではないかという不安があった。そこで顔を近づけると、はじめて彼女もわかったらしく、ちょっと口もとを動かした。何か言いたいらしいが、声にはならない。森男は黙って番茶の入った吸口を持って行くと、より子は薄く唇を開いて、液体の注がれるままに、半分ほど嚥んだ。半分ほどは口の外へ流してしまった。しかし、まだいくらかでも嚥下する力があるのが救いである。

「何か食べない。食べたくないの」

と、訊くと、彼女は答えなかった。首を振る力もないらしい。

岡見は言った。

「より子、岩永君だよ、わかるか。岩永君が見舞に来てくれたのだ。よかったな。より子は岩永にも岡惚れしていたんだな。そうだろう。その岩永に逢えたんだから、君は満足だろう。死ぬんじゃないぞ、死ぬんじゃ……生きろよ、俺たちがついているんだからな。いいか、へこたれるなよ」

最後は少し泣声になっている。言いたいことを、みんな岡見に言われてしまった感じで、しかし森男は、岡見の言ったようなことを自分も繰返すほかはなかった。その間にもまたものすごい発汗があり、今度は岡見が新しいタオルで、首から胸へ拭きとった。

看護婦がまた血圧をとりに来たが、カルテに書き入れているところを見ると、最高が三十、下はわからないとあった。こうして、加速度的にどんどん心臓が衰弱して行くのだろう。ふと、より子の指が動いているのを、森男は見た。恐らく、彼女は手を動かそうとして、動かす力のないままに、辛うじて指だけが動いているのだろう。森男はその手を握った。冷たかった。殆んど死者のそれに変らなかった。血圧が三十では、指の尖きが冷たくなっても仕方がない。で、岡見の耳に囁いた。

「手さきが冷たい。足はどうだろう」

「足も触ってみろ」

そういうので、森男はベッドの裾へまわり、シーツの中に手に入れて、足の指を摑んでみると、そこは手よりもさらに冷たかった。やがて、血液の循環が止り、心臓の音も消えて、死が来るのだろう。

「え？　え？」

と、岡見は耳をより子の口に近寄せて、何か聞いている様子である。それから岡見は本当に嬉しそうな顔をして、

「水が飲みたいと言っているのだ。スープがあった筈だ。冷たいスープを飲ませよう」

そういって病室を出て行ったが、間もなく壜詰のスープを持って来て、それを吸口に入れた。更に氷を入れ、より子の口へ持って行くと、二タ口ほど吸った。

「おいしいか、よかったな、これで回復するぞ、さっきが峠なんだ、峠を越したんだ。メキメキ回復するぞ、やっぱり岩永を呼んでよかった。岩永が来てからすべてが上向きになってきた

ぞ」

　それから、看護婦にも言った。

「イルリガートルのプラスマが大分へっちゃった。もう一本入れて下さい」

　しかし、看護婦はすぐには承知しかねる風で、

「プラスマは重症の方だけに限られているんです」

「これが重症でないと言うの、これが」

と、岡見は反撥した。看護婦が内科主任に聞きに行っている間、岡見は、日本の医者というやつは、プラスマとか酸素天幕とかを治療の目的では使わずに、臨終のためのおまじないか、せいぜい儀式ぐらいにしか思っていないと憤慨した。その頃のプラスマは高価であり、被占領民には使いにくい薬品の一つであった。

「岡見、金はあるのか」

「プラスマの三日分や四日分は大丈夫だ、この際、思い残すことのないように、薬だけは使って貰おう。こうなりゃ一時間でも長く生かして置きたいじゃないか」

「それはむろんだ」

「医者はあんまり苦しませないようにって、おためごかしを言うんだが、俺は反対だな。何もそんなに諦めをよくすることはありゃアしない」

　岡見の希望が容れられて、再びイルリガートルが充満したとき、もう腕の静脈からは入らな

いというので、彼女の下半身が開かれ、下肢の静脈から注入された。今度は入りがよかった。それで、発音が少しはっきりした。森男にはまだ聞きとれないが、岡見の通訳によると、彼女は今幸福だと言っているそうだ。もう一度マラカスが振りたいとも言っている。もう一度森ちゃんと踊りたい。岡見さんとは一度も踊ったことがなかったけれど、今死ぬくらいなら一度踊って置けばよかった。冥土にはダンスホールはないでしょうね……そんなことを途切れ途切れに言うらしい。

「冗談が言えるようになったから、もうこっちのもんだ。岩永、お前も何か言ってやってくれ」

そう言われて、森男はうろたえながら、

「僕もよりちゃんともう一度踊りたい」

岡見が笑って、

「何ンだ、もう少し殺し文句はないのか。それじゃまるで中学生の復誦みたいなもんだなア」

しかし森男は、この場になって手頃な殺し文句を捜す余裕はなかった。もう一度マラカスが振りたいと言っているので、岡見はサンタフェへ電話をかけに行き、マラカスを取り寄せることにした。

そのうちに、再び彼女は眠り出した。目さえ醒めていれば、際どい冗談が言えるほど意識がはっきりしている彼女も、眠り出すと少々呼んでも目を醒さない昏睡のような深い眠りであった。それを見ると、やっぱり絶望かなあと思うのだった。

　夜の回診があってヴィタカンファーがうたれた。

「どうでしょう、助かりましょうか」

　岡見が小さい声で訊く。

「今が一番安定しているようですが、十二時まで持ちますかね、多分九時頃でしょう」

　そう言って、医者は立ち去って行った。

「見放しているんだね」

　岡見はうなずきながら、

「ここへ入院したときから、もう見放しているんだ」

「もう少しましな病院はなかったのか」

「どこだって、まアこんなものだよ」

　より子がここへ移ったのに就ては、バイヤー関係、進駐軍関係のカンパが思い通りに行かず、予算額の半分にも満たなかったからだ。バイヤーたちも、もともと来日中の遊蕩気分からより子を狙ったにすぎないし、まして朝鮮戦争がはじまってからの米軍将兵たちは、すっかり落着きを失っていた。事実、より子にかなり思召しのあったジャクソン軍曹は、開戦のその日、釜《プ》山《サン》へ飛ばされてしまった。

　しかし、岡見は言った。

「より子は今の心境を自分でも幸福といっているが、それにまちがいはない。彼女が二人の日本の男に見取られながら息をひきとることは、より子の理想ではないにしても、決して絶望状態ではない。彼女が一つ判断をあやまれば、濠州軍の入墨部隊の慰安所のベッドで目を落していたかも知れない。とにかく、彼女はこれでとうとう占領軍の生贄にはならなかった」

「それは、岡見がうまく彼女を操縦したせいだろう。君がそれをやらなければ、彼女はとうにどこかの基地のボックスに入っていたろう」

そんな話をしながらも、二人は絶えずより子の状況に、過敏な視線を注いでいた。九時を過ぎたが、まだ彼女は生きていた。かすかに息が通っている。そこへマラカスが届いた。岡見はそれをより子の手に握らせたが、彼女はそれを知る風もなかった。岡見は泣いた。

十時半。血圧が二十に下った。プルスは微弱で頻数だ。少しチアノーゼを起してきた。ノドが鳴っている。これで、チェーン・ストークス氏呼吸を起せば、終りだ。

「こういうとき、ヘルツ・マッサージはどうなんだろう」

「よし、俺が行ってくる」

岡見はまた当直室まで行って、何か交渉しているが、医者はもうカンフル一つうつのも無駄と思っているらしい。

岡見は手ぶらで帰って来た。

「とうとう死ぬのかな。もう一度このマラカスを振って貰いたいな。より子のマラカスには、独特のセンスがあった。岩永はそう思わないか」

感情が極限に来て、森男も泣いた。

「俺はより子が死んだら、サンタフェを罷める、同時に今の生活から足を洗うよ」

「そしてどうするのだ」

「もう一度学園へ帰る。一昨年の九月に組織された全日本学生自治会総連合の運動に投じるハラがきまったんだ」

涙の向うに岡見の顔が輝いて見えた。むろん、その背後には、日本共産党が指導している。以前からも、ときどき聞いている岡見の思想によれば、全学連は日共の手を離れて、独自のスローガンを決定し、上からの命令でなく、下からの盛り上りにしようとする主張があるのだ。それが容れられないので、彼はサンタフェに潜り込んでいたのだが、彼の抱負を実現するのに都合のいい時機が来たので、足を洗うハラになったのではないか。彼のことだから、やり出せばすぐ幹部級にもなろうし、少くとも意慾的な闘士として参加するだろう。はからずも、より子の死がそのダイヴィング・ボードになった……。

突然、より子が枕から頭を外した。

「おい、脈がない……止っている。死んだのだ」

看護婦を呼ぶと、やっと宿直医が入ってきた。瞳孔は既に散大している。本当に彼女は音もなく逝ったのである。もう彼女のマラカスは見られない、と言った通りになってしまった。

突然、岡見が慟哭《どうこく》した。岡見は右側から、森男は左側から、その屍骸《しがい》にすがりつくようにして、二人とも泣いた。しかし、岡見の慟哭がますます激しく昂まるので、森男はそれに蹤いて行けず、泣くのをやめた。岡見の声はつづいている。それを耳に、暫く虚無的な時間が森男に流れた。そこへ別の看護婦が入ってきて、屍体室へ運んで処理をするからどいてくれと言うまで、岡見は声を惜しまず、泣いた。

24

桑名の船津屋は、三本の川の河口に臨んで建っている。三本というのは、揖斐《いび》川、長良《ながら》川、木曾川の三本である。二本の川が合流して一本になって流れる河口にはほかにもあるであろうが、三本の川が一つ河口によって海に流れ込むというのは、なかなか例が少いのではないか。桑名から熱田まで、海上七里の渡しがあったことも有名で、今でも史跡として残っている。徳川千姫が、将軍秀忠の妻の胎内にあったときから、秀吉と家康の相談で、生れた子が女の子なら、これもまだ淀君の胎内にいた拾《ひろい》の嫁として大坂城へ輿入れすることが内定していた。許婚としても極端な例で、この世に産声をあげない前からの、親同士のとりきめである。彼等の賭は当って、淀の胎《はら》から生れた拾、のちの秀頼は、色の白い蒲柳の質の男の子であり、秀忠の長女で、家康にとっても初孫の千姫は、総領らしいきかぬ気の美人であった。そこで約束通り、千姫は大坂城へ住むことになり、淀君に嫁として仕えることになる。淀君は千姫の母とは姉妹であり、これに京極高次の妻を加えての三人姉妹の母は、絶世の美人として聞えたお市御寮人である。父は浅井長政である。こうして系図を追って行くと、千姫と淀君の関係は、姑と嫁と言い条、伯母と姪との関係でもあるのである。伯母と姪ならしっくりいきそうであるが、淀君は拾を溺愛して、それこそ独占慾を揮ったから、若い夫婦が仲良くすることを好まない。そのうちに秀頼の身近に仕えるわごという女中に手をつけて、懐胎させる。千姫のほうには子がない。それを淀君が喜ぶという情報が江戸まで達して、家康が大変心配しはじめる。星霜移って、江戸と大坂の戦争となり、忽ち城は幾重にも包囲される。茶臼山に陣取った家康は、一つ大筒をうちこめば万事解決というところまで行くが、なかなか決行出来ないのは、大坂城の天守に人質のように千姫がいるからであった。若いときから戦場で育ったような父秀忠は、女が嫁に行った以上、実家の徳川とは利害を共に出来ないのが宿命であるから、娘の命にはお構いなく、早く大筒をぶち込んで天守を焼き、一挙に解決をはかろうとする。しかし、家康は許さない。もともと家康は、大坂城攻撃の責任者ではあるが、主張者ではない。実際に戦端を開いたのは秀忠である。秀忠のほうが遙かに好戦的であったが、戦争の歴史はその責任者を重く見るので、時には戦争犯罪人を誤認させることがある。家康は坂崎出羽守に命じて、猛火の中から千姫を救い出し、その褒美として千姫を妻に与えると約束したのは有名な話である。出羽守はこの救出に成功した。その代り、彼の顔面は醜い火傷を負ってしまう。家康もこれはまずいことになったと思ったが、公約の手前、千姫を大坂から江戸へ送り届ける道中の大任を命じる。そこで、鈴鹿を越えて桑名まで来て、海上七里の渡しを渡ったとき、その御座船の支度をしたのが、桑名の城主本多平八郎忠刻であった。千姫は平八郎の美貌に惚れて、醜い出羽守がいやになる。この事件で桑名熱田間の航路は、一層人口に膾炙《かいしや》することになった。

蒔子と森男は、船津屋へ着くとすぐ、まだ明るいうちにと思って、その船着場まで行き、昔の恋物語を懐かしんだ。二人とも、千姫が平八郎に惚れるのが、自然であるように考えがちであり、焼け落ちる天守閣から救い出した功績は功績だが、それに独断で千姫を与えようとした家康のほうに無理と横暴を感じる。

——宿へ帰ると、風呂が出来ているというので、蒔子が先へ入ることになり、座敷で浴衣に着換えて、絞りの伊達〆姿になり、女中に案内されて出て行ったあと、東京の康方から電話がかかってきた。

「森ちゃん、どうだ、桑名は」

「すてきな眺めです。奥様は今お風呂へお入りになっていらっしゃいます。熱田までの海上七里の渡しの旧蹟を見に行って、多少うろ覚えですが、千姫と出羽守の話をして差上げたところです」

「どうやら楽しい旅らしいな。やっぱりよかったろう、森ちゃんも」

「奥様も至って御機嫌ですから、ご安心下さい」

「僕のほうも異常はない。例の話も比較的スムーズに進んでいる。案外早く解決するかも知れない。解決次第、そちらに行く。遅くとも、名古屋の総会はすっぽかせないのだから、それまでには桑名か名古屋のどっちかで君たちに会える運びにするつもりだ」

その頃の電話は、まだダイヤル即時通話ではなかったので、話の途中で切れてしまった感じだった。間もなく蒔子が上ってきたので、康方の電話の話を伝えた。

「奥様にも出て戴こうと思ったんですが、風呂場へ行くのも失礼だと思って困っているうちに、通話時間がなくなったらしく、どっちが切ったというのでもなしに、切れてしまいました」

「この家、脱衣室にも電話機があったわよ」

「そいつはいけなかったな」

と、森男は頭を掻いた。康方は蒔子の声が聞きたかったに相違ない。続いて森男が風呂に入った。彼女の言った通り、脱衣室の棚には卓上電話機が備わっていた。湯舟の中は、新湯《あら》のようにに澄んでいた。彼女は恐らくよく洗って、垢一つない珠のような女体を湯の中に沈めるのであろう。しかし、森男とすれば、蒔子の脂粉の香りが浮かんでいたり、髪の毛一トすじ位は手に掬えるほうが幸福だったと思う。が、いくら汚れのない湯でも、たった今の先、女の全身をくるんだ湯だと思うと、男の官能がはやり立ってくるのを、どうすることも出来ない。森男は落着くために、頭へ水をかけて髪を洗った。それから、照方を相手に交渉を重ねている康方の顔を思い、おきまりのチェーン・ストークス氏呼吸もなしに落命したより子の臨終を想起することで、はやり立つ心を辛うじて鎮めることが出来た。

座敷へ戻ると、川は薄墨色に霞んでいた。伊勢大橋の下をくぐって来る舟は、三本のうちのどの水路を下って来たのであろう。森男は彼女を上座に据え、自分は下座に坐ったばかりでなく、女中が置いて行った飯櫃を傍へ引き寄せ、ビールの栓を抜いて、先ず彼女のグラスに酌をした。

「やっぱり三人で戴くほうがイタにつきますね」

と、森男が言った。

「私はそうは思わないわ。今度の問題がどういう風に解決しようと、この際、思いきって別れたほうがいいんじゃないかと思うの」

「奥様、一人っきりのとき、冗談にもそんなことは仰有らないで下さい」

「私だって、森ちゃんの前途を狂わすようなことはしませんよ。これでも、森ちゃんが考えているよりは、慎重なんですよ」

「では、話を変えましょう。千姫を江戸へ送ったあと、大坂城の終戦処理をしてから、家康は全軍を率いて駿府へ凱旋する途中、大雨のため全軍が近江の水口へ駐留を余儀なくされた。そのとき家康は随行した林道春に『論語』の講義をさせています。まだ天下分け目の戦争に勝った亢奮さめやらぬのに、家康は早速『論語』を読んでいるんですからね。僕は家康を武断の人とはどうしても思えない。そして、江戸へ帰ってからでも、『源氏物語』の奥ゆるしや、古今伝授を受けているんですからね、彼は……もっとも、大坂の陣ではずい分残酷なこともしている。これは家康がやったのか、秀忠の命令か、疑問です。城中の女をひっ捕えてきては、丸ッ裸にして、茶臼山の目に立つ木に縛りつけ、毎日手の指を一本ずつ切り落して行く。三本目ぐらいまでは苦痛に耐えているそうですが、五本目を切り落す頃から急に衰弱してきて、十本までは切らないうちに死んでしまったと言いますから――」

食後、二人は桑名の夜の街を散歩した。その頃は売春防止法が実施されていなかったので、ケバケバしい暖簾の下っている小づくりな青楼が建ち並んでいた。蒔子はその一つ一つに好奇の目を見張るようだったが、森男には何の興味もなかった。彼はこうして蒔子に蹤いてブラブラ歩いている自分を、老僕のように感じた。一度に四十ほど齢をとり、血圧も高ければ、目も霞んでいる……つまり、青年は皆何かの役に立とうとしているのに、彼だけは只康方夫妻の役にだけ立っている。これでは二十四歳の老僕に過ぎない。

――アイシャドウのきつい、青ざめた顔の娼女が、暖簾から飛び出して来て、蒔子の顔に見入ったが、その傍に蹤いている森男を見ると、

「よう、よう」

と、冷かして、けたたましく笑った。森男は赤面しながら、

「奥様、もう歩くのよしましょう。宿へ戻りましょう」

と、促した。しかし、蒔子はさらに次の店の格子の奥を覗いている。その蒔子の指には、今日は青い真珠の指輪が妖しいほど光っていた。

宿へ帰ると、川が鳴っていた。上げ潮になると、海の水が伊勢大橋、尾張大橋と並んでいる橋の下まで上げてきて、下ってくる水路と衝突するや、川鳴りの音をたてるのである。

蒔子の部屋と森男の部屋は、一つ廊下を距てていた。しかし、彼女の寝る部屋は、黒漆に銀泥《でい》の四枚襖が立っていたり、九尺の床に地袋のある違い棚があったりしたが、森男の部屋は漆《しっ》喰《くい》壁で、観音開きの夜具戸棚がついているだけだった。

どうして自分はこのような退屈な徒労のために、憂き身をやつしているのであろう。死んだ父が先代の杉原昌方翁の家僕であったように、森男もまた康方夫婦の僕《しもべ》である運命からまぬがれないのではないか。自分に比べると、岡見は遙かに男らしく振舞っている。全学連に容れられないと見れば、サンタフェのバンドに混ってサキソホンを吹き、ジャズシンガーのより子を熱愛する。それなのに、より子がユダヤ人のバイヤーの犠牲になるのを妨害するだけで、彼女とはキッス一つしていない。しかし、息の絶えた女の遺体にしがみついて、声を惜しまず号泣するときは、まぎれもないより子の恋人であった。そして、その恋人の死をモメントとして、サンタフェを罷めると、学園に戻って全学連に投じた。彼は上からの指令による学生の自治運動を嫌い、あくまで下から盛りあげるアナルコ・サンジカリズム風の学生運動に切替えようとしている。多分、彼の精進によって、全学連の運動は徐々に日本共産党の指令から離れ、やがては対立するかも知れない。そういう岡見の行動に比べると、自分の不甲斐なさは、どう自己批判すべきものか。自分は蒔子の女体の魔術に見込まれてしまったのだ。自分の知らない何代か前の父祖に、妖しい好色の血があって、僅かなことにも愛慾の火が炎えるのであるか。このまま行けば、森男は虚無的な、非意慾的な、だらしのない凡人になってしまう。彼さえウンと返事すれば、杉原産業の秘書課の一員として迎えられるが、それは態のいい蒔子の僕となることである。そのくらいなら、彼がはじめて仕事の注文のあったS・S社の『歴史大辞典』の編集事務に携わるほうがまだいいかも知れない。彼への注文というのは、彼を認めた主任教授の推薦によって、一、三条西実隆、二、甘露寺親長　三、連歌師宗祇、四、一条兼良、五、細川幽斎、六、阿闍梨契沖、七、『源氏物語湖月抄』、八、安藤為章、九、熊沢蕃山、十、斎藤徳元の十項目に関して、平均四百字詰原稿用紙四枚以内というものであった。しかし、S・S社の編集部では、彼に執筆を依頼すると共に、希望があれば編集事務を担当して貰ってもいいと考えているそうだ。これは長池志津子という女編集者が、原稿注文に来たついでに洩らして行った情報である。志津子は、色が黒くて背が低かったが、教科書や辞典の編集には堪能のようであった。

川鳴りがますます募ってくる。それで障子をあけて、一段下った涼廊に出ると、月が出たのか、川面が光って見えた。一瞬、息の止るような、美しい宵の川景色であった。小波の立っているところは、月光が砕けて、銀の能衣裳が川面に浮んでいるように思われた。一本廊下を距てた向うの涼廊でも、寝られない蒔子がロッキングチェアーに腰かけて、軽く身体を揺すぶっている音がした。彼女もまた、月光の降り注ぐ川波の色に陶然としながら、ポールモールを喫っているのであろう。廊下のある空間を流れて、煙草の煙と、女の躰にふりまかれた香料の匂いとが森男の鼻を衝いた。しかし、彼女のほうでも声はかけなかった。ロッキングチェアーの音は、間遠になったかと思うと、また早間になった。それと一緒に、彼女は息をとめたり、また長い吐息をついたりしている。恐らく二人は、二つの空間を維持しながら、この月が西の山の端に沈み、海のほうから夜が明けてくるまで沈黙を続けるのではないか。肉体には距離があっても、二人の心は密着している。

突然、森男はオルガスムスに落ちた。こういう状態が続く限り、自分は骨抜きになり、誰からも期待されない人間像となり終るのだろう。光陰はまたたくうちに過ぎて、「少年老イ易ク」自分には若白髪が生え、細胞という細胞が衰えだし、知らぬ間に瘋癲老人のようになってしまうだろう。

死ぬほど蒔子を愛したことは、森男の記憶にだけ残ることで、誰も知らない。桑名の河口で、夜もすがら能衣裳のように光る川面を眺めながら、蒔子の息をはかって、夜通し化石のように硬くなっていたということも、彼以外誰も知るものはない。そして、一ト晩中、何回となく彼は自瀆を繰返した。

25

蒔子と森男が、名古屋の八勝館に着いたとき、それより二十分程前に東京から電話があって、康方がまた発作に倒れたので、名古屋行は中止になったという急報が入っていた。二人は乗ってきた車を引返して、駅へ急がねばならなかった。汽車に乗ってから、こんなに慌てて帰るより、八勝館で電話をかけてみるべきであったと気がついた。やっぱり頭の回転が鈍いのであった。発作と言っても、どの程度かわからない。軽い発作でも名古屋までの旅行が無理だという意味で取消しがあったのかも知れないし、或はもっと重大なのかも知れない。それをたしかめずに乗ってしまったので、二人は最悪の想像に脅えないわけにはいかなかった。

一体、康方の心臓病の原因は何にあるのだろうかと、森男は考えた。たしかに蒔子との結婚は成功した筈である。第三者として言うと、殆んど溺愛しているように思われる。しかし、清算した筈の蔦子から電話がかかったり、その蔦子が照方に頼みこんで、康方に無心をふっかけたり、そういう思いがけない事態が起ったのは事実であるが、それが案外康方の精神を傷つけることになり、それ以来、彼の心臓に異状が起ってきたと考えるのが、ごく普通の推理である。もっとも、そんな事件は世の中にはありがちで、何も康方一人に限ったことではない。そんなケースがあっても、普通の男は「放っとけ」とばかり、歯牙にもかけないで居れば、向うが根負けして、怪電話などは時効になるものである。むしろ康方のほうで、それを大袈裟に受信してしまって、ますます相手を図に乗らせているのではないか。毎晩のように血を吸う蒔子の肉体が、康方の心臓に病変を招いたのだと、一枝は言うが、必ずしも森男はそう思わない。それにしても、心臓の発作がそうたびたびあっては、危機感がないでもないから、この際思い切って会社を休んで、長期養生をすることにしてはどうか。

「奥様、僕は今度こそ身を退くべきだと思いますが、いけませんか」

「何を言うのかと思ったら、だしぬけに……何ンのために身を退くの」

「そりゃア言うまでもなく、僕の存在が心臓病に悪いということです。そんなことをしていては、本当に悪循環じゃないでしょうか」

「私はそうは思わないわ。森ちゃんの存在が康方の心臓を傷つけるようなことは、一つもないじゃありませんか。むしろ森ちゃんがいてくれることで、夫婦の愛は安定するし、とてもプラスだと思うのよ。康方だって、きっとそう思っているわ。あの人の心臓病の原因は全然別よ」

「では何ンでしょう」

「前の奥さんのことで私が割切れないし、それがあの人に反映して、あんな病気になっちゃったんですよ。あの人の病気にとって、一番悪い存在は私なの」

「とんでもない、奥様」

と、森男は打消したが、彼の心にそういう推理が全然ないわけではなかった。いつか、康方がふと洩らしたことがあった。

――僕は生れつき女を買いかぶっているところがある。卑しいのは男で、女は神のようだと思い込んでいた一時期がある。だんだんに箔が剝げ落ちてきた。すると、女の慾の深さ、利己主義などが鼻につく。それを全部ハラにおさめてでないと、正しい夫婦愛を味わうわけにはいかない。

それはまだ森男には正解出来なかったが、その業《ごう》の深さが蒔子の体内にもひそんでいるのを、康方は見抜いているようでもある。そう思うと、森男は無性に康方が哀れになり、何ンとかしてもとのような健康をとり戻したいと願うのであった。

シートの背中を斜めに押倒した形で、窓外の景色に視線を投げている蒔子の横顔を、森男はあらためて覗いた。全く美しかった。よしんば彼女の内容が、ガラン洞にすぎなくっても、その美貌だけでも買いかぶらずにはいられない。康方のような大人から見ると、彼女には至らないところが沢山あるだろう。蒔子は必ずしも家庭的《ドメスティック》ではない。一枝のような女に比べると、主婦でありながら、お客様のようなところがある。これはいつか森男が講義した源氏の中で、桐壺が女中奥さんでありすぎたことが、京都御所の異例であり、或は違法でさえあると言ったのが、蒔子をしてますます非家庭的にした責任があるかも知れない。それにしても、康方の不満はどこにあるのだろうか。蒔子を女中奥さんにしたいのだろうか、それとも女御のようにしたいのであろうか。一体彼は蒔子のどこを買いかぶったのであろうか。これらの疑問は、すべてこの夫婦に関する迷路になっている。しかし、森男には夫婦の愛の本当の価値観はわからない。蒔子の躰に、春の日の山裾の、一叢の草陰に湧きたつ潮のような蜜の、掬《く》めども尽きぬ喜びを到底理解出来る筈はなかった。

康方は涼廊の籐椅子に掛けていた。病人とは思えなかった。ひょっとすると、どこかの病院へ入院でもしているのかと想像した蒔子と森男は、ヤレヤレと安心しながらも、汽車の中でさんざん取越苦労をしたのが愚しくも思われた。

「やっぱり電話をかけてみればよかったのかな」

「でもよかった、杞憂で……」

康方のほうも、こんなに早く帰って来るとは、意外なようであった。今日の発作は、玄関へ出たときに、胸内苦悶を感じて、そこへ坐り込んでしまい、暫く横になっていたが、山梨博士が往診してくれて、いつもの注射をうつとすぐおさまったが、その間約一時間半ほど危機感があったのである。それで名古屋行を中止し、八勝館へは女中に電話させたのだが、彼は二人に予定通り名古屋見物をして一泊した後、明日の特急で帰京すればいいと言わせたつもりだったのである。

やがて森男が安心して帰って行ったあと、康方が言った。

「桑名では何事もなかったかね」

「当り前でしょう」

「あったら、あったって言い給えよ。別にそのために僕は腹を立てない。甘んじてその罰則を受けるつもりでいるのだから」

「冗談ばっかり仰有っているのね。よして頂戴。そんなこと仰有ると怒りますよ。私、森ちゃんなんかに興味ない。それがあなたのお病気よ。長生きがしたいと思ったら、それだけはやめて下さい。森ちゃんもそう言っています。若し自分があなたの心臓病の原因になっているなら、この際身を退きたいって」

「君が彼に興味を持たないなどと言うのは、心の真実を紛らしている証拠だ。僕は言ったじゃないか、君が森ちゃんを愛していることを、僕は認める。そしてそれを僕の罰則とする。繰返して言ったじゃないか。ところが君たちは真実を語らない。つまり嘘を言っている」

「私は真実を申し上げているので、それがどうしてもおわかりにならないなら、お暇を戴くほかはございません」

「言ったな」

　突然、康方はテーブルの上の灰皿を取って、涼廊の床に投げつけた。

「どうしてそんな乱暴をなさるの」

「君が事実をへし曲げて言ってるからだ」

「そんなに亢奮なさると、また発作が起りますよ」

「起ったって構わないし、起ったほうが君は喜ぶだろう。君は僕と別れたいのか。最初の晩からそう思っていたにちがいない。それで口実と機会を狙っているのだ。蔦子の秘密調査書類を捜し出して読んだのも、僕になんくせをつける気なんだろう」

「ひどいわ、そんな。結婚以来、一度だって別れたいなんて言ったことはないじゃありませんか。あんまりひどいこと仰有るから、今日はじめてそう言ったんです。夫婦になってからこのかた、ずっとあなたに蹤いて来たじゃありませんか。お気に入らないのはわかってたけれど」

「むろん、気に入ってるじゃないか。お前のほうが僕を気に入らないのだ」

「どうしてそんなひがんだものの言い方をなさるの」

「では、あらためて言うが、僕のほうが君に蹤いて行っている。合わせているのは僕だ。蒔子が森ちゃんを愛しているのを知って、それさえ僕は許したのだ。それなのに僕に蹤いて来たなんて言うのは生意気だぞ」

「どうせ生意気です。そんな生意気な女を、飼殺しになさることはないでしょう。私、今夜限り実家《さと》へ帰らして戴きます」

そういうと同時に、蒔子は涙がこみ上げてきたので、涼廊を出て行くほかはなかった。康方の前で泣きたくはなかったから。

化粧の間には内側から鍵がかかる。蒔子の泣声をドアの内側に聞いて、康方はしきりにノックしたが、彼女は鍵を外さなかったのである。

康方は、ゆっくり歩いて森男の家まで行った。一枝はいなかった。

「森ちゃんに頼みがあるんだが」

そう言って、康方は今蒔子と言い争ってしまったこと、はじめは何ンでもないことから、だんだんにこじれて、「嘘をつけ」とか「生意気」とか、はしたない暴言を吐いてしまったこと。そのために蒔子は泣いて化粧室へ入ってしまったが、まさか自殺もしないだろうけれど、女は発作的に何をするか知れたものではない。若しそんなことになったら、自分の生活は滅茶々々になるから、何ンとかして機嫌を直してもらうように、森男になだめてもらいたい。

で、森男は言った。

「実は、今度の旅行で決心して参ったんですが、これ以上ご夫婦の間に介在することは、不道徳すぎるんじゃないかという気がいたしました。桑名で七里の渡しを見たあと、奥様とちょっと散歩したんですが、自分を老僕のようだと思いました。そう思った途端に、こんなことをしていていいのか、そういう自己反省に落ちたんです」

「弱ったなア、君までそんなことを言い出しちゃ。蒔子も暇をくれと言うし、君もどこかへ去ると言う。一体僕はどうなるんだ。それではあんまりひどすぎる。それにしても、ここを出て行くつもり」

「そりゃアそうです。おふくろとも別れたいんです。つまり、過去と手を切りたいんです」

「森ちゃんの言うこともわかるが、そう短気を出し給うな。そんなこと言ったって、この世の中を渡って行くのは、決して楽じゃない」

「むろん知っています。しかし、まだ若いのに、老僕のようになったり、瘋癲老人のようになったりするのは、およそやりきれません。それから、いくら奥様を愛したからって、あなたという御主人のいるものを、自分の勝手には出来ないのですから、僕には僕相応の女のところへ行こうと思います」

「そういう人がいるの」

「捜せばいるでしょう。年上だって構わない。僕を愛してくれる、僕を許してくれる女であれば……夜の女だっていいんです」

「何をそんなに亢奮しているの。僕が前の女房のようなまちがった女を選択したので、こんなに苦労しているのを、森ちゃんだって知ってるじゃないか。夜の女なんかと一緒になったら、それこそ一生崇られる」

それから康方は、三十分以上も蔦子に就て愁訴をした。女は一ト月や二タ月――いや、一年以上も淑女を装っていると思うと、突然角が生えたり、牙が生えたりして、鬼のようになる。それが女の本性と言うものだ。

「いつかも言ったことがあったな。女を買いかぶっちゃいけない。殊に、森ちゃんぐらいの年頃の男はね。謀叛気を出さないで、今まで通りここにいてくれ給え。僕も君に対してそんな法外な無いものねだりはしないから……いつまでも僕の味方になってくれるだけで、僕は満足なのだ」

そう言う康方の目には、キラキラ涙が光っていた。

26

浩瀚な『歴史大辞典』の一項目として斎藤徳元の短い評伝が出来上った。徳元とは隠遁してからの名で、斎藤斎宮又は利起と言い、美濃に生れ、関ヶ原の戦では石田三成方であった。岐阜城に拠ったが池田輝政に滅ぼされ、逃げて俳諧に隠れた。世間では彼を怯懦の侍と称したが、必ずしもそうでない理由を、森男は三枚半ほどの原稿紙の中で弁護した。

長池志津子が取りに来たので渡したが、書いた分だけずつ原稿料を支払って欲しいと言うと、社としては十項目出来上ってから、まとめて支払うことになっている。どうしても欲しいのなら、自分が立替えて置いてもいいと言った。

「長池さんにそんな義理はないだろう」

「いくら欲しいの」

「三千円だ」

「そんなら立替えて置くわ」

そう言って、長池は小さい蟇口から千円札を三枚出して、森男のテーブルへ載せた。押問答の末、結局貸してもらうことになった。

長池を玄関まで送り出すと、彼はすぐ支度にかかった。母が留守なので、外から鍵をかけ、それを母と彼だけが知っているかくし場所にかくしてから、彼はセカセカ歩いた。変なことに影響を受けるもので、その歩き方は康方のそれに酷似していた。康方も蒔子も、今日は油壺《あぶらつぼ》の別荘へ出かけて、留守である。康方夫婦のいない杉原家は、ガランとして空家のようになってしまった。村越は朝から姿を見せないし、母の一枝まで百貨店歩きをしている。三千円を握って、とみ子に逢いに行くには、屈強の機会であった。

しかし、妻恋坂の「蘆屋」へ行くと、今日は生憎休んでいるが、大井町へ行けば無理してでも逢いに来るかも知れないと言うので、森男は御徒町駅まで歩いて、そこから京浜電車に乗り、大井町で降りた。この前は輪タクを拾ったが、今日はテクで行った。「紅葉」はすぐわかった。この前とはちがった道路向きの四畳半に案内されたが、とみ子は彼女の住んでいるアパートにいないということであった。それで森男はすぐ帰ろうとしたが、多分大森のマーケットへでも行ってるんじゃないか、それだったら一時間もすれば帰るから待ってみては、という女中のすすめで、森男はカビ臭い畳に寝そべりながら、カストリ雑誌を貸して貰って読んでいるうちに、まどろんだ。女中が上ってきて、

「どうしたんでしょうねえ、まだ帰らないわ」

という声に、森男は目を醒した。窓に西日が当っていた。

「どうしてもとみ子さんじゃなくっちゃいけないの」

「むろんだね」

「あら、お安くないのね。女は掃いて捨てるほどいるわよ。それに、とみ子さんだっていろいろお客さんもあるだろうし、あなたの好きなときにすぐ飛んで来いってわけにいかないんだから、もう一人ぐらい誰かと馴染みになって置くと好都合ですよ」

こういうところの女中というものは、お名ざしのが廻って来られないと、すぐほかのを押しつけたがるものである。森男はそんな女中と口喧嘩してもはじまらないので、茶代だけ置いて立ち上ると、何ンにも言わずに「紅葉」を出た。

——大井町の駅で、彼は自分の行先に迷った。こういう無駄があるのでは、とみ子に逢うのも骨が折れる。たしかに女中の言う通り、森男が勝手なときに呼んでも、とみ子が来るとは限らないのである。とみ子は口癖のように、「荒稼ぎはしていない」とか「早く足を洗いたい」とか言っているが、きまった旦那はいないにしても、馴染み客の常連が数人はいるにちがいない。彼等が取っかえひっかえ、遊びに来るからには、座敷から座敷へと、とみ子も廻しをとるのだろう。今までそれを計算に入れなかったのは、森男の世間見ずと言われても仕方がない。洗濯屋の小母さんの口車に乗って、とみ子に逢を引かせ、ほかの客を断っても逢いに来ると思ったのは、森男の一人合点に過ぎないのであった。

彼は出札口に行き、横浜までの切符を買い、横浜からはバスに乗って油壺の康方夫婦のバンガローへ行ってみる気になっていた。長く日照りが続き、その日もカンカン照りだったので、舗装のある道路はともかくも、そうでないところへ行くと、濛々たる砂塵がバスの中まで流れ、森男の襟を黒くした。

森男がバスに揺られている頃、康方を乗せた笹川は、葉山経由で東京へ向っていた。一両日のんびりしたと思ったら、今日はもう呼び出しを食う康方であった。実は莳子も一緒に帰ろうとしたが、用事が済んだらまた引返して来るからということで、彼女だけ残ることにした。それでも、三崎町から来る飯炊きの傭い婆さんがいる間は、夕飯の支度や世間話にうち紛れて、時の経つのを忘れたが、やがて婆さんも帰り、彼女一人になると、急に心細さが募った。莳子はその寂莫に抵抗するように、黒い水着一枚になって、そのバンガローから二、三段降りて行くところにある水際の岩に立った。彼女は女学校のとき、三メートルのスプリング・ボードからはよく飛んだので、一応ダイヴィングの心得はあったが、若し下に岩があると、それこそ危険千万だから、彼女は足のほうから入って行った。海の水は日がかげると温かくなるものだが、油壺は深いとみえて、足のさきがかじかむほど冷たかった。指定されている海水浴場とはちょっと離れているので、泳いでいる者は、二、三人しかいなかった。少し馴れると、つめたい感じもなくなって、彼女は顔を水面につけ、両足をスクリューのようにして、クロールで泳いだ。今朝二人で泳いだときも、莳子のクロールはかなりのスピードがあったが、康方は大事をとって、ゆっくりゆっくり平泳をしただけである。すぐ上って、岩の上で甲羅を干していた。それだけのことでも、康方としては大冒険である。自分で脈をはかったりしていたが、この負荷試験にかなり自信をつけたようであった。

三十分ほど泳いで、蒔子は水から上った。耳は栓をあてがったが、やはり耳孔へ入ったらしく、それを出すために、彼女は首を振った。バンガローにはシャワー室がある。はじめ水着のままそれを浴び、それから誰も見ていないので、水着を脱いだ裸の肩からシャワーを浴びた。全身にシャボンを塗り、それを洗い落すと、ローヤルブルーのタオルで胸から下を巻いた。女学校時代も、シャワー室でみんなと並んで浴びたことがあるが、こんな風に大胆ではない。壁のほうに向きって、一つの背中と二つのお臀を並べ、なかなか前向きにはならなかった。一度に十五人ずつ、シャワーにかかるのであった。むろん、男性は入室禁止、男の先生は入れなかった。女の先生だけが入って、姿勢の悪い生徒は、

「もっと胸を張って」

と、背中や腰を小突かれた。彼女だけは姿勢がよかったから、一度も小突かれたことはなかった。

蒔子はローヤルブルーのタオルのまま、暫く放心したようにアームチェアーに腰掛けていた。若しここへ康方が入って来たら、木製のダブルベッドへ飛込んでしまおうと考えていた。もっとも、髪が濡れている。それで、差込みへコードを入れて、ドライヤーで乾かしていた。

窓の外には、さっきまでカナカナが鳴いていたのに、それも鳴きやんで、もう夜の幕《とばり》が下り

ている。人がいないと、すぐこういう恰好をしたがるから、彼女はナルシストと呼ばれるのにふさわしいのだろう。ついでに、ポータブルにジャズソングのレコードをかけた。しかし、それにも聞き飽きると、彼女はベッドへ入って、うつらうつらした。

電話が鳴って、康方が今から三十分ほど前に東京を立ってそちらへ急ぐという知らせが入った。三十分前というからは、もう川崎あたりを走っているのだろう。受話器を置くと、蒔子はまたまどろんだ。

突然、表口のドアがあく音に目を醒した。誰だろう。康方かしら。それとも横須賀や追浜《おっぱま》から夜遊びに出てくるジープの米兵たちかも知れない。ドアはしまったが、暫くは無言で立っているようであった。

「誰よ、名前を仰有いな」

と、蒔子は寝たまま言った。正直、迂濶には起きるわけにはいかなかった。どうも康方とは様子がちがう。と言って、ジープの兵隊のようでもない。

漸く闇の中で声がした。

「僕です。森男です」

「何ンだ、森ちゃんなの」

「康方さんはいらっしゃらないのですか」

「東京へ急用で帰ったの。会社の用だと言っているけど、多分前の奥さんのゴタゴタが一向ハカがいかないのよ。それでまた呼びつけられたんですよ」

「康方さんがいらっしゃると思って来たんです。いらっしゃらないなら帰ります」

「何を言ってるのよ、康方はあと一時間ぐらいで帰ってくるわ。そうしたら三人で楽しく話しましょう。それまでここにいるのがいけないなら、海へ行って泳いでいらっしゃい。私も暗くなりかけてから一ト浴びしたの」

道理で濡れた水着が板戸の釘にひっかけてあると思った。

「生憎海水パンツを持ってきていませんから、ダメですよ」

「康方のがあるわ。それを借りて入ってらっしゃい」

「暗くっても大丈夫かな」

「だって、泳げるんでしょう」

「あんまり自信はないけれど」

「そんなこと言ってないで、森ちゃん、顔だけお見せなさいよ」

「いいんですか」

「いいも悪いもないじゃない」

それで、森男は次の間との境のカーテンをあけた。ベッドがあり、女は俯伏せに寝ていた。

「横浜からバスに乗ったんだけれど、衣笠辺でエンコしちゃって、ジープに乗せてもらって来たんです」

「ジープもとんだ役に立つのね」

「康方さんの海水パンツはどこにあるんですか」

「シャワー室に干してあるけれど、まだ完全に乾いてないかも知れないわ。気味悪くってい
や」

「そんなことは構いません」

しかし、森男が先ずズボンを脱ぎ、開襟シャツも取って、パンツ一つになったとき、蒔子ははじめて見る若々しい肉体を劇しく両手に抱きしめたい慾望を押えかねた。それは全く新鮮で、思いもよらない生なましさと共に彼女の理性を抛棄させるものであった。彼女は両手を彼のほうへさしのべた。それでも、森男はちょっとためらった。今まで堅く禁じていたものが、ここで破れるのかと思うと、感傷的にさえなった。が、次の瞬間、はじめて彼女の二つの胸の実のりを見たとき、森男も躊躇はしていられなかった。枕許の電気が消えた。手をのばして、蒔子が消したのである。そして彼女は言った。

「その代り、三十分ですよ、せいぜい四十分、康方は今頃東神奈川あたりを通り過ぎたんじゃないかしら」

若しこれが明日の朝でなければ康方が帰って来ないという状況下であったら、二人は桑名のときのように自制することが出来たかも知れない。あと三十分、せいぜい四十分という期限つきであったために、それが二人の愛慾をかきたててしまったのである。

…………

ベッドを下りた森男は、ドアから飛び出して行った。そのまま階段を駈け下りて、例の岩の上に立つと、両手を高くかざして、水中へ突入した。つめたい海水が彼の二つの耳孔へ突きささるように入ってくるのがわかった。対岸の岩で、キャンプファイヤーを焚いている男と女がいた。森男はそこまで一直線に進み、右手で岩を抱くようにして、海面に顔を上げた。森男はパンツを穿いていないので、うっかりキャンプの岸へ上るわけにはいかなかった。女が言った。

「水、つめたいでしょう」

「そうですね、はじめて入ったんで、つめたいのかぬるいのかわからない。あっちの海岸にはくらげがいるそうですが、この辺にはいないんでしょうね」

「くらげも、こっちへは寄りつかないんですよ」

と言って、笑った。森男はバンガローがある岸へ引返すのが辛かった。このままどんどん沖へ出て、何処ともなく漂流することで、自分の人生に終止符をうつ。そんなことを空想しながら、足をバタつかせている。キャンプファイアーを焚く男は、終始無言で串にさした肉を焙《あぶ》り、女に食べさせるつもりらしい。また女が言った。

「きれいな奥さんのいるバンガローのお客さんですか」

「まアそうです」

「さっき一人で泳いでいらしったわ」

「そうですってね。もうじきご主人が帰って来られるそうです」

「この肉、おいしいんですよ。一つ召上りませんか」

「とんでもない。おへらしするなんて」

「いいのよ、この人、肉を焙って人にくれるのが好きなの、ねえ、あなた」

それでも男は無言だった。男も一緒になってすすめない限り、森男は手を出すわけにはいかないが、しかし、いい肉を買って来たとみえて、その匂いは空っ腹の森男の食慾を駆り立てるのに充分だった。女が押してすすめるので、森男は水の中で立泳ぎしながら、一串もらった。

「うまい、すてきだ。どうも有難う」

と言って串を返すと、その岩を足で蹴ってターンした。白桃のような白い臀部が、水の表面スレスレに浮いたかと思うと、忽ち流れて行った。バーベキューする男と女は、それを見て全く楽しそうに笑いあった。一切れの焙り肉に元気を回復した森男は、急ピッチでこちら岸へ泳ぎついた。

27

その夜、逗子のガレージまで帰る笹川に森男を送らせた康方夫婦は、遅くなって腹が空き、トーストにチーズを挟んで食べたりした。

「森ちゃんはどうして来たの」

「私にもわからないの。夕方泳いだあと、一人でベッドにいると、入って来た人があるでしょう。その前にジープの止る音がしたから、アメリカ兵が徴発にでも来たのかと思ってヒヤッとしたの。そうしたら森ちゃんだった」

「いつもなら、彼は必ず僕に断って来るんだがね」

「ほんとね。それに、油壺へ来るのに海水パンツも何ンにも持たずに来るなんて、森ちゃんらしくないの」

「それでどうした」

「見てないからわからないけれど」

――康方の海水パンツを借りてはどうかと言ったが、森男がそれを穿かずに飛び出して行った話は、さすがにためらわれた。それに今までとちがったことは、森男に関する話題が、蒔子はとてつもなく辛くなったことだ。何ンと言っても、今日までは蒔子は自分を守ってきた。はじめて彼を抱き、そして彼の求めを許したのである。なぜ今までのように禁断しなかったのであろう。なぜ抑制を外してしまったのであろう。なぜ、なぜ、なぜ……。

たしかに蒔子は初対面から森男を好もしい青年と見てきた。それに夫が彼を愛しているので、自分も気を許したことはたしかである。この人なら、どんなに接近しても、まちがいは起きない、と信じられた。それが突然、蒔子自身までを裏切って、姦淫が行われたのである。

「実は照方がね、森男を遠くへ追放しろという要求をしているのだ」

「まア、どうしてでしょう」

「蒔子と臭いと言っているのだ」

「何か証拠があるんですか」

「ごく常識的な物尺を当ててみると、統計的にそうなる。照方はそういう言い方をしたよ」

「森ちゃんをそんなにいじめないで……照方さんが目の敵にするような青年じゃないわ。あなただってご存知じゃありませんか」

「しかし、照方は猛烈な鼻息だった。若し森男と一度でも怪しい関係があるなら、蒔子も一緒に暇を出せって」

——こういう言い方は、なかなか巧妙を極めたものであった。つまり、照方の話のようにこしらえて、実は康方自身の非難を蒔子の耳に伝えようとしているのかも知れない。彼はまた言った。

「どうしても森男を捨てきれないなら、いっそ杉原産業の庶務課にでも傭い入れて、ビシビシしごいてはどうか、蒔子とはあくまでも遠ざける」

「照方さんてなぜそんなことを言うんでしょう」

「むろん、照方がそう言ったからと言って、僕がそう思わない限り、森ちゃんを追放するようなことはない。しかし、ここに一つ問題はある。人間は好いた同志だけが肉体的に結ばれるとは限らないからね。ジープが来る。何かないかと徴発するためにこのバンガローを家捜しする。めぼしいものは取り上げる。ついでに君を担いで行く。この辺に沢山ある密林の中へ運んで行って、蒔子を強姦する。そんなときでも、テクニックによっては君はそれを快楽として味わうことが出来るんだ。愛がなくても快楽があるんだ。これがまア人間の何より業の深さだよ」

と、彼は言った。蒔子もこのことに関する康方の思想を聞いたのは、今夜がはじめてではない。最初に聞いたときは、憤然として反撥を感じた。愛がなければ快楽もない。と彼女は堅く信じていたのである。しかし、だんだんに聞くうちに、愛がなくても快楽があるのは、男だけだと思っていたのが、女にもあて嵌ることがわかってきた。それが人間の業の深さだということも腑に落ちてきた。たしかに愛がなければ快楽がないほど男女の世界が道徳的であれば、この人生は楽園にちがいない。愛がなくても快楽があるところに、現世を穢土《えど》と見ることが出来る。

「もう一つ逆説風に言うと、愛があっても快楽がないという場合もあるのだ。わかるかね、蒔子」

「さあ、よくわかりませんわ。わかりやすく説明して下さい」

「たとえばだよ、僕が君を愛している。しかし快楽が伴わない。そういうこともあるのだ」

「なぜ快楽が伴わないの」

「恐らくそれは病気だからだろうね」

康方の調子は沈痛だった。蒔子ははじめて慄然とした。毎夜のように夫婦は身体を重ねているのに、夫には快楽がないのであろうか。そういうことがあり得るのであろうか。夫は充分に快楽を持つかのように振舞い、そして表現する。それは嘘だったのか。夫の快楽は虚構に過ぎなかったのであるか。それとも知らず、蒔子は自分だけ快楽していた。たしかに愛が足りなくても、快楽は存在する。蒔子はまだ一から十まで康方を愛しているとは言えないかも知れないが、毎夜繰返される夫婦の快楽は、彼女を充分に満足させている。その上に今日は森男の肉体まで奪ってしまった。蒔子は羞恥に身体が火照り出すようであった。

「今の話……私、本気になって伺いますから、隠さずに仰有って……ご自分であなたは病気だと思っていらっしゃるのね。むろん病気にもいろいろあって、風邪をひくのも病気だけれど、不治の病も病気でしょう。愛があって快楽がないという場合は、一体どういうお病気なの」

「僕にはわからない、いや、医者にもわからない。最初の発作から何回となく心電図も撮ったけれど、それでもわからない。第六誘導のＳＴが低いのは、心筋梗塞を起す可能性が強いことを示しているそうだ。しかしそれを過大評価することも出来れば、過小評価することも出来る。その程度では、いつ頃心筋梗塞を起してくるか、まだわからない。第一、心不全を起してから快楽が減少したのか、快楽がなくなってから心不全があらわれたのか、この辺も摑めない。しかし、それでいいのだと思う。それが人間の自然で、人間が神になれないところじゃないのか」

「そんなにわかっていらっしゃるのに、どうして泳ごうとなすったりなさるの」

「だからやめたじゃないか。腰まで入り、ちょっと平泳をやってみたが、そのつめたさに驚いてすぐ飛び出した。昔なら、おおつめたいと言ってるうちに、そのつめたさに狎れてきたものだが、今はもう痙攣《けいれん》を起しそうになる。暫く慄えが止らない。みんなに見られるのが恥しいから、木蔭へ入って、その幹につかまりながら、ガタガタ、ガタガタ慄えていたのだ」

「そうだったの、ちっとも知らなかった」

「しかし、痙攣までには至らず、間もなく慄えが止ったよ」

「私が悪いのよ、あなたを苦しめてばっかりいるんだもの」

「そんなことはない。お前のせいじゃない。誰に訊いてみたってそうだ。若い頃には夢想だにしなかった病気がはじまる。そして気がついたときは遅いのだ。人生に予防なんてことはないのだよ、予防なんてことは。快楽だってそうだ。僕は愛があるのに快楽がなくなるなんて、そんなバカなことはないと思っていた。それがあったのだ。それだって、予防する力は全然ない。運命論者は、そういうのを運命と考えたんだろうが」

「あなたのは諦めがよすぎるわ。あなたに快楽が復活するかどうかは、あなたと私の努力次第だと思うの。諦めないで……ねえ、あなた」

「心配するな……心配するな、僕だってまだ生きたい。会社のことも人には任せられないし、君とだって別れたくない。こうして今夜は悲観的なことを言ってるが、来週の心電図にT波が少しでも高くなっていれば、忽ち元気が出るのだ」

「では、明日帰りましょうね」

「どうして」

「だって、こんな人里離れたところにいて、若しものことがあったら大変じゃありませんか。私の責任よ」

「何、今日みたいに泳いだりしなければ、ここのほうが空気がいいから、心臓病には適しているのではないかな。海水パンツを穿いて、あの岩まで行って甲羅を干していよう。君が達者に泳ぐのを見物しよう。それこそ目の保養だからな。心臓病には一番いい薬かも知れない」

蒔子は涙ぐんだ。こんないい夫をなぜ裏切ってしまったのだろう。いっそ一ト思いに告白して、その罪を詫びようか。夫にも罰則があったように、自分も罰則の十字架を背負って歩こうか。そのとき夫は、既に東京を出て、あと三、四十分でここへ着くという間際だったのに、それが却って駆り立てて、自分と森男との罪業となってしまった。そのどうにもならなかった自然の発火を、克明に物語ってしまおうか。しかし、それはそう思うだけで、蒔子には出来なかった。

油壺から帰った森男は、扁桃腺を脹らして高熱を出した。一枝が看病をした。九度七分もある発熱を伴った息子の病気は心配だが、昨日も今日もこの二階に寝ついている病める森男は、久しぶりに懐ろへ入った母親の独占物であった。氷枕をしたり、氷嚢をのせたり、間隔を置いて検温器を挾んだり、のどが痛くて何も通らないから、吸口でスープを飲ませたり、母親は何年ぶりかで息子と一対一になった幸福を反芻することが出来た。

「手がかったるいだろう。揉んであげましょう」

と言って、母親は左右の手を交〻揉んだ。

「お母さんには言わなかったけれど、油壺で泳いだんだ。それで腹を冷やしたらしい。そこから風邪をひき込んで、扁桃腺になったんだ。あんまり心配しないで下さい」

母は山梨先生に来て貰おうとしきりにすすめるが、森男はそれには及ばないと断った。三日目になっても、熱は下らなかった。

母の看病が続く。母には毎日の日課はあるわけだが、そんなものは全部投げ出して、ひたすら息子の看病に没頭しているのだ。

――蒔子が見舞に来た。玄関で帰るというのを、一枝がむりやりに二階へ通した。

「森男さん、どうしたの」

「奥様にお見舞戴くほどの病気じゃないよ、お母さん」

「何ンですねえ、わざわざ来て下すった方に対して、そんな言いぐさがありますか」

「森男さん、熱はまだあるの」

「九度二分ばかり」

傍から母が言った。

「何しろ頑固なんですから……山梨先生にペニシリンでもうって戴けばすぐ癒るのに、自分で癒すって言ってきかないんですよ」

「では、あとから山梨先生に頼んで、往診して戴きましょう。私のお見舞代りに」

そう言われると、それでもいやだとは森男も言えなかった。その間、母は一度茶を淹れに行ったが、すぐ戻って来て病室から離れない。蒔子と森男を二人っきりにはしたくない素振りであった。変に、いつもより両肩を張っているように見える。いらざるところに、力こぶを入れるおかしなおふくろだと、森男は思った。

「一枝さんにも聞いて戴きましょう。熱のある病人の前でこんなことを言っちゃいけないのだけれど、病気は扁桃腺とわかっているから、楽に聞いて頂戴」

という前置き。何を言い出すのかと、森男は緊張した。

「康方の関係会社の社長が、民間放送の申請をしているんですよ。そこで社員を欲しいから適当の人材があったら推してくれないかって頼まれたんだそうです。森男さんにうってつけじゃないかって主人も言うのですけれど、どうでしょう」

「まア奥様、そんないいお話を持って来て下さるなんて、恐れ入りますわ。この子も学校は出たものの就職口がないので、肩身の狭い思いをさして居りました。どこかないかと思って、親類や知合いにたのんで廻ったんですけれど、これというところがなくって内心気を揉んで居りました。仰有る通り、民間放送なら文科の卒業生としてお誂え向きでございますわねえ」

「若し、よろしかったら、履歴書を書いて主人にお渡し下さい。杉原産業の秘書課よりは前途がありますものね」

「とんでもない。会社の秘書課にだって入れて戴ければ、肩の荷が下りますもの。と言って、私のほうからお願いするってわけにも参りませんから……どうしようと思っていたんでございますよ」

「一枝さんにそんなに喜んで戴ければ、申し分なしですわ」

「森男……早くお返事おし」

森男は沈黙している。涙が出て来た。それが目尻からこぼれて、耳のほうへ流れて行く。蒔子はそれを見てドキッとした。いやなのかも知れない。しかし、なぜいやなのだろう。一枝でさえこんなに喜んでいるのに。

「森男さん、泣いてるの」

そういうと一枝は驚いて、

「泣いてるんじゃございません。のどが腫れて居るもんですから、鼻や目にも異状がございますんでしょう。泣く筈がありませんから」

しかし、森男の沈黙が続いた。そして、流涕《りゅうてい》も続いた。蒔子はハンケチを出して、その流れる涙を拭いてやった。一枝がとめて、

「奥様、お手がよごれます」

そういうので、森男は母を、

「下へ行け」

と、怒鳴りたかった。蒔子は花模様のプリントのあるセパレーツを着ている。それを剝ぎとって、この間の油壺のように、ネックチェーンだけの裸にしてみたかった。九度位の熱があっても、彼は蒔子を征服するだけの体力を持っている。一体、何がこんなに自分を蒔子にひきつけるのか。彼女の価値は何なのか。いや、価値観なんてものじゃない。彼にとって蒔子は好きな女なのだ。それだけでこんなに……扁桃腺が痛いのに……そのさなかでも蒔子を貪り求めるのだ。あの康方を裏切っても……心の中で康方に謝り続けているが、それとは別に、自分は今お目付役のように坐っているお袋を蹴飛ばしてやりたい。お袋ほど邪魔な女はいない。

彼は言った。

「折角ですが、いやです」

殆んど同時に、一枝が、

「まア、森男」

と窘《たしな》めた。

「いやなものはいやです」

それだけ言うのに、鉤針で扁桃腺をひっかくような痛みを伴った。彼は、水、水と言い、一枝が吸口を取ろうとするので、すぐ、

「いらない」

と拒んだ。

「この子は奥様にのませて貰いたいんですよ」

そう言って、一枝は泣き出した。ハンケチで両眼を押さえる。激しい嗚咽を続けた。蒔子が吸口を取上げた。森男は二タ口ほど吸った。それがまた患部に滲みた。嚥下しかねて、金盥へ吐き捨てると、唾液も出た。それを好きな女にしてもらったのは、森男は嬉しかった。理屈ではなかった。母が泣きやんで、

「奥様、とり乱してごめんなさい。この子があんまり邪慳なものですから」

「お母さんも大へんね」

「主人が戦没しましてから、私一人の手でどうにかここまで育てましたのに。もっとも、お宅

様で大学の月謝を出して下さいましたから、卒業証書も戴けましたのですが」

——森男は無言のまま、余計な泣き言を言っているおふくろに愛想がつきた。女はなぜそんな下らないことばかり喋べっているのだろう。父の死後、母親の手一つで成人したことも、大学の学費を杉原家に仰いだことも、明々白々の事実であって、ここに繰返す必要は毫もない。だからと言って、民間放送への就職を承知するのも、拒むのも、自分の自由であって、一向差問えないではないか。

「奥様、森男はああ言って我儘を言って居りますが、今は病気の最中でございますから、よく考えてからご返事をいたします。どうぞそれまで保留にして下さいまし」

「よせ、お袋」

森男は、痛いのどを庇いながら言った。蒔子も少し気色ばんで、

「それじゃ、森男さんは将来何ンでやって行くつもりなの」

「何ンでやって行けるか、見当はつきませんが、自由のない生活はいやなんです。会議に押し殺されたり、上司に締め殺されたりする生活は」

「ほらね、奥様、熱のために囈言《うわごと》を言ってるんでございますよ、奥様」

森男がやけっぱちなことを言うので、蒔子まで泣きたくなった。彼をこんな風にしたのは、あの油壺の別荘の情事からにちがいない。とすると、蒔子に半分以上の責任がある。蒔子はもう二度とあのまちがいを繰返そうと思っていない。あれはあのときだけの魔として流したい。

彼女は康方を愛している。康方の妻である。また私物である。それなのに、その私物が人間を粧って、足が生えて、油壺まで出かけて行き、そこへ来た森男と姦淫を犯したのである。私物だけれど、足があるから、勝手な時に、勝手なほうへ歩いて行く。が、また康方の傍へ歩いて帰る。森男と密通したあとでも、彼女はまた康方の傍へ帰って行く。本当は足なんかないほうがいいのだ。彼女が不具で、一歩も歩けないとしたら、油壺で森男と姦淫するようなことは起らなかったのである。そうは思いながらも、森男に好きだと言われると、彼女には抵抗がなくなってしまう。男が自分を好いてくれる。女はそれが命なのだ。そして蒔子もそうだった。

「あんまり長くお話していると、また熱が上るといけないから、この位で失礼しましょうね」

と、蒔子は言った。一枝はやっと泣顔を直して、

「奥様、どうか旦那様によしなにおとりなしを……この子の言った通り仰有らないで下さいまし。旦那様のお気持を悪くしてしまっては、この子はとにかくとして、私はたまりません。身の皮を切られるような思いでございます」

「一枝さんの気持はよくわかっていますから……心配しないで頂戴」

女同士は労わるように言って、やがて蒔子が帰って行った。すると暫く母は上って来なかった。やっぱりそうだったのだ。蒔子がここにいる間は、心配で降りて行き得なかったのである。それも蒔子のためではない。一枝にとって、神に近い存在の康方のためである。

――その日の夕方、杉原家からの見舞として、山梨医師が診察に来た。そしてペニシリンを

うった。扁桃腺炎のあとは急性腎臓炎を起す心配があるから、急に立って歩いたり、気まぐれな運動をしたりすることはいけない、と注意した。翌日は熱が下った。のどの痛みもとれた。それでもせっせとうがいをしていると、夕方には食欲が出た。母は愁眉を開いた。しかし、もう一つの愁眉——民間放送の就職の件に就ては、森男と衝突するよりほかはなかった。

彼女とすれば、それが康方の世話であるところに強い重点が置かれる。これがほかからの就職口であったら、このように執着はしないだろう。何ンとしてでも、森男にウンと言わせたいのである。

「戦争のおかげで株がドンドン上っているのを、森男は知っているの」

と、母は言った。

「では、お母さんは大分儲かったね」

「杉原産業の証券課の丸沼さんがすすめてくれた株が、ここへ来て急に値上りしたんですよ。戦争というものが、こんなに株と関係があるとは知らなかった」

「お母さんの攘夷主義は、金儲けと密接な関係にあるんだな——もっとも、これは株をやる誰にだってある」

と、森男は怒りを押さえて言った。証券課の丸沼という男は、森男の父とも親しかったそうだが、およそインテリには縁の遠い存在のくせに、株価の上り下りには心憎いほどカンが働く。彼の言う通りに買って置けば、半年うちにごっそり儲かるのだった。しかも彼の話を聞いていると、いつでも戦争がその判断の基準である。世界中のどこかに戦争はないか。どこかに戦争の起る可能性はないか。たしかに彼の図式に従えば、戦争の惨禍、流血の度合、死傷者の算出、それ等によって株は上ったり下ったりするのである。丸沼はそれを得々として話す。些《いささ》かの羞恥もない。聞いているほうがハラハラする。

朝鮮戦争にしても、丸沼はある程度予見していた。行詰った日本の戦後の企業も、朝鮮か、中国か、どこかに戦端が開かれれば、息を吹き返す。それ以外には日本が再建される根拠はない。日本の資本家は労働攻勢と需要の激減で気息奄々《きそくえんえん》たるものがある。現在建ちかけている設備投資だけでも、戦争が起らない限りは建ち腐れる。しかし、こうなると世界には必ずどこかに戦争が起るものである。それによって世界経済がバランスをとるのだ。

丸沼はこれを臆面もなく言うのだった。母は傾聴し、ヘソクリから株を買っているのを、森男はひそかに睨んでいた。しかし、干渉するにも当らないと、目をつぶっていたのである。

果して戦争は始った。幸い日本人の海外派兵はなかったが、韓国へ送られて行くための軍隊の基地であり、傷ついた米兵が送り帰されてくるバックワードでもあった。むろん、この戦争による特需景気は、萎縮していた日本の資本家を突発的に潤おした。建ち腐れかけていた設備投資も、再び賑やかに建設工事が始った。灯の消えていたところに灯がともった。それに伴って、グングン株が上昇した。それは余暇《レジャー》にも波及して、杉原産業の株や、その他観光株、百貨店株、金融株まで活況を呈した。丸沼の得意は恐るべしであった。それによって一枚も一ト儲けしたにちがいない。康方の友達が民間放送を申請したのも、この特需景気の余勢を駆っての意気込みに拠るものだろう。

「僕は日本へ進駐して、集団暴行したり、大勢の日本の女を洋パンにしちゃったりしたアメちゃんが大きらいだけど、それでも朝鮮へ送られて行く彼等が、貨車の扉の間からぼんやり顔を出したり、列車の窓から憂鬱そうに口笛を吹いたりするのを聞いたりすると、彼等も決して幸福じゃない、かつて日本人が受けたようなひどい目にあっている。そして、戦場へ着くなり血を流さなければならない。ところが、株屋に言わせると、彼等が血を流している限りは株は上る。流血がなくなると、株は下ると言って心配する。株屋がいつも案じているのは、戦争はいつ終結するんだろうかという点だけです。お母さんはそれを知らずに売ったり買ったりしているの」

「そんなことといちいち考えていては、何ンにも出来ないじゃありませんか」

「僕はそうは思わない。株なんぞ売ったり買ったりしなくたって、生きて行けるじゃありませんか。丸沼さんの話を聞いていると僕は虫酸《むしず》が走るんです」

――それにしても、この母の思いつめた頑固さを解きほごすだけの説得力は、今の森男には皆無だった。

「お前、どうしても奥様のお指図のところへは就職しないつもりかい」

「お母さんは、僕がきっぱり断ったのを囈言だって言いましたね。あれはお母さん一流の詐術だ。あれは決して囈言ではありませんよ」

と言うと、母はやや感傷的に、

「森男は一体どうしてそんなことを言うようになってしまったんでしょうね。もう私の手には負えない」

そして、涙をいっぱいためた。

28

夏の終り。夜遅くなって、岡見が訪ねて来た。彼の手にはより子のマラカスがあった。

「あのとき棺に入れなかったのか」

「よっぽど入れてしまおうかと思ったんだが、こいつも買うとなると安くはないんで、よしたんだ」

「より子の形見ってわけだな」

「ところが、どうしても地下へ潜らなきゃならない必然に迫られたもんだから、今住んでいる下宿を畳んで、本箱から机まで金にしたんだ。このマラカスだけが手放しにくいんで、岩永に預かって貰おうと思って持ってきた」

「どの位潜るんだ」

「さあ、わからない。長ければ一年も二年も潜ることがある」

「よし、わかった。これは預かる」

森男はそう言って、マラカスを受取った。

台所の冷蔵庫からビールを二本持って来て、二人は飲みながら久しぶりに語り合った。二人の住む世界は、卒業後だんだんに遠距離になったが、しかし岡見の言う上からの指令をはねのけ、学生大衆の底辺から盛り上ってくる革命的な知性と情熱を、高く評価する方式には同感出来るのであった。彼が言うのを聞くと、もっともらしい口実による政治の優位には無性に腹が立つのだそうである。革命はあくまで叡知であり、最も下から揺り上げてくる無形式な創造である。ところが、日本共産党や社会党の革命図式は、既に形式的であって、独創も自然もない。もっとも、全学連は主流派、反主流派、反々主流派などに分派していて、日共の指令を仰せごもと仰いでいるのもあるから、前途は非常に困難だそうである。森男が心配するのは、そういう運動に参加していると、どうしても英雄的になりやすい。岡見自身には英雄主義はないにしても、仲間が彼を英雄化するばかりでなく、彼を逮捕することによって、警視庁の手柄にしようとする警察官僚までが岡見を英雄化しかねない。恐らく、警視庁のブラックリストには、岡見の名は全学連の中の大物として記載されているであろう。岡見がそれに酔って行けば、彼の唱える叡知と自然による革命的独創と、彼の行動とがだんだんに離反して行くのではないか。

その点を森男がなじると、彼は率直に肯定して、アナルコ・サンジカリズムの革命理論は、最も素直で謙遜な、そして自然発生的な知性の爆発によるものでなければならない、と答えた。

「地下へ潜っても、生活は出来るのか」

「何ンとか出来る、最低だがね」

「女性は」

「必要に応じる程度の女はいる」

「いつか本郷で逢った女か」

「あれはとっくに将校のオンリーになってしまった。今はほんの安い金で寝てくれる婆さんと言ってもいいほどの年上の女なんだ——そこへいくと岩永は艶福家だな」

「何を言ってるか」

「杉原蒔子とはどうなった」

「どうにもならないさ。艶福どころか、出口も入口もない迷路に飛び込んだだけだ。解決というものはまずあり得ない」

「ほんとに好きなのか」

「好きだな」

「どこがいいんだ」

「普通の価値観では量れない。つまり全然無価値かも知れない。いくら無価値でも好きな女というのはいるんじゃないのか」

「そう言えばそうかも知れないな。今言う婆さんのような年上の女も、価値はゼロだが、結構俺は惹きつけられるのだ。三日も寝ないと寝たくなる」

「一体それは何なんだ、それは」

「やはりそれは動物の執着じゃないのかな」

「本能ってやつはどうにもならないのかな」

「しかし、その女を好く情緒は本能だけでもないんだろう。本能を叩き起すものがある」

「それが好きという情感なのだ」

「革命は叡知だが、女は知性だけではどうにもならないな」

「綾部より子に対しては、岡見も属懇《ぞっこん》惚れていたな」

「しかし、より子と四つに組んでしまったら、俺は今の立場を抛棄しなければならない。そのことがあったんだ。それでより子とはダンス一つしなかった。今ときどき泊りに行く婆さんなら、僕の革命的理想と何等の牴触がないからね」

そんな話をしているところへ一枝が帰って来たので、岡見は帰ることになった。森男は彼を送って表通りの喫茶店まで行き、もう一本ビールをあけた。これで当分逢えなくなるかと思うと、やや感傷的にもなって、二人は名残りを惜しむ風であった。

森男が執筆したS・S社の『歴史大辞典』の原稿は、出版部長のお眼鏡にかなったらしく、一、藤原定家、二、本居宣長、三、『源氏物語評釈』、四、牡丹花肖柏、五、後陽成天皇、六、後水尾天皇、七、後光明天皇、八、『紫式部日記』、九、藤原道長、十、源親孝・光行の河内本などの追加注文があった。九月のうちに半分ばかり書き上げられたのは、長池志津子の催促がうまかったからだ。しかし、今度は四枚以内という限定がなく、『紫式部日記』だの藤原道長などという項目は、十枚以上の紙幅を与えられていたので、その総収入はバカにならなかった。むろん、長池に立替えて貰った三千円は、支払われた稿料から返済した。

その日も長池が来て、牡丹花肖柏の原稿を渡したあと、前回分の甘露寺親長のゲラの校正をしている最中、不意に蒔子が階段を上って来た。彼女がこうして森男の家へ足を運んだりすることは、かつてないことだったので、森男はびっくりさせられた。長池も驚いた風だったが、商売上、校正が終るまではテコでも動かない様子だった。蒔子は邪魔にならないように気をつかって、北側の窓に近い位置に坐り、座布団も敷かなかった。女同士はちょっと会釈しただけで、お互に無意識を装う風であった。森男はこの部屋に蒔子がいるというだけで、能力が停止した。

「また明日来て下さい。今日はだめだ、これで」

と、赤インキのペンを投げ出した。長池は牡丹花肖柏の原稿だけ貰って帰るよりほかはなかった。このところたびたび通って来ているので、長池もうすうすはその噂を聞いているらしく、惚れている女が傍へ来ただけで、すべての能力が停止してしまう森男の滑稽には、腹も立たない風であった。

長池が帰ってしまうと、蒔子はさっき長池がいた位置へ移った。

「今の人、あなたが好きなんじゃないの」

「とんでもない、単なるＢＧですよ。おかげさまで、やっと自分の文章が活字になり出しました」

森男はそう言って、赤インキだらけのゲラを見せた。

「甘露寺親長って、森男さんの論文の中にあったでしょう」

「ありました」

蒔子は無言で読み下したが、ふとゲラを置いて、

「今日来たのは、一言森ちゃんに打明けなければならないことがあるの」

「何ンですか」

「お母さんはお留守でしょうね」

「また会社の証券部へ行っているんですよ、さっき丸沼さんから電話がかかったもんだから」

「実は、私、子供が出来たらしいの。いいえ、らしいんじゃない、今朝、お医者様にそうハッキリ宣告されたの。けれど、それは康方の子なの、絶対にそうなの、森ちゃんとは関係ないの」

「つまり奥様は、油壺のひとときと奥様の妊娠とが無関係だという宣言をしにいらしったんでしょう」

「そうなの。それでいいと思うんですよ。お医者様は二タ月半だというから、数えてみると、油壺より十日ほど早いわけね、そうでしょう。だから森男さんが心配したり、クヨクヨしたりするには当らないと思って……わかるわね」

「康方さんにはお話しになったんですか」

「まだなの、今夜話そうと思うの、むろん康方は自分の子だと信じるわ」

しかし、それを聞く森男は、膚に粟粒を生ずる思いであった。蒔子はなぜそれを康方に言う前に、森男に打明けに来たのだろう。医者の二タ月半という数え方も、必ずしも信は置けない。蒔子はそれが康方の子だと断言はしているが、問わず語りに、内心で彼女がそれを否定している証明ではないか。若しそうだとしたら、母の本能というものである。母の第六感は、自分の胎に種子を植えつけた男を追求しずにはいられない。彼女は心で立証しながら、今それを否定しに来たのだ。若し森男の子ではないという証左をうち破ることが出来なかったら、彼女は何ンというだろう。恐らく康方には流産しはじめたと嘘をついて、掻爬の処置をとるだろう。蒔子が康方の子だと断言したことは、中絶法を捨てて、月が満ちたら身二つになるハラをきめたことである。

「森男さん、それでいいでしょうね」

「いいでしょうって仰有いますけれど、僕にはいいも悪いも何ンにも言うところはない筈でございましょう」

「でも、あなたがどうしても僕の子だって言い張るようなことがないとは言えませんものね」

「それでいらしったのですか」

「怒ったの」

「いいえ」

しかし、森男は怒っていた。このときほど蒔子が利己的に見えたことはない。恐らく蒔子は、その懐胎が油壺のひとときによるものであることを知っている。しかし、それでは困るので、康方の子だと決定した。それに異議はない筈と言いに来たのである。森男は思った。「紅葉の賀」の巻で、藤壺の生んだ子を、折から参内した光源氏に見せて、そなたによく似ている、まるで瓜二つだというところがある。そこでも一つの立証がなされたのである。それは戒律とか道徳とかいうものを越えている。もっと本能的なものだ。或は自然発生的なものだ。そのとき蒔子は罰則を受ける。心の萎えるような罰則を。

「怒ったんだわ……その顔、今までの森男さんに見たことがない顔だもの」

「怒ったってはじまらないですよ。たとえば僕の子だって主張したところで、どうなるものでもないでしょう」

「そんなことはないわ。あなたが主張すれば、私たちは離婚しなければならないし、生れた子はどうなるの。いっそ今のうちに堕ろしてしまわなければならないでしょう。そういう色んな問題を含んでるの」

「仰有るまでもありません。僕はあのときからそう思っていたんです。若しこのことで僕の子が奥様の身体へ入ったとしたら、そのときはむろん僕の子であることを実証する必要はない。どんなによく似ていたって、僕の子ではない。そう一人できめていたのです。そのときそれを申し上げていたら、今日奥様がそんなに深刻に問題化なさる必要もなかったんでしょう。今日それを仰有りにいらっしゃるまでに、ずいぶんお悩みになったでしょう。僕の言葉が足りなかったのです。どうか心配なさらないで下さい、奥様」

その言葉の途中から、蒔子は泣き出した。するといつの間にか森男の怒りは解消していた。これが好きな女でなかったら、森男は腹立ちまぎれに何をしたか知れない。その色白の頰桁を二つ三つひっぱたくことで、むらさき色の痣《あざ》が出来ていたかも知れない。或は狂暴に、もう一度そこで蒔子を犯すこともやりかねない。利己的な女を憎み、それを許すわけにはいかなかったろう。しかし、また彼女が全く率直に、森男の子だからどうかしてくれと言いに来たとしたら、森男の心はそれを受け入れるだけの充分な用意があったとは思われない。彼は周章狼狽しながら康方の子ではないかと疑い、それなのに、自分の子だと押しつける蒔子の一人合点を攻撃するだろう。そして、完全に利己的な自分自身を証明してしまっただろう。

人のことは言えないと、森男は思った。

「よくわかっていますよ、奥様。泣かないで下さい。若し目を泣き腫らしていたりなさると、康方さんが心配して、病気が悪くならないとも限りません。僕は奥様方が幸福でさえあれば、どうでもいいんです。桑名の晩にそう思いました。自分を無にしようって、それが愛のすべてだと思ったんです」

「でも、私を軽蔑したでしょう」

「どうしてですか。それはたしかに今日は奥様としては珍しく利己的な言い方をなさいましたけれど、いくらそうでも、僕は奥様が好きなんだから仕方がない。これはどうにもならないことなんです。だからちっとも心配なさることじゃないんです」

蒔子はやっと顔を上げ、涙でくずれたアイ・シャドウをさし直したが、さし直しながらもまた涙にくずれて行くのであった。

――森男は泣いている女の横顔に生ぬるい好色を感じないこともなかったが、一方でそろそろ帰って来る一枝のことが気になっていた。

29

森男は『歴史大辞典』の仕事に自分を回避するしかないことを知り、原稿紙と参考資料を持って、信越国境の高原の温泉場に出かけた。そこは海抜千六百メートルの高さだったが、山麓からはバスで一時間そこそこである。

朝夕は気温も下るので、首まである白いジャケットを着た森男は、仕事の合間にスキー用のリフトを利用したりして、山々をめぐり歩いた。見晴台に立つと、北アルプスの連峰には美しい降雪が望まれた。長池から、信濃尻にいる主任教授の原稿を取りに行くついでに、そちらへ伺ってもいいかという電話があったが、森男は今朝バスの車掌にたのんで、駅止めバッグ便で送ってしまったからと嘘をついて、それを拒絶した。

温泉は透明でなく、白濁した湯の中に、湯の花が淀んでいたりする。それでも湯量が豊富で、二六時中湧き出しているから、他人と混浴する不潔感はなかった。地下へ潜った岡見は今頃どうしているかと思い、彼とその婆さんのような年上の女との、ごくアトランダムな情事を想像した。そんな婆さんでなくとも、いくらでも若い女がいるだろうに、大学時代のクラスメートで、岡見の様子に岡惚れし、デートしたがっていた女子学生を森男は知っていた。しかし、警視庁の追及を逃れて、行方も知れず逃げ廻っている彼にとっては、そういう婆さんが最も適役なのかも知れない。と同時に、とみ子のことも思い出し、例の洗濯屋気付で絵葉書を書いて出したりした。長池の来訪は拒んだが、とみ子が来てくれれば歓迎しないものでもない。

平凡なあけくれが続き、十枚、二十枚と原稿紙が積み上げられて行った。森男は突然一通の電報を受取った。

ケサ一ジ ハン」ヤスカタサマオナクナリニナリマシタ」一サクジ ツヨリタビ タビノシンゾ ウホッサデ タイヘンオクルシミニナリマシタ」スグ カエッテオイデ ナサイ」一エ

帳場でそれを受取った森男は、一瞬立ちくらみのような気分で、しゃがんでしまった。二階座敷へ戻ってからも、暫く虚脱状態であった。さぞ蒔子が悲しんでいるであろう。いや、一枝のほうがもっと深い悲しみにうたれているのではないか。蒔子にとっては愛する人を失った悲しみであり、母にとっては神を奪われたような痛恨であるだろう。

森男は帰り支度を調え、昼近く発車する汽車に間に合うために、タクシーを奮発した。私鉄の終着駅になっているY駅に着くと、登山バスを待っている行列の中から、

「岩永さん」

という声がした。と同時に列を離れて、森男の傍に近づいたのはとみ子だった。

「来たのか」

「岩永さんは、どこへ行くの」

「東京へ帰るんだ」

「あらいやだ。危くスレちがいじゃないの」

「でも、見つかってよかった」

「あなたの絵葉書を貰ったんで、矢も楯もたまらなくなって飛んで来たの」

「弱ったな。いつか話したろう、親父の代から世話になっている杉原産業の社長が急に亡くなったんだ。それで今帰るところだ」

「じゃ、あたしも帰る」

「折角来たのに」

「お弔いがすむまでは、またこっちへは来られないんでしょう」

「手伝わなければならない」

「やっぱり帰るわ。一人で幾日も待っているわけにはいかないし」

あてもなしに、商売を捨てて一人で待っているわけにもいかないと、とみ子は思うのだった。

やがて二人は、私鉄の車輛におさまった。しかし、旅の疲れもあるのか、とみ子はいつもよりずっと老けて見えた。これでは岡見の言う婆さんのような年上の女と、ドッコイドッコイではないかしらん。

電車が動き出してから、

「絵葉書は出したけれど、まさか来るとは思わなかった」

「そうでしょう。きっとそう思ってると思ってた。はじめっから、私を本当には信用してくれないんだもの」

「そんなこともないが、いつか蘆屋へ行って断られ、紅葉へ行って断られたからな」

「あのときはね、死んだ主人の三回忌だったんですよ。だからどうしても本宅へ行かなければならなかったの」

――本宅というのは、死んだ夫の生家で、今は弟夫婦が跡を取り、とみ子には居にくいものになっているので、大井町と大森の間のアパートに一人住いしているのだという。

「そんならそうと、あのときちょっとでも匂わしてくれたら、僕も諒解出来たのに、何ンにも言わずに断れば、どうしたって悪いほうにカングるじゃないか。僕は二度ともう逢いに来るもんかと思って帰ったんだ」

「わかっていたわ。あなたのことだから、さぞ腹を立てて帰っていらしっただろうと……あくる日だったら、あたし一日中でもあなたの傍にいられたわ」

「今頃そんなこと言ったって、あとの祭りだ」

「でも、絵葉書を戴いたときは本当に嬉しかった。思わず飛び上っちゃった」

しかし、彼はそういうことで女にモテているとは思わないことにきめた。たとえ彼を好きだという女であっても、利己的でない瞬間などはあり得ないのだ。彼はそれを痛いほど知っているから、とみ子にそう言われても、特別に嬉しいとは思わない。鼻の下を長くして、ヤニ下るわけにはいかない。ただ彼は漠然と、或は慢然と、温泉の絵葉書を出したのだ。戦後、薄汚れた絵葉書ばかりだったのに、はじめてカラーの美しい絵葉書を手に入れたので、とみ子宛に書いて送ったに過ぎない。

「いいわ、何ンとでも仰有い。あとねだりしちゃいけないって、あなたが仰有ったのに、こうして信州まで追駈けてくるんですものね」

とみ子は、涙ぐむ風であった。しかし、森男はどこまでも突放さなければならなかった。私鉄と国鉄を乗換える駅前から少し入り組んだところに、手軽な旅館がいくつもあり、一時間そこそこの時間を盗めば、久しぶりにとみ子との情事を楽しむことも出来るのだが、正直なところ、森男には金がなかった。女は汽車賃を使って来たのだから、安くするにしても、資《もと》の切れない程度には代償の金は欲しいのであろう。今までの経験でも、それはわかっている。となると、森男はうっかりそんなことは言い出せなかった。

出札口へ行き、上野までの乗車券を二枚買った。そして一枚をとみ子に渡した。とみ子は、

「すみません」

と言うだけで、勝手に自分で来たのだから、汽車賃は自分が出しますとは言わなかった。男

に買って貰うのが当然な風であった。

歩廊《プラットホーム》にいる間も、森男は折角来てくれたとみ子に対して、食事一つしないでまた帰京させるのが、いかにも気の毒でたまらないと繰返した。しかし、とみ子は並んで汽車に乗るだけでも嬉しいと言い、森男の心を柔らげるすべを知っている。間もなく、上野行の列車が入って来た。しかし、それは急行だったので、乗車してから暫く行き、犀川と別れて千曲川のほとりを浅間のほうへ登り出すとき、専務車掌の検札で、森男は急行券二枚を追加させられた。

残月の床のある奥の客間に、康方の遺体が安置されていた。白い布が面上を覆い、死後硬直を起した二本の足が、白足袋のまま布団の端からはみ出していた。北枕のすぐ傍に、喪服を着た蒔子が坐っていたが、森男と顔を見合せると、夫の遺骸に倒れかかって、激しい嗚咽とともに慟哭した。しかし森男は、蒔子に同調して泣く気にならなかった。彼は冷静に白い布を取った康方の死相と、声をあげて泣いている蒔子のとり乱した様子を、凝っと観察しないわけにはいかなかった。

康方の面上には、ありありと苦悶の色が残っている。安らかな死ではなかったにちがいない。蒔子を残して死ぬことが、どんなに辛かったかが想われる。それに、普通の死顔とちがっていることは、カッと眼を見開いていることであった。遺体の処理に当って、恐らく瞑目させたにちがいないのに、またしても瞼と瞼が開いてしまったのである。森男は蒔子の泣声を聞きながら、康方の眼に手をあてて、瞼を閉じるように何回となく繰返し撫で下ろした。が、バネの壊れたシャッターのように、下ろしても下ろしても、跳ね上るようにしてあいてしまう。

「奥様、もうお泣きにならないで……瞼を閉じてあげて下さい」

すると彼女は、泣き腫らした顔を上げて、さっきから何遍やってもすぐ開いてしまうのだと言った。それで少し心の鎮まったらしい彼女は、

「あと五分ばかりで納棺するところだったんですよ。森ちゃん、間にあってよかった」

「遅くなって申訳けございません」

森男は同じ所作をまた繰返した。どうやら目を閉じたと思うと、また開いてしまった。首のほうには紫色の斑点が出ている。そこへ葬儀屋が寝棺を運んできた。そのうしろに照方が蹤いてきた。

「さア、どいてくれ給え、これから納棺だから」

と言って、森男と蒔子の間へ突立った。

やがて納棺がすみ、主として黄菊と白菊が棺のへりすれすれにまで、いっぱい詰め込まれた。顔と胸の一部を除いて、花々に埋めつくされたのである。そのとき、照方が言った。

「この仏は、死んでも目を見張っている。おかしなことがあればあるものだ。娑婆に思いが残っているな」

「そんなことはありませんよ」

と言って、蒔子がまた瞼を下ろしたが、やはり徒労だった。

「そうれ見ろ、康さんはまだ生きていたかったんだ。成仏したくないのだ。自分が死んだあとで、どんなことが起るかと、それを見ていたいのだ、ハハハ」

と、高笑いした。森男は抗議したい感情で胸が一杯になったが、辛うじて自己を抑制している。

「それにしても、康さんは短いながら仕合せな一生を送ったものだ。この通り、死んでも鼻の下が長いじゃないか、相変らず女に甘い顔をしている」

と言ったとき、森男は辛抱出来なかった。

「亡くなった人に対して、何ンということを言うんです。慎みが足りないじゃありませんか」

と叫んだ。照方はもう一度爆笑して、

「君は誰だね、あんまり見かけない人だな、親類なら名乗り給え」

「親類じゃありません」

「親類でない者は出てくれ給え。納棺の際、最後の別れをするのは親類だけということになっている」

「あなたは誰です」

「わしか、わしは康方の従兄の照方だよ」

「いくら親類でも、死者に対してそういう言い方が許されるのですか」

「許されるも許されないもない。彼を成仏させるためには、君のような男がこの場にいてはダメなんだ。康方を裏切った奴がいてはダメなんだ」

もはや抗弁の余地がなかった。来るべき時が来たと、森男は思った。

「出て行きます」

いつの間にか、親類の男女が次の部屋まで居流れて、いっぱいに詰っていた。その間を通るのに、骨が折れるほどであった。足もとがよろめきかけた。森男は辛うじてあいている畳の上を拾って歩いた。それでも、人の膝につまずいて、謝らなければならなかった。台所まで行った。流しの上の蛇口をひねって、グラスに一杯水を飲んだ。配膳室との境の杉戸がぶっこぬかれて、母が茶巾寿司を大皿に盛っていた。母は昔からあのようにして、杉原家のために忠勤を励んでいる。入って来た息子の姿が目に入らないほどである。

「お母さん、電報を見て飛んで帰って来たんだけれど、照方さんにかっぱじかれてしまった。僕はもう二度とこの家へは来ません。今日限りおさらばです」

「何を言ってるのよ、森ちゃん。こういうお取込みの最中に、そんなことを言っちゃいけない。皆さんが亢奮していらっしゃるんだから、時が経てばまた元のようにおなりになるんだよ」

「いやはや呆れたもんだ、照方という人は……およそ非常識だ」

「森男、ちょっとおいで」

母はそう言ったが、森男が傍へ来ないので、彼女のほうから近づいて、彼の耳に囁いた。

「奥様はおめでたなんだよ。それなのに旦那様がお亡くなりになってしまって、どうなさるおつもりだろうね。来年の初夏には、身二つにおなりになる予定なんだってさ」

「そんなこと僕には関係ありません」

「そりゃアそうだろうけど……お前、本当に行ってしまうの。お手伝いもしないで」

「手伝っちゃいけないって言われたんです。納棺は親類だけでやるんだって」

「大奥様にもお悔みを申し上げたかい」

「いいえ」

「この齢になって、さかさまを見たって、大へんなお嘆きで、今日も臥っていらっしゃるんですよ」

しかし森男はそれには答えず、母の手を振り払うようにして、配膳室を出ると、勝手口から外へ出た。自分の家まで行く間にも、森男は何人かの弔問客とすれちがい、中には丁寧に頭を下げる人もあるので、礼を返さなければならなかった。彼はその途中から木戸を抜けて、康方とキャッチボールをした旧テニスコート跡へ出てみた。白いネット・ポールの傍まで行くと、突然森男にも悲しみがこみあげて来て、そのポールに摑まったまま暫く落涙した。涼廊の窓には、黒白の幕がかかって居り、いつもそこから康方が降りてくるタッパの高い硝子の開き戸には鍵が下りているようであった。

30

三七日の晩、蒔子は悪阻に苦しんだ。で、客の帰るのを待って、早目に寝室へ引きとったが、康方のベッドが、まだその儘になっていた。もっとも、敷布団も毛布も取除かれて、スプリングの布団がムキ出しになっている。早く片附けて貰おうと思いながら、何ンとなく躊躇されているのだった。一枝がレモンの水を運んで来た。

「森ちゃんあれっきりなんですか」

「はい、面目なくって、穴があったら入りたいくらいでございます」

「森ちゃんが怒るのは当然よ。照方さんがあんまりなことを仰有るんだもの」

「でも照方さんはご親類総代だし、その方に叱られたからって、怒ったりするのは生意気でございますよ」

「一枝さん。あなたにこんなに親切にして戴いて、私、助かるわ。康方が死ぬ前でしたけれど、やっぱり悪阻がひどいもんだから、いっそひと思いに中絶しちゃおうかしらって、相談したことがあったの」

「社長様は何ンて仰有いました」

「母体がもたないようなら、堕ろしてしまってもいいって、そんなお話をしたあとで心臓の発作でしょう。私、とても気になってしまうんだけど」

蒔子は涙ぐんで言った。

――その時、康方が妊娠中絶の手術に、森ちゃんに立合って貰ってはどうかという提案をしたのを、蒔子は忘れられない。康方はどうしてそんなことを言ったのだろう。妊娠した胎児が自分の種でなく、森男の子であることをほのめかしたのではなかったか。その胎児を中絶するのに、父親である森男に立合わせるべきだと、康方は暗黙のうちにそれとわかる発言をしたのではないか。

室内は暗かった。それで、蒔子の顔が一瞬土気色になるのが、康方には見えなかったのかも知れない。

「いやですよ、森ちゃんなんかに」

と、その時、蒔子は拒絶した。

恐らく手術台に寝かされた蒔子は、ネックチェーン一つの完全な裸身であり、しかも真白な両腿を革のバンドで縛られた惨めな肢体が猛烈に明るい手術燈の下に照し出され、最後に頸管の中へ加えられる金属の攻撃の刹那を、森男の眼底に灼きつけるということは、康方の企んだ二人への私刑《リンチ》でなくて何であろう。

今となっては、「死人に口なし」だからその真相はわからない。

「悪阻と申しましても、ある時間さえ経ってしまえば、ケロリとなりますから、我慢してお産をなすったほうが宜敷うございましょう。社長様の本当のお形見でございますもの」

と、一枝は言った。それから森男を生むときのひどい悪阻の模様を物語った。

「あらそう、森ちゃんを生むために、一枝さんはそんな苦労をなすったの……森ちゃんは一人で生れてきたように思っているけれど」

――今、蒔子を苦しめている胎児が、康方の子であるか、森男の子であるか、お産をしてみなければわからないのだと思うと、蒔子はやはり消え入りたいような気がするのだった。これが自分の受けている妻の罰則だと知りながらも、背筋を絶望感が走るようであった。悪阻を口実に、思いきって堕ろしてしまおうかという意識は、一日のうちに三度も四度も蒔子を捉える。しかし、大勢は生むことに順応して行きそうであった。

「今夜にも森ちゃんが帰って来たら、一枝さん、ここへ連れて来て頂戴ね」

「はい、必ず連れて参って、奥様にお詫びを致させます」

「いいえ、お詫びなんて言うんじゃないの。康方が、遺言ともつかず、色んなことを言っていたのを、森ちゃんにも聞かせたいんですよ」

「社長様は、どんなことを言ってらしたんでございますか」

「これからのことは照方なんかに相談しないで、森ちゃんに相談するようにって……これは繰返して言ってました」

「まア、そんなに思っていて戴けたんでしょうか。嘘のような気が致しますわ」

一枝は、感動を御し難いように手放しで涙を流した。が、それにしても、掻爬の場合、森男に立合えと言った康方との秘密は、一枝に言うわけにはいかなかった。恐らく蒔子が墓場まで持って行かねばならない秘密になってしまったのであろう。

その話をしてから、一時間ほど経った頃、夫の異様な叫びに、蒔子は目を醒したのである。

蒔子は携帯用酸素吸入の栓をあけ、あらかじめ常備していた血管拡張剤をやや多量に嚥ませた。

それで、明け方までに発作はややおさまったのであるが……。

「一枝さん、明日こそこのベッドを片附けて頂戴ね、村越にたのんで……」

「かしこまりました」

「夜中にドアがあいて、あの人がベッドに入る夢を、ひと晩に二度も三度も見るの。そのたびに、つめたい水を浴びたような気がするんだけど……あの人がいつも寝るときに、ドシンとスプリングの音をたてたの。それまで聞えるような気がするの」

「あんまり気になさらないほうが宜敷うございますわ」

「ベッドを片附けたら、そんな夢を見ることもないと思うの」

「本当に社長様は奥様を愛していらっしゃいましたものね」

——ベッドが片附いたら、夜中にドアをあけて入ってくる康方が、今度は蒔子のベッドへ入って、彼女の五体の上につめたい骸を重ねようとするかも知れない。が、そんなことを考えるのも、納棺のとき、何度瞼を閉そうとしても閉じなかったのを、照方が変な意味にとり、成仏出来ないのだと言った言葉にひっかかっているのであった。正直、康方を恋しいと思うよりも、恐ろしかった。たとえ夢にしろ、毎夜毎夜康方が寝室へ入って来るとしたら、蒔子はどこよりも森男の家へ逃げて行きたかった。そして、森男に固く抱いて貰わないことには、身体の慄えが止りそうにもないのである。しかし、納棺の日以来、森男はその家にいないのだから、蒔子はどこにも逃げて行くところがなかった。そういう一枝も、森男のいない自分の家へ帰って行く気がしなかった。彼女は居眠りをしながらも、今夜も蒔子の看病のために、この寝室から出て行こうとは思わなかった。

31

花崗石の石畳の上を、落葉が鳴って、低い方へ吹き寄せられて行った。何日ぶりかで、森男が帰ってきた。一枝は杉原家へ行って、留守だった。二階へ上った森男は、暫く机のそばに横になって、窓から見える杉原家の灰色の甍《いらか》を眺めた。この家へ帰っては来たが、蒔子に逢う気はなかった。あんなに好きだった蒔子が、まるで瘧《おこり》が落ちたように、ふっつり森男の心から去っている。何故だろうと考えると、答案はいくつにも分れて出た。そのどれが真実の解答か、森男には解らない。

康方がこんなに早く死ぬとは、森男には予期しないことであった。油壺で蒔子と罪を犯した時、一切を康方に告白しなければならないと思い、その時期に就て、考えあぐねていた。しかし少くとも、生れた子供が森男に似ているかどうかが、はっきりする以前のことでなければならない。その康方が死んでしまった以上、告白の時期は永久に失われたのである。康方の死後の蒔子に、森男の興味の索漠として失われたことは、やはり康方あっての蒔子だったのか。康方の遺体にしがみついて泣いた蒔子の取り乱し方は、森男にとって、興醒め以外の何物でもなかったのか。

森男は、一種の空洞に落ち込んだ思いで、金のある限り、ここ二十日ほど淫らな街から街へと、泊り歩いた。価値のない女と、戯れることが、今の森男のせめての救済であった。怯懦な彼は、そういう街の女が一番適しているのではないかと思った。彼は、とみ子にさえ逢うのが恐ろしい。信州の温泉から帰ると、上野の駅で別れる時、とみ子は康方の葬儀の済み次第、紅葉で逢いたいと、幾度となくせがんだ。森男は、「うん、うん」と、気のない返事をしたが、逢いに行く気はなかった。

——杉原家から、一枝が帰ってきた。玄関に森男の靴を見出した時、彼女は、歓喜の声を上げて、二階へ駈け上ってきた。

「一体どうしたんだよ、お前は」

「お母さん、大分痩せたね」

「そりゃそうだよ。このところ、毎晩寝ずの看病だもの」

「誰の？」

「誰のってきまっているじゃないか。奥様が悪阻でお苦しみなのだよ」

悪阻と聞いて森男は、因果物語を感じた。母親が、息子の種を宿した未亡人を看病するために、頬がこけ、目方が減ってしまった。そのせいか、すっかり、婆さん婆さんして見える。

「それで社長様はお亡くなりになる前に、もし五体が持たなかったら、掻爬した方がよいと仰有っていらしたそうなんだけれど……私は、何とか辛抱して、社長様の忘れ形見をお生み遊ばすように、神様にお祈りしているの……でも、本当に五体が持たなかったら、やっぱり堕ろすしかないんでしょうね」

「ずっと寝ていらっしゃるんですか」

「起きていらっしゃるのは、ほんの朝のうちだけ、午下がりには、微熱がお出になるんだよ。そして吐気が……森男、これからお見舞いにいらっしゃい」

「いやだよ」

「何がいやなの。奥様は、森男が帰り次第、奥様のところへ連れてくるようにって、何度も仰有っているんですよ」

「とんでもない。僕は、本を取りに帰って来たんだ。本郷のほうに下宿を一間借りたから、そこへ本を運ぶように、小型トラック一台頼んで来たんだぜ」

「まあそんなところへ、私まで捨てて行くのかい」

「お母さんとは一緒に住めるけれど、お母さんの思想とは同居しにくいことがわかったんだ。それで別居しようと思う」

「まあ、この子ったら……」

と、母はそう言ったが、かねて、ある程度の覚悟は出来ていたので、森男の宣言に対しては、いつもの母のように、物狂わしく、取り乱すことはなかった。案外落ちついていた。

「一緒に住む女の人が出来たのかい」

「本当に結婚する相手が出来たら、母一人、子一人なんだから、そりゃアお母さんにも相談するけれど、そこまでの関係じゃないんです。岡見は、婆さんのような年上の女を、性的処理の相手にしているんだが、僕の相手は、それほど婆さんでもありませんよ。僕より一つ二つ下でしょう。僕にとって、好きな女ではないが、きらいな女でもないというところです」

「まあ、誰なの？」

「お母さんの知っている女ですよ」

「さあ、わからない……まさか、バナナ売りの女じゃないでしょうね。そう言えば、二三日前にも、洗濯屋から電話があったよ」

そう言っておぼめかすのは、母の本能としての、やはり怯懦の一種だと思った。その名前がわかっているくせに、彼女は、それを確認することが恐ろしいのだろう。

「森男、どうして、奥様に逢ってあげないの」

「その必要がないからだ」

「あんなに好きだったのに……京都へ行ったり、桑名にも行ったりしたんじゃないですか。社長様の御遺言は、御自分の死後、照方さんなんかに相談しないで、森男に訊くようにって、仰有ったんだそうだよ。こんな有難い思召しが、またとあるでしょうか。それを伺ったとき、私は泣いてしまった」

「お母さんは泣虫だから泣くんだ。本当に康方さんがそんなことを言ったかどうか、誰が実証出来るんだ。それより親戚総代が物を言う。僕はもう奥様のそんなおだてには乗らないよ」

「まあ、生意気な」

と、母は、いまいましそうに言うが、森男はテコでも動かなかった。

「それに奥様は、社長様の夢を毎晩御覧になるので、そのために、神経過敏になっていらっしゃるんだよ」

母は、蒔子から聞いた夢の話を、森男にも語って聞かせた。

「死んだ人のベッドは片附けたの？」

「三七日の次の日、村越さんに片附けてもらったんだけれど、床に釘付けになっていて、漸くそれを剝がし取ると、その下の縁甲が腐っていて、穴があいてしまったそうだよ。どうしても二三枚は、新規の縁甲に取替えなきゃならないんだけれど、とりあえず、穴の上に植木鉢を置いて胡魔化してあるの。そうしたら昨夜は、やっぱり夜中に社長様が入っていらして、その植木鉢の廻りに、しゃがんでいらっしゃるんですって。どうして、そんなに変な夢を御覧になるんだろうね」

森男はそれを聞いて、蒔子が感じたと同じに、頭から冷たい水を浴びせられるような気がした。夫の死後、妻がそんな夢を見るのは、たとえ一度でも、夫を裏切っているからに外ならない。夫を裏切らない妻は、夫の死後、楽しい同衾の夢をむさぼることはあっても、それが可怕い夢にはならないのである。

しかし森男は、ついぞ康方の夢を見たことはない。一度ぐらいは見たいものだと思っている。死に目に逢えなかったのだから、せめて、夢にでも逢いたかった。

やがて一枝は蒔子の代りに香奠《こうでん》返しを持って二三軒まわるために出かけて行った。

そのあとへ小型トラックが来たので、森男は、例の『実隆公記』や『野史』をはじめ、なけなしの財布をはたいて買った古本を、ジュラルミンの鞄に入れてはトラックに運び、其処でジュラルミンから出して、片っぱし積み上げていった。そして、その最後に、より子のマラカスを載せることを忘れなかった。

積荷が終り、その上へ防水のカヴァーをかけているところへ、はじめて蒔子と逢ったときと同じに、彼女は樹々の葉越しから浮き出して来るように、ゆっくりゆっくり歩いて来た。しかし、今日は喪服のような黒のスーツが、またよく似合った。

「森ちゃん、どうしたの」

と言われては、それでも知らん顔をしているわけにはいかなかった。自分も一緒に乗って行くつもりであった小型トラックを先へやるほかはないと思い、簡単な地図を書いて運転手に渡した。

「一枝さんは？」

森男は首を横に振った。すると蒔子は、先に立って二階へ上って行った。小型トラックで積み出したので、二階の森男の部屋はガランとしていた。

「僕は下宿へ移ることにしたんです」

「どうしてそんなことするの」

「奥様の前から姿を消したいんです」

「だってそれじゃ一枝さんが可哀想だし、私だって寂しくてたまらない。今更森ちゃんに出て行かれたら」

「僕はもう前に出たんです。あの納棺のときを最後に……そして今、本を取りに来たんです」

「あのときは本当にご免なさいね。照方さんが亢奮して、わけのわからないことを言うんだもの」

「しかし、筋は通っていますよ。あの場合、僕は去るしかなかったんです。恐らく僕が、康方さんを裏切ったのは、あの瞬間だったんじゃないでしょうか。そして康方さんを裏切った時、僕は奥さんの傍から去るべきだと信じたのです」

「では森男さん、最後のアドバイスをきかせて頂戴。おなかの子は、生んだほうがいいの？」

「何を仰有るんです。その赤ちゃんは、康方さんの子なんでしょう。奥様は、そう仰有ったじゃありませんか。康方さんがお亡くなりになる前に……」

「…………」

「僕には権限がありませんよ」

「ところが康方は死ぬ前に、もし掻爬する時は、森ちゃんに立合って貰えって、遺言したのよ」

「今更、そんなこと僕に仰有ったって、僕にはショックでも何でもない。第一、僕はむろんお断りしますよ。康方さんが生きていて、それで僕に、ああしろ、こうしろと仰有るなら別のこと……」

「どうして森ちゃんは、急に私に冷たくなっちゃったの？」

「康方さんの奥様であったあなたと、今のあなたと、僕には同じ方とは思えなくなったんです。これは詐術でも欺瞞でもない。実感だから仕方がない」

「きらいになったのね」

「そうじゃありません。やっぱりあなたは好きな女なんです。ますます好きになったかも知れません。しかし、康方さんのいないあなたの傍には居たくない」

「森ちゃんは、誰か私よりもっと好きな人が出来たのね」

「そんなことはありません。しかし、同棲する約束の女は出来ました。そいつは好きでもきらいでもありません」

「長池さんでしょう」

図星を指されて、森男は彼女の読みの早さに舌を巻く思いだった。蒔子は、森男が肯定もしないが、否定もしないので、これからの同棲者が長池志津子であることを確認した。

「つまり、森ちゃんは私を康方あっての女だと思っているんでしょう」

「それともちがうんですが……康方さんのいない奥様ってものは、僕には荷が重いんです」

「そんな……森ちゃんが重いと思うような女じゃありませんよ。私、自分がどれだけの価値のある女かわからなくなっちゃったの」

「しかし、少くとも康方さんには無上の価値があったにちがいない。それだけの価値を、僕が本当に鑑定出来るかどうか、あぶないものです。そう思うと、僕はやっぱり去るべきだと思ったんです」

「康方が私に対して認めた位のものは、森ちゃんだってわかってくれると信じていましたよ。どうして私を捨てて行くの。未練も何ンにもないの」

「…………」

「こうして、二人っきりでしょ、今……それなのに、森ちゃんはやっぱり私を無価値だって言うの」

「僕が長池と同棲することは、もう既定の事実なんですよ。それでもいいんですか、今なら」

「いいわよ……康方は死ぬまで毎晩私を必要としたのよ。あの人は大人で、森ちゃんはまだ若いけれど、あなたは本当に私ってものがわかっていないのね。そうでしょう」

「いや、わかっていますよ。わかりすぎるくらいわかっていますよ。奥様がいいって言うなら、僕はもう我慢が出来ない。僕は怯懦だけなんです。怯懦の奴が忍耐しているだけなんです」

「やっぱり私はよくない女ね」

と言ったかと思うと、蒔子は襖のほうへ微かに右肩を傾け、目を閉じて、軽い貧血による眩暈に耐えるようであった。森男が抱きかかえ、もとの位置に戻してやると、目を開いた彼女は、

「康方が私を欲しがったように、本当は森ちゃんも私が欲しいんじゃないの」

「欲しい」

「では、康方のしたようにして頂戴」

「わからない。教えて下さい」

「本当に私のして欲しいようにしてくれるの」

「はい」

「では、教えてあげるわ」

そう言って、蒔子は喪服のような黒いスーツの胸の釦をゆっくりゆっくりはずし出した。真っ白な胸に、今日もまた、かそけき胸飾りの揺れるのを見た。

二階に蒔子を置いて階段を降り、玄関から出て行こうとすると、雨が降っていた。森男は蝙蝠傘を取ろうとすると、いつもある傘立に傘がなかった。一枝が無断で森男の傘をさして行ったのであった。普段は几帳面な母にもそういう横着なところがある。森男は北側の物置まで行って、古傘はないかと捜したが、骨の折れた例の傘が捨ててあるきりだった、それはもう役に

立たない。で、台所から茶の間へ上って、レインコートをひったくると、袖を通し通し、雨の中へ出て行った。

本郷の下宿へ着くと、森男は押入れの中へ書籍を積んで行った。何遍も入れかえたり、差しかえたりした。自分で、心ゆくばかりにしなければ、承知出来なかった。そのために一時間以上もかかってしまった。さんざん読み古した本も入っているが、どうせ置いて来ても役に立ちっこないのだから、洗い浚い運んで来たのである。高校時代に読んだ甘い小説や恋愛論のようなものも混っていた。

彼は汚れた手を、部屋のすみの洗面台で洗いながら、そういう恋愛論の影響で、一生を棒に振る男や女がどのくらい居るだろうか。いや、森男だって危くそうなるところであったと思ったりした。蒔子のお供で桑名へ行き、海上七里の渡しを見に行ったときは、まるで自分が年老いた下僕のように見えた。真夜中には、揖斐川と長良川と木曾川の交錯する河口に、銀色に光る能衣裳のような月光に酔いながら、幾度となく自瀆を繰返した。あのときの気持は、美しい蒔子のために、ここで滅亡しても悔いないほどの情熱に駆り立てられたものだ。たしかにそれはロマネスクであった。しかし、小説を地で行ったからと言って、ロマネスクだという逆説は成立たない。どういう世界の女であれ、女は小説的であると同時に常に、利己的であり、現実的であり、そのストーリーの土壇場では、いつでも非ロマネスクとなるものである。そのことが、森男にはわかったのであった。

——下宿の部屋の窓の外は、さっきより大粒になった秋雨が、樋を鳴らして降りしきっている。

長池が入って来た。

「とうとうおやりになったのね。口だけだと思っていたのに」

「口ばかりとはひどいことを言うね」

「だって、あの奥様が好きなんでしょう。好きな人を置いて、よくこんなところへ来られたわね」

「道は二つだったんだ。僕自身の人生と、それから彼女の老僕。僕は前者を取った。それだけだ。女はみんな男が老僕になるまで独占したいんだ。それが女の夢なんだ。君だってそうだろう」

「あらひどい。私こそあなたの奴婢《ぬひ》じゃありませんか。書いた原稿を持って行って、お金にして帰って来る。ゲラ直しをする、手を真赤にして……お金がなくなれば、部長にたのんで追加注文をとってくる。これが奴婢でなくて何ンなの」

「まアそう怒り給うな。君は僕にとって大事な注文主だからね。君にきらわれると、糧道を断たれる」

「あなた、本当に奥様のことを忘れられるの?」

「信じられないのか」

「だって、奥様のおなかに出来たややちゃんは、あなたのでしょう。そうでしょう。図星でしょう……あなた、青い顔してる」

「そういう問題を逃れるためにここへ来たんじゃないか。君がそれを蒸し返すのはひどい。何ンにも言わずに、僕が必要なときだけ、週に一度でも二度でも君は泊りに来てくればいいんだ。それだけでいいんだ。本当は女はそれだけでいいんだ。あとは物慾と独占慾なんだ」

「まア、ひどいことを言う人、何ンとでも仰有い。口ではそんなことを仰有っているけれど、あなたは惚れっぽいのよ。惚れるとどうにもならないから、私のようなお多福を相手にしてりゃア無事なんでしょう。あなたがセルフコントロールをなさりやすい女として、私を選んだんだと思うの。それはちゃんと心得てるの。たしかに奥様では荷が重いものね。いいわよ、私、あなたの言う通りになるわ。私、最低で辛抱出来るの。そこをあなたが見抜いたのは、さすがに偉いわ。でも、私にもどこかあなたに気に入られた点があるのかしら」

「そうだねえ」

「それとも、きらいではないって言うだけ」

「そうだねえ」

するとと長池はさも滑稽でたまらないというように笑いながら、

「返事を濁してるわ。でも、それでもいいの。あの奥様によって、あなたが老僕になるのを防ぐことが出来るだけでも、私は満足よ。いくらあの奥様が美しくたって、あなたを老僕にするのはひどすぎるわ。あんまり思い上っているわ。結局、杉原蒔子って女は自分を知らないのよ、自惚れてるのよ、過信家よ。ナルシストよ。そんなことは私が言わなくったって知っていらっしゃるだろうけど……」

「愛慾ってヤツは、楽しいなんてものじゃない。むしろ、切ないもの……いや、切なすぎると言ったほうがいいかも知れない」

と、森男は言ったが、長池はちょっと息を弾ませて、

「さア、乾杯しましょう。私が奴婢になることで、あなたが奥様の老僕にならずにすんだ。その意味では、この下宿を根城として、ここへ移ったことは、すばらしい成功じゃありませんか」

「乾杯しようって言ったって、ビールもない。押入れは片づいたから、今度は開き戸の中を整理しよう。それがすんだら、雨は降ってるけれど、何か食べにでも行こう」

それで、長池は喜んで彼に口づけを求めたが、森男はすぐには応じなかった。そして、開き戸の中を片づけ出した。彼女も黙って手伝った。すぐ目の前に、長池の可愛らしい耳があった。彼女の耳がこんなに可愛いらしい形をしているとは、彼にははじめての発見だった。その耳の向うの、下宿屋の庇にかかった蜘蛛の巣に光る水玉が、桑名の旅で見た蒔子の指輪の青い真珠を思い出させるのであった。

〔1967年「群像」11月号　初出〕

P+D BOOKS ラインアップ

大陸の細道　木山捷平　●世渡り下手な中年作家の満州での苦闘を描く

変容　伊藤　整　●老年の性に正面から取り組んだ傑作長編

若い詩人の肖像　伊藤　整　●詩人の青春期の成長と彷徨記す自伝的小説

好きな女の胸飾り　舟橋聖一　●若き妻と学生を接近させる夫の屈折した心理

淡雪　川崎長太郎　●私小説家の〝いぶし銀〟の魅力に満ちた9編

女のいる自画像　川崎長太郎　●私小説作家が語る様々な女たちとの交情

P+D BOOKS ラインアップ

暗い流れ	和田芳恵	● 性の欲望に衝き動かされた青春の日々を綴る
なぎの葉考・しあわせ	野口冨士男	● 一会の女性たちとの再訪の旅に出かけた筆者
草筏	外村　繁	● 豪商一族の微妙な人間関係を描いた出世作
孤絶	芹沢光治良	● 結核を患った主人公は生の熱情を文学に託す
サムライの末裔	芹沢光治良	● 被爆者の人生を辿り仏訳もされた〝魂の告発〟
貝がらと海の音	庄野潤三	● 金婚式間近の老夫婦の穏やかな日々を描く

P+D BOOKS ラインアップ

遠い地平・劉廣福　八木義徳　●悔恨と哀しみに満ちた若き日々を回想する

冬の宿　阿部知二　●映画化もされた戦前のベストセラー作品

天上の花・蕁麻の家　萩原葉子　●萩原朔太郎の娘が描く鮮烈なる代表作２篇

閉ざされた庭　萩原葉子　●自伝的長編で描かれる破局へ向かう結婚生活

奇妙な青春　堀田善衞　●敗戦と米軍の占領下で変貌する日本人を描く

海軍　獅子文六　●「軍神」をモデルに描いた海軍青春群像劇

P+D BOOKS ラインアップ

達磨町七番地 獅子文六 ● 軽妙洒脱でユーモア溢れる初期5短編収録

陸軍(上) 火野葦平 ● 七十年にわたる陸軍と一家三代の因縁を描く

陸軍(下) 火野葦平 ● 前線へ赴く兄弟たちの運命はいかに……

オールドボーイ 色川武大 ● "最後の小説"「オールドボーイ」含む短編集

三つの嶺 新田次郎 ● 三人の男女を通して登山と愛との関係を描く

伸予 高橋揆一郎 ● 未亡人と元教え子との30年振りの恋を描く

（お断り）

本書は1973年に講談社より発刊された文庫を底本としております。あきらかに間違いと思われるものについては訂正いたしましたが、基本的には底本にしたがっております。また、一部の固有名詞や難読漢字には編集部で振り仮名を振っています。

本文中には運転手、下男、闇屋、未亡人、商売女、夜の女、芸者、夷狄、第三国人、街娼、支那服、看護婦、興信所、眇、大東亜戦争、後進国民、書生ッぽ、情婦、女中、流産、瘋癲、癩病、座頭、パン助、オンリー、配達夫、お手伝さん、思イ者、後室、二号、聾、ツンボ、ポン引、老僕、家僕、僕、女編集者、不具、洋パン、アメちゃん、BG、奴婢などの言葉や人種・身分・職業・身体等に関する表現で、現在からみれば、不当、不適切と思われる箇所がありますが、著者に差別的意図のないこと、時代背景と作品価値とを鑑み、著者が故人でもあるため、原文のままにしております。

差別や侮蔑の助長、温存を意図するものでないことをご理解ください。

舟橋聖一（ふなはし せいいち）

1904年（明治37年）12月25日―1976年（昭和51年）1月13日、享年71。東京都出身。1964年『ある女の遠景』で第5回毎日芸術賞を受賞。代表作に『花の生涯』『好きな女の胸飾り』など。

P+D BOOKS とは

P+D BOOKS（ピー プラス ディー ブックス）とは
P+Dとはペーパーバックとデジタルの略称です。
後世に受け継がれるべき名作でありながら、現在入手困難となっている作品を、
B6判ペーパーバック書籍と電子書籍を、同時かつ同価格で発売・発信する、
小学館のまったく新しいスタイルのブックレーベルです。

好きな女の胸飾り

2021年12月14日　初版第1刷発行

著者　舟橋聖一
発行人　飯田昌宏
発行所　株式会社　小学館
〒101-8001
東京都千代田区一ツ橋2-3-1
電話　編集　03-3230-9355
販売　03-5281-3555
印刷所　大日本印刷株式会社
製本所　大日本印刷株式会社
装丁　おおうちおさむ（ナノナノグラフィックス）

ISBN978-4-09-352430-8

P+D BOOKS